아쿠타가와 류노스케와 시대
그리고 그 이율배반

아쿠타가와 류노스케와 시대
그리고 그 이율배반

초판인쇄 2014년 12월 10일
초판발행 2014년 12월 17일

저　자 조경숙
발행처 제이앤씨
발행인 윤석현
등　록 제7-220호

주　소 서울시 도봉구 우이천로 353 3F
전　화 (02) 992-3253 (대)
전　송 (02) 991-1285

전자우편 jncbook@daum.net
홈페이지 http://www.jncbms.co.kr
책임편집 최현아

ISBN 978-89-5668-392-8 93830   값 20,000원

아쿠타가와 류노스케와 시대
그리고 그 이율배반

조경숙

Publishing Company

서문

아쿠타가와의 죽음과 시대

아쿠타가와 류노스케와 시대
그리고 그 이율배반

1927년 7월 24일 미명, 아쿠타가와 류노스케(이하 아쿠타가와)는 자살했다. 다이쇼기 작가 아쿠타가와는 "미래에 대한 막연한 불안"이라는 말을 남기고 10여 년의 작가 활동과 35살의 짧은 생에 종지부를 찍었다. 갑작스러운 그의 죽음은 문단뿐만 아니라 사회적으로도 큰 충격을 주었다. 대부분의 신문에서 크게 다루었으며[1] 그의 죽음에 충격을 받은 많은 젊은이들 중에는 그의 자살을 모방한 청년들이 나오기도 하고 조선의 여러 신문에 게재[2]되기도 하였다. "미래에 대한 막연한 불안"이라는 애매모호한 말을 남겨서 그의 죽음에 대해서는 양자로서의 삶, 발광한 생모에 대한 유전적인 두려움, 연애, 당시 소학사 출판과의 관련, 작품 활동 등 다양한 시각에서 접근되었다. 그런데 그의 죽음이 다이쇼 데모크라시의 종언과 함께 군국주의의 그림자로 시작된 쇼와 2년(1927)에 있었던 까닭으로 시대적인 관점에서 접근이 가능했다. 그래서 아쿠타가와의 죽음과 시대에 관한 다양한 연구를 종합해보면 크게 두 가지 축으로 정리할 수 있다. 첫 번째 축은 아쿠타가와를 소부르주아小bourgeois 인텔리 작가로 규정하고 있는 미야모토 겐지宮本顕治의 「패배의 문학敗北

---

1 부록1 참조.
2 부록2 참조.

の文学」[3]에 속하는 부류이다. 아오노 스에기치靑野季吉는 아쿠타가와의 자살 당시 그의 죽음을 듣고 "아쿠타가와의 생애와 죽음은 나의 마음을 사로잡고 떠나지 않는 무언가가 있다.", "우리는 아쿠타가와를 비판할 수는 있다. 그러나 아쿠타가와를 버리고는 생각할 수 없다. 내 속에도 아쿠타가와씨가 그리고 아쿠타가와씨의 죽음이 존재하고 있기 때문이다."라고 고백하면서 아쿠타가와의 죽음을 '붕괴기의 부르주아지의 한 양상'이라고 규정[4]하며 부르주아지로서의 아쿠타가와의 문제의식에 공감하고 있다. 그리고 동일 선상에서 오야마 이쿠오大山郁夫도 "바이런이나 이집트나 로마의 문화사를 돌이켜 볼 것까지도 없이 그 빛나는 광영의 날을 과거의 꿈으로 하고 서서히 그 종언의 저녁을 자각하기 시작했던 오늘날의 부르주아 문화는 그것이 의기양양하게 굉음을 내며 붕괴하는 순간에 가장 장엄하고 숙성된 모습을 보이지 않을까?", "소부르주아 이데올로기 한계내의 전형적 문인 아쿠타가와 류노스케의 멋진 자기 파괴의 예술"이라고 아쿠타가와의 죽음을 소부르주아라는 틀 속에서 규정지어 논[5]하고 있다. 이들의 연장 선상에서 가장 유명한 논은 미야모토 겐지의 「패배의 문학」일 것이다. 미야모토는 초기 작품인 『라쇼몬羅生門』에서 만년 작품인 『어느 바보의 일생或阿呆の一生』까지 아쿠타가와의 전 작품을 예로 들어 분석하면서 아쿠타가와의 문학과 죽음을 '패배'에 이르는 과정으로 도출시키고 있다. 그러면서도 "아쿠타가와는 자기의 고민을 끝까지 곱씹었다. 또 다른 둔세적遁世的인 작가들에게 풍류적 안주가 무력할 뿐

---

3 宮本顕治(1929.8), 「敗北の文学」, 『改造』, 改造社.
4 青野季吉(1927.9), 『不同調』, 新潮社.
5 大山郁夫(1927.9), 『中央公論』, 中央公論新社.

만 아니라 궁극에 있어서 자기를 파괴하는 것이라는 것을 그 자신의 필사적인 날개 짓으로 경고했다. 또 아쿠타가와는 많은 소부르주아적 좁은 시야를 내포하면서도 역시 다른 부르주아 이데올로기에 비하면 광범한 사회적 관심을 가지고 있었다."라고 시대 이데올로기에 대한 아쿠타가와의 관심과 고뇌를 지적하면서 '소부르주아적 이데올로기의 한계내의 전형적 문인'으로서 아쿠타가와를 논하고 있다.

이러한 일련의 논의와 또 다른 한 축은 미야모토 겐지의 「패배의 문학」을 반박하면서 아쿠타가와의 죽음을 '문학적 자연사自然死'라고 논하고 있는 요시모토 다카아키吉本隆明이다. 요시모토 다카아키는 기타무라 도고쿠北村透谷의 죽음과 다자이 오사무太宰治의 죽음을 시대적 죽음이며 그리고 '시대의 사상思想적인 죽음'이라고 규정하지만 아쿠타가와의 죽음에 시대적인 의미를 부여하는 것에는 완전히 부정하고 "순연한 문학적인 또 문학 작품적 죽음이었고 인간적인 현실적인 죽음이 아니다.", "문학적 자연사"라고 논[6]하고 있다. 아쿠타가와의 죽음을 당시의 시대 상황과 관련짓지 않고 본다면 틀림없이 요시모토 다카아키吉本隆明가 지적하듯 '시대의 사상적 죽음'이 아니라고 할 수 있을지도 모른다. 그러나 요시모토는 아쿠타가와의 만년 작품인 『겐가쿠 산보玄鶴山房』를 언급하면서 종래의 논이 『겐가쿠 산보』에 등장하는 리프크네히트[7]를 읽는 대학생의 등장만으로 아쿠타가와의 죽음을 시대적 죽음과 그리고 아쿠타가와를 소부르주아 작가로서 규정해 왔다고 비판하고 있는데 후술하듯이 거기에는 긍정할 수 없는 부분

---

6 吉本隆明(1967.3), 『解釈と鑑賞 別冊 現代のエスプリ』, 至文堂.
7 Karl Liebknecht(1871~1919), 독일의 사회 민주당 좌파의 지도자.

이 있다.

　이처럼 두 가지 축의 엇갈린 양론을 수용하면서 '류노스케의 죽음을 다른 시대 상황과 상대화하면서 그것을 아쿠타가와 문학의 내부 문제로 되물을 수 있는 시간의 거리를 겨우 손에 넣은' 것이라고 말하고 있는 미요시 유키오三好行雄의 지적[8]은 미야모토 겐지가 말하는 「패배의 문학」과 요시모토 다카아키가 말하는 「문학적 자연사」를 대상화하고 객관화할 요건이 갖추어졌다는 말일 것이다. 물론 이 '시간의 거리'를 손에 넣은 '후대'도 각각의 시대 이데올로기 속에서 아쿠타가와를 논할 위험성이 다분히 내재되어 있다고 할 수도 있지만, 적어도 본고를 논하는 시점에서는 아쿠타가와를 상대화할 수 있는 다수의 자료와 또 객관화할 수 있는 시공간 선상에 서 있다는 것만은 틀림없는 사실일 것이다. 따라서 본고는 위에서 제시한 두 가지 의문점을 문제제기로 미요시 유키오가 말하는 '시간의 거리'를 확보한 '후대'의 '양쪽 눈에 비친' 아쿠타가와가 살았던 시대로 거슬러 올라가서 아쿠타가와의 시대 의식을 재조명해 보기로 한다. 연구 대상은 아쿠타가와의 유소년기의 초기 문장[9]에서 의식적 작가 활동을 했던 1927년까지 시대와 관련된 작품을 거론해 살펴본다. 무의식의 세계일지도 모를 어릴 적 초기 문장이 연구대상이 되는 이유는 아쿠타가와가 1927

8　三好行雄(1978), 『近代文学5』, 有斐閣.
9　아쿠타가의 청소년기 즉 작가가 되기 이전에 쓴 문장들을 일컬어 초기 문장이라고 한다. 이와나미岩波 서점에서 간행된 아쿠타가와 전집 제21권에 수록되어 있는 초기 문장은 『노구치신조군에게野口真造君硯北』(초등학생즈음)를 비롯해 『신짱에게真ちゃん江』(초등학생즈음), 『대해적大海賊』(1902.4. 추정), 『탐험 소설 불가사의不思議』(1902.5. 추정), 『신콜럼버스新コロンブス』(1906.6), 『절도의 괴사絶島の怪事』(1906.5), 『20년 후의 전쟁廿年後之戦争』(1906), 『무사도武士道』(1908), 『요시나카론義中論』(1910), 『닛코소품日光小品』(1911) 등이 있다.

년 하기와라 사쿠타로의 『순정소곡집』(新潮社)을 논한 「하기와라 사쿠타로萩原朔太郎」에서 촉발되었다. "1890년대는 내가 믿는 바에 의하면 가장 예술적인 시대였다. 나도 역시 1890년대의 예술적 분위기 속에 있었던 한 사람이었다. 그러한 어릴 적의 영향은 쉽게 벗어 날 수 있는 것이다. 최근 내가 나이를 먹으면서 절실하게 이 사실을 느끼고 있다."라고 서술하고 있는데 이 1890년대의 '예술적 시대'라고 하는 것은 서양의 세기말 영향으로 1890년대 당시 일본의 문단을 가리키는 말일 것이다. 그런데 '어릴 적 영향'을 예술적인 측면에서 보다 더 확대시켜 시대와 관련해 해석한다면 일본 제국주의의 '시대의 영향'으로 볼 수 있을 것 같다. 왜냐하면 아쿠타가와가 자신이 자살한 이유를 적은 일종의 자서전으로 일컬어지는 『어느 바보의 일생』의 구성이 20살의 「시대」라는 단장으로부터 시작되고 있기 때문이다. 이 20살이라는 「시대」는 아쿠타가와에게 있어 매우 중요한 시점인데 그가 도쿄제국대학 영문과에 들어가는 시기이기도 하며, 또 메이지의 종언과 더불어 다이쇼기가 시작되는 '새로운 시대'와도 맞물려 있기 때문이다. 그리고 그가 남긴 일본 제국주의 시대였던 20세 이전의 소위 초기 문장인 다수의 문장들은 아쿠타가와의 무의식의 세계를 검토하는데 매우 중요한 자료인데 지금까지 『요시나카론義中論』과 『닛코소품日光小品』을 제외한 초기 문장에 대한 연구는 거의 거론조차도 되어 있지 않기 때문이다. 아쿠타가와는 『어느 바보의 일생』에서 '고의로', '봉건 시대의 것封建時代のこと'만을 적어 놓지 않았다고 하는데 그렇다면 그 생략된 20살 이전의 '시대'는 아쿠타가와에게 있어서 어떠한 시대였는가를 살펴보는 것이 무엇보다 중요할 것이다.

1부

오시카와적 모험담 구상의 초기 문장

아쿠타가와 류노스케와 시대
그리고 그 이율배반

청일전쟁의 승리에 따른 국운의 발전과 함께 일본의 모험 소설은 풍부해지기 시작했다. 그러한 기류 속에서 출현한 모험 소설가 오시카와 순로[1]는 자연주의 신변 소설에 반발하며 1900년에 『해저군함』을 발표, 등단하여 청소년들의 압도적인 지지를 받고 모험 소설의 영웅으로 간주되기 시작했다. 특히 오시카와 순로의 소위 '해저군함 시리즈'[2]는 당시의 독자들에게 지대한 지지를 받았을 뿐만 아니라 후대의 역사 소설가인 요시카와 에이지吉川英治나 SF소설의 아버지라 불리는 에도가와 란보江戶川乱步[3]들에게도 영

---

1 오시카와 순로는 본명이 마사아리方存로 도쿄전문대학(현 와세다대학) 영문과에 진학해 재학 중에 『해저군함海底軍艦』(1900)을 완성한다. 그 이후 『영웅 무협의 일본英雄 武侠の日本』(文武堂, 1902), 『해국모험기담 신조군함海国冒険奇談 新造軍艦』(文武堂, 1904), 『전시영웅소설 무협함대戦時英雄小説 武侠艦隊』(文武堂, 1904), 『영웅소설 신일본도英雄小説 新日本島』(文武堂, 1906), 『영웅소설 동양무협단英雄小説 東洋武侠団』(文武堂, 1907) 등 소위 '해저군함 시리즈'가 탄생한다. 오시카와 순로의 친척인 사쿠라이 오무라桜井鴎村가 이와야 사자나미巌谷小波에게 원고를 보이자 이와야 사자나미는 격찬한다. 그의 아호 사자나미小波 중에서 나미波를 오시카와 순로에게 주기도 했는데 오시카와 순로는 波를 浪으로 바꾸어 순로春浪라 한다. 그 인연으로 오시카와 순로는 1903년부터 『소년세계』에도 투고하기 시작한다.
2 야마모토 유사쿠는 "일러전쟁과 일본국가가 팽창해 가는 시대에 이 시리즈가 산출된 것으로 그러한 시대의 색채 '무협'의 이름 아래 미화했던 것이 이 시리즈의 특징이었다고 해도 된다. 그래서 쇼와 10년대의 군국주의로 통일되어가던 시대에 야마나카 미네타山中峯太郎나 히라다 신사쿠平田晋策 또는 운노 주조海野十三 같은 작품들과 어깨를 나란히 하며 되살아났다"라고 언급하고 있다(山田有策(1980), 「押川春浪―「海底軍艦」シリーズ―」, 『国文学解釈と鑑賞十月号』, 至文堂).
3 伊藤秀雄(2002), 『明治の探偵小説』, 双葉社.

향을 주었다. 그뿐만 아니라 오시카와 순로에게 영향을 받은 작가 중의 한 사람으로 당시 청소년기였던 아쿠타가와가 있다. 1915년부터 1926년까지 10여 년의 짧은 작가 생활 중 백 수십여 편의 단편소설을 남기고 있는데 흥미로운 것은 그의 청소년기에 쓴 다수의 초기 문장이 오시카와 순로를 답습하고 있다는 것이다. 이 초기 문장에서는 '오시카와적 모험담 구상'인 모험·탐험류를 모방한 문장이 다수 보이며 오시카와 순로의 연구자인 요코다 준니는 그 초기 문장들에 대해 '아쿠타가와 순로(?)'라고 언급[4]하듯이 아쿠타가와가 오시카와 순로의 작품에 얼마나 경도되어 있는지를 한마디로 표현하고 있다. 그렇다면 '오시카와적 모험담 구상'인 것은 어떤 것인지 그리고 아쿠타가와가 문학 작가가 된 이후에 오시카와 순로와 그의 작품에 대해서는 어떻게 다루고 있는지를 오시카와 순로의 '해저군함 시리즈'와 비교해서 살펴보고자 한다.

1장 제국주의자 오시카와 순로의 '해저군함 시리즈'와 아쿠타가와의 '오사카와적 모험담 구상'

1. '해저군함 시리즈'와 일본 제국주의

오시카와 순로의 『해저군함』은 1900년에 출간되었다. 출간되자

---

4 橫田順彌(1999.7), 「明治時代は謎だらけ！！芥川春浪(？)」, 『日本古書通信』, 日本古書通信社.

마자 독자들은 『해저군함』에 열광하며 심지어는 주인공을 모방하며 가출[5]하기도 하였다. 오시카와 순로는 작품 전반에 걸쳐 당시의 일본 제국주의가 표방한 충군애국을 유감없이 거친 필체로 그려가고 있다. 그래서 국민을 타락시키고 청소년을 오도시켜 국가에 큰 손해를 입히는 것으로 간주하여 자연주의 경향이 있던 당시의 문단에 대해 심하게 비난을 하였다.[6] 그의 모험 소설에서 일본 제국주의의, 군국주의, 국가주의에 대항적인 '개인주의'를 강하게 비판하고 있는 것도 그 선상으로 보여진다. 일본 제국주의는 청일전쟁에 승리했지만 러시아 프랑스 독일의 삼국 간섭으로 요동반도를 청에 반환해야 하는, 그들의 야욕이 일시 좌절되는 경험을 하게 되는데 그 이후 러시아는 일본의 공공의 적으로 부상하며 자연스럽게 러일전쟁으로 이어졌다. 오시카와 순로는 이러한 시대적 상황을 부각시키면서 그 문제와 해답을 『해저군함』과 뒤이어 이어지는 '해저군함 시리즈' 즉, 모험이라는 소설 구조 속에서 자연스럽게 도출하고 있다. '해저군함 시리즈'의 내용의 개요를 보면 다음과 같다. 탐험가인 '나' 야나기가와 류타로柳川龍太郎는 요코하마를 출항해서 세계 만유漫遊를 목적으로 아메리카로 건너갔다가 다시 유럽 여러 나라, 영국·프랑스·독일 등 명성 있는 명소 유적을 두루 편력하고 이탈리아에서 귀국길에 오른다. 그때 우연히 만난 일본 동향의 친구가 아들인 히데오日出雄를 일본 제국 군인으로 키우기 위해 본국인 일본으로 보내려 한다는 것을 알고 동승

---

5 그 일례로 아쿠타가와가 중국 강남을 여행하며 쓴 『강남유기江南遊記』에 보면 친구 무라다村田를 만나는 장면을 언급하면서 친구 무라다가 오시카와 순로의 모험 소설을 흉내 내어 가출했다고 언급하고 있다.
6 福田宏子(1968),「明治の帝国主義と冒険小説-押川春浪の小説の意義-」,『季干文学・語学』(49), 三省堂.

한다. 그런데 귀국선 겐게쓰마루弦月丸가 해적선에 침몰되는데 다행히 '나'와 히데오는 우연히 무인도에 표류하게 된다. 그런데 그 섬에는 이미 일본에서 자신의 부하 37명과 종적을 감추었다고 하는 사쿠라기桜木대령 일행이 비밀 조선소를 만들어 해저전투정인 해저군함을 건조하고 있었다. '나'와 히데오는 그들과 합류해 3년을 그 무인도, 후에는 아사히섬朝日島으로 명명된 그 섬에서 생활하게 된다. 한편 프랑스에서 새롭게 건조한 '우네비'가 본국으로 회항 하던 중 러시아 해군의 공격을 받아 표류하다 지나 해支那海에 있는 거인도巨人島에 표류한다. 거인도에 좌초한 아리 아키라有明 대위 일행은 그 섬에서 군함의 건조를 계획한다. 한편 무역에 종사하고 있던 선장 이나무라 이와타로稲村巖太郎의 배는 러시아인에게 침몰되어 동해안으로 표류하게 된다. 거기서 이나무라 이와타로는 해광국海光國이라는 새로운 나라를 만들어 그 나라의 왕이 되는데 그것은 혹시 본국 일본에 큰 변이 생기게 되면 곧 바로 출동하며 멀리서 일본을 지지하기 위한 태세를 갖춘다. 그런데 세이난 전쟁[7]에서 죽었다고 전해지는 노老영웅 사이고 다카모리西鄕隆盛[8]가 실제로는 생존해서 필리핀의 아귀날도 장군의 독립운동을 음지에서 도와주고 있었다. 그렇지만 아귀날도 장군의

---

7 1877년 사이고 다카모리등이 가고시마鹿児島에서 일으킨 반란이다. 신정부가 정한론을 받아들이지 않자 귀향한 사이고 다카모리는 사족士族조직으로서 사학교를 결성하게 된다. 정부와 대립이 점차 깊어지자 마침내는 사학교 학생들이 사이고 다카모리를 옹호해서 거병하게 되지만 결국 정부군에 진압되어 사이고 다카모리는 고향의 시로야마城山에서 자결했다고 알려진다. 메이지유신 정부에 대한 불평사족들이 일으킨 마지막 반란이다.
8 사이고 다카모리(1828~1877)는 사쓰마薩摩 출신의 토막討幕의 지도자로서 삿초薩長 동맹, 보신전쟁을 거행하며 메이지유신 삼걸 중의 일인이다. 신정부의 참의 육군대장이 되었지만 1873년 정한론에 관한 정변으로 하야하여 귀향, 1877년 사이난전쟁에서 패하고 시로야마에서 자결한다.

독립운동이 실패하고 또 다른 계략에 말려 미국의 포로로 되었다가 다시 러시아로 인도되어 시베리아의 괴탑에 유폐된다. 이런 사실을 알게 된 사쿠라기 대령을 위시한 멤버들로 구성된 '무협단체'와 이나무라 이와타로 등으로 형성된 '동양단체'가 사이고 다카모리를 구출하려는 계획을 세운다. 필리핀의 아귀날도 장군의 동지인 호세 아가씨가 러시아인 키바노프 중위의 저택에 하녀로 들어가 사이고 다카모리가 갇혀있다는 곳을 알아내게 된다. 그러자 사자를 데리고 다니는 만용 무상한 단바라 겐도지段原劍東次의 대활약과 때마침 나타난 공중 비행정을 이용하여 사이고 다카모리를 구출하고 일본을 지지하는 '동양무협단'을 결성한다는 내용이다.

　신병기인 해저군함정과 공중비행정을 만들고 역경과 고난을 헤쳐 나가는 인물들의 모험과 탐험으로 구성된 '해저군함 시리즈'는 모험 소설로서의 자극과 흥미가 충분하며 그래서 다수의 독자들이 모방을 했다는 현상에 대해 전혀 설득력이 없는 것은 아니다. 그런데 이 '해저군함 시리즈'에 일관되게 등장하는 충군애국과 일본 제국주의가 상당히 노골적이며 일본 제국주의의 욕망을 정당화하고 있다[9]는 것이다. 그 욕망은 세 가지 관점에서 접근할 수 있는데 첫 번째는 가상의 적 러시아를 통해서이고 두 번째는 백색 인종, 세 번째는 무인도이다. '해저군함 시리즈'의 기본 구조는 이분법적이다. 일본중심

---

9 이토오 히데오는 "그 당시는 청일전쟁에 승리한 이후 일본은 부국강병이라는 군인 정신 일색이었고 러일전쟁을 목전에 둔 시기로서 이러한 순로의 자유분방한 작품이 환영을 받았던 것은 당연하다. 게다가 태평양전쟁 말기인 쇼와 19년에 석서방에서 순로 전집의 하나로 초출했는데 1만 부나 팔렸으니 전의앙양이 애국 소설로서 다시 한 번 인기를 누렸던 것이다."라고 언급한다(伊藤秀雄(2002), 『明治の探偵小説』, 双葉社).

주의 관점으로 일본을 중심에 두고 일본에 적의를 품는 모든 상대는 적국이 된다는 논리다. 그런 적국 중에 첫 번째로 가상의 적이된 국가는 러시아이며 러일전쟁에서 승리한 후에는 러시아를 포함한 서구 제국주의인 백색 인종으로 바뀐다.

러시아에 대한 적대감은 '해저군함 시리즈' 전반에 걸쳐져 있다. 그들이 첫 번째로 대립하게 되는 계기는 해저군함과 히노데[10]가 싱가포르에 도착하자 세계 각국의 해군 함장들이 주시하며 시작된다. 각국 중에 유독 러시아의 함장은 해저군함과 히노데를 보더니 시샘하는 표정으로 묘한 기류를 만들어 낸다. 그런데 해저군함과 히노데가 본국으로 귀환하던 중에 사건이 발생하게 되는데 히노데는 수뢰를 맞아 산산조각이 났고 해저군함정은 지나만 부근에서 행방불명이 되었다. 그 지나만 부근은 십 몇 년 전에 제국의 신조군함 우네비가타畝傍가 갑자기 사라져버린 지역이기도 하다. 일본이 자랑하던 그 두 군함이 공교롭게도 '원한 10년'인 지나만에서 사라지게 된다는 것은 우연처럼 보이지만 당연히 '러시아의 소행'으로 이끄는 복선의 장치가 있다. 위에서 말한 '원한 10년'은 청일전쟁 후 일본이 획득한 요동반도를 러시아·프랑스·독일이 중심이 된 삼국 간섭으로 힘의 열세에 있던 당시의 일본이 어쩔 수 없이 요동반도를 돌려주어야만 했던 것에 대한 일본인들의 감정을 압축적으로 나타낸 말이다. 히노데와 해저군함이 싱가포르에 정박했을 때 구미 제국의 함장들은 일제히 방문하는데 그 속에는 러시아의 동방침략함대 함장인 울프코프 해군

---

10 히노데日の出 군함은 히데오의 아버지가 아들 히데오日出雄가 죽은 줄 알고 아들을 기리기 위해 개인적으로 기부하여 군함을 만들었고 아들의 이름을 따서 히노데라고 지었다.

중장도 있었다. 다른 함장들과는 달리 이 울프코프 중장에 대해서만 많은 지면이 할애되어 있다. 울프코프 중장은 "보통사람이 아니"며 "후일 동양에 큰 파란이 일어난다면 그 도화선은 반드시 울프코프 중장" 때문이라고 단정 지을 만큼 위압감을 주는 인물로 설정되어 있다. 그런 만큼 사쿠라기 대령 또한 울프코프 중장의 일거수일투족 그 표정 하나하나까지 놓치지 않고 주시했다. 긴장이 팽팽한 가운데 이 두 군함의 출발 일을 묻는 울프코프 해군 중장의 '눈이 빛났'는데 이미 두 군함의 미래가 어떻게 될 것이며 그것으로 인해 어떤 일이 벌어질지를 암시해준다. 실제로 그들이 걱정했던 것처럼 이 두 군함이 지나만 부근을 지날 때 히노데는 침몰되고 해저군함은 행방불명이 되었다는 것과의 연관성이 울프코프 해군 중장의 '눈'에서 벌써 보여주고 있다. 울프코프 해군 중장이 가고 난 다음에 불길한 기류가 흐르자 '나'는 다음과 같이 '일본 건국의 정신'을 피력하고 있다.

러시아만큼 일본에 적의를 품은 나라는 없습니다. 또 일본만큼 러시아를 미워하는 나라도 없을 것입니다. 러시아 정책은 항상 침략적입니다. 일본은 일본의 건국 정신에 따라서 늘 무협을 혼으로 생각하며 활동하며 지금 같은 이 지나 문제에 있어서도 또 앞으로 생길 많은 동방문제에 있어서도 우리 일본이 온힘을 다해 러시아의 병합적 욕망을 견제하려면 앞으로 일어날 일대충돌을 피해서는 안 됩니다. 일본이 러시아를 미워하는 것은 결코 인종 차별 때문이 아닙니다. 또 요동반도를 점령하려고 했을 때 우리나라를 방해한 옛날의 원한이 있었던 것 때문만이 아닙니다. 근본적으로 그 건국의 정신을 미워하는 것입니다. (중략) 우리 일본의 건국정신은 무협입니다. 무협은 자유, 독립 인종의 억압자들에게 끝까지 대항하는 정신입니다. (중략) 후일 동아시아에 큰 문제가 생겼을 때 우리 제국이 유유자작한 건국의 정신을 따라 무협의 깃발을 날리며 의를 행하고 나를 잊고 일본 고유 무사의 혼을 발휘하는 유쾌한 일을 행하는 것입니다.[11]

일본이 러시아와 전쟁을 해야 하는 불가피한 이유이다. 이미 전쟁의 기운이 감도는 가운데 전쟁이 일어난다면 그것은 러시아 때문이지 결코 일본의 건국 이념을 지키고 있는 일본 때문이 아니라는 아전인수의 논리를 내세우며 러시아가 히노데를 침몰시켜 전운이 감돈다는 전쟁의 발발 정당화까지 미리 내세우고 있다. 위에서 말하는 '자유 독립 인권의 압제자를 향해서 끝까지 대항하는' 정신인 '무협'은 일본 건국 정신이며, 이러한 무협정신의 실현자들이 바로 해저군함을 만든 사쿠라기 대령과 그의 부하들이다. 그들은 후에 '무협단체'가 된다. '무협'의 논리에서 보자면 당연히 일본 건국 정신을 가진 일본이 정의이고 그 가상의 적국인 러시아는 불의이다. 그래서 러시아는 물리쳐야 한다는 아주 단순 논리이지만 그럴듯하다. 그렇지만 일본인의 시각만을 가지고는 '무협'의 논리를 정당화하기는 일본 중심적인 시각을 의식한 것인지 러시아인을 통해 러시아를 비판하는 장치도 빠트리지 않고 있다. 러일전쟁 중 기선 노르망디호를 탄 러시아인은 다른 구미제국인들과 마찬가지로 일본의 승전을 축하하며 마에바라 소위에게 악수를 청했다. 그러자 마에바라 소위는 적군과 아군이 악수할 이유가 없다고 거절하는데 그러자 러시아인은 다음과 같이 말

---

11 押川春浪(1943), 『武侠の日本』, 石書房.

한다.

　　저는 러시아인입니다. 그렇지만 절대 러시아를 사랑하지 않습니다.
일본이 이기고 러시아가 지는 것은 당연한 일입니다. 저는 러시아인의
감정을 버리고 일본의 대승리를 축하드리니 부디 편히 생각하십시오.
(중략) 러시아의 오늘은 자업자득입니다. 내가 본국에 있었을 때 러시
아의 죄악을 까발리려 몰래 외국 신문에 투서한 일도 있습니다. 러시
아의 내정은 어지럽고 인민은 모두 원한을 품고 있습니다. 지금 전쟁
이 길어지면서 러시아의 해상과 육군이 계속 패전하고 있으니 국내에
는 여러 곳에서 모반이 일어나고 있습니다. (중략) 나는 원래 개인주
의입니다. 나라를 위해 목숨을 버려야 할 이유를 모르겠으니 당연히
병역을 피해 동양으로 여행하고자 이 배를 탄 것입니다.[12]

러시아인의 입을 통해 러시아를 비판한 말을 들은 마에바라 소위는,

　　정말 천벌을 받을 소리다. 지금 한 이야기는 우리 일본인이 러시아
인을 보고 해야 할 소리이지 러시아인인 그대가 입에 담을 소리는 아
니다. 러시아의 한 남자로서 본국의 패배에 크게 슬퍼하고 분노해야
되지 않는가. 손톱만큼의 인간다운 근성이라도 있다면 강렬한 적개심
으로 우리 일본인을 대해야 할 것이다. 그런데 보라. 아녀자도 부끄러
워해야 할 태도로 우리에게 아부하고 러시아에 태어나 러시아 밥을
먹고 자란 그대가 오히려 자국을 욕하고 저주하다니, 비열한─ 비인간
─ 매국노이다.

라고 분노한다. 위의 러시아인과 마에바라 소위의 생각은 당시의 시

---

12 押川春浪(1978), 『日本児童文学大系 第三卷』, ほるぷ. (이하 본문 인용.)

대상과 부합된다. 이미 전제 정치가 흔들리면서 사회주의가 대두된 러시아의 영향을 받아 일본에서도 사회주의의 목소리가 조금씩 나오기 시작하면서 그들은 일본 제국주의에 반기를 들고 러일전쟁을 반대하기도 하는데 위의 마에바라 소위의 입을 통해 그런 일련의 시대상을 비난[13]하는 목소리이다. 또한 국가가 아닌 '개인'을 우선시 한다는 것은 '인간이 아니'며 결국은 '매국노'로 이어지는 논법 속에는 철저한 제국주의의 군인 정신이 저류하고 있다. 오로지 국가에만 포커스를 두고 살아가야 한다는 마에바라 소위의 말은 러일전쟁, 즉 서구와 처음으로 대립하게 된 동양의 섬나라인 일본인에게 강한 군인 정신으로 어필해야만 했을 것이다. 러시아라는 자국에 자조적인 자세를 취한 러시아인을 통해 비판과 비난을 하므로 상대적으로 일본과 일본인에게 애국심을 부각시키는 또한 일본에서의 '개인주의'들[14]에 대한 경각심을 불러일으키는 효과가 동시에 발생했을지도 모른다.

러시아와 전쟁해야 할 또 다른 대의명분이 있다. 그건 '황색 인종' 대 '백색 인종'에 관한 이분법 속에 있다. "배금종의 병독이 뿌리깊이 박혀 부패하고 타락한 구미 여러 나라는 인도를 무시하고 모략하고 침략하는 욕망을 품은 나라인데 이들은 '예수교' 나라이며 '우등인종'이라 생각하고 동아시아의 평화를 해치고 황색 인종의 자유 독립 인권 및 영토를 뺏으려고 한다. 황색 인종을 유린할 권리를 가지고 있다고 생각하고 있으니 황색 인종도 각오를 해야 한다. 지나, 조선,

---

13 조경숙(2008), 「아쿠타가와 류노스케와 러일전쟁」, 『일어일문학연구67-2』, 한국일어일문학회.
14 앞에서도 언급했지만 사회주의 경향을 싫어했던 오시카와 순로가 사회주의자들에 대한 일종의 비판으로 볼 수가 있다.

안남, 필리핀이 있지만 지나, 조선은 빈약하다. 그렇지만 서로 단결해야 한다. 그래서 백색 인종 대 황색 인종의 전쟁. 미국은 교묘하게 한 군마 부대와 수척의 군함을 보내어 친히 필리핀 도민을 스페인 정부 압제에서 구하고 그 자유와 독립을 지키기 위해 아귀날도 장군[15]을 내세워 미국 찬미를 하게 만들더니 곧바로 미국이 사기를 치듯이 그 영토를 빼앗았다. 그래서 전쟁을 해서라도 그러한 사기를 방지"해야 하지만 때를 기다려야 한다고 한다. 사쿠라기 대령은 선박히노데를 지키지 못해 자살하려는 마쓰시마 대령에게 '대의를 위해大義のため' 자살을 그만두고 '러시아에 대한 원한 10년'의 '복수復讐'의 칼을 갈자고 한다. 실제로 가상의 적국을 만들고 있지만 러일전쟁은 일본의 승리로 끝이 난 이상 더 이상의 가상의 적국은 러시아가 될 수 없다. 그래서 새로운 대립 구도로 일본의 '황색 인종' 대 러시아를 포함한 구미 제국주의 '백색 인종'이 등장한다. 거기에는 이미 죽은 노老영웅의 부활이 있다. 이 노老영웅은 필리핀의 독립을 위해 투쟁하는 아귀날도 장군을 음지에서 사상적으로 도와주는 일본 근대의 영웅 사이고 다카모리이다. '해저군함 시리즈'의 무협을 가장 잘 나타내 주는 늙은 영웅과 필리핀의 아귀날도 장군[16]의 등장은 바로 백색 인종과의 대립구도에 필요한 것이다. 아귀날도 장군은 남양의 기걸奇傑로 등장하여 스페인과 싸워 304여 년간의 식민시대를 끝내며 독립을 한다. 필리핀이 독립하도록 음지에서 도와준 노老영웅과 그리고 미국, 그런

---

15 에밀리오 아귀날도(1869~1964)는 340여 년간의 스페인 정권하에 있었던 필리핀에서 태어나 성장하고 후에 필리핀 혁명의 최고 지도자가 되어 필리핀 공화국의 초대 대통령이 된 인물이다.
16 土屋忍(2008), 「エミリオ・アギナルドの表象−山田美妙と押川春浪−」, 『武蔵野大学文学部紀要』(9), 武蔵野大学文学部.

데 필리핀이 독립하자마자 미국은 다시 필리핀을 자신들의 식민지로 만들어 버리고 마는 백색 인종 사기가 이어져 이에 대해 일본 제국주의가 나서야 한다는 정당성을 내세우지만 그건 결국 일본 제국주의의 야욕의 정당화이기도 하다.

그리고 세 번째로는 '아사히섬', '해광국', '거인도'가 모두 무인도이며 이들 모두 일본인들이 개척하여 미개하고 문맹국이었던 지역을 '무협단체'를 통해 문명국으로 재건설한다[17]는 것이다. 일본을 위해 함선을 건조하고 일본을 위해 나설 때를 기다리며 그들이 만든 무인도의 영토는 일본 제국주의의 것이다. 아사히섬은 사쿠라기 해군 대령이 그의 부하들 서른일곱 명과 함께 비밀리에 해군전투정을 만들기 위해 찾아 낸 그 섬은 결국 아사히섬이라 명명되며 일본 제국 영토가 되었다. 군함 우네비가타가 프랑스에서 회항 하던 중에 행방불명이 되었지만 아리 아키라 해군 대령이 인솔한 우네비가타는 보르네오 해의 거인도에 표착하여 거기서 발견한 대성곽과 보물로 거인도를 근거지로 하여 일본 제국을 배후에서 지지할 것을 결의하며 동양단결이란 조직을 만든다. 여기서도 거인도는 일본의 근거지가 된다. 고스섬에 표착한 기걸 이나무라 겐타로와 그 일족도 이 동양단결의 일원이 되고 면밀한 계획 하에 아프리카 동해의 비르하라국에 들어가 대통령이 되고 국명을 해광국으로 바꾼다. 이 해광국을 만든 이유도 일본을 위해서이다. 마쓰모토 산노스케松本三之介는 메이지 정신을 '국가주의', '진취정신', '무협적 정신'[18]이라고 하는데 '해저군함 시

---

17 山田有策(1980),「押川春浪―「海底軍艦」シリーズ―」,『国文学解釈と鑑賞十10号』, 至文堂.
18 松本三之介(1993),『明治精神の構造』, 岩波書店.

리즈'는 마쓰모토가 지적하는 세 정신이 저류한다고도 할 수 있다. 당시 오시카와 순로의 탐험 소설은 시대적 조류를 거스르지 않고 오히려 군국적 봉건적 제국주의를 그의 작품에서 노골적으로 시대 상황을 고스란히 수용해 배출하고 있다. 야마다 유사쿠山田有策는 "국가의 팽창을 교묘히 낭만적 작품으로 미화시킨 시리즈"[19]라고 평하고, 후쿠다 히로코福田宏子는 "예기하지 않았던 돌발적 사건이나 생각지도 못했던 불행이나 계속되는 고난, 구사일생하여 적지에서 탈출하여 목적을 달성한다고 하는, 흡사 일본이라고 하는 나라가 강적과 싸우면서 곤란을 타파해 가는 상태를 신병기를 만들고 사용하여 종횡무진 활약하여 열렬한 애국심과 분방하고 자유로운 공상을 유감없이 표현"[20]했다고 '해저군함 시리즈'의 소설로서의 의의를 언급하고 있다. 물론 해저군함정을 만들고 무인도를 발견하며 새롭게 개척하는 등의 모험은 충분히 '낭만적'이고 공상을 자극할 지도 모른다. 그렇지만 그의 작품 속에 일관되게 흐르는 일본 제국주의는 이토 히데오의 "일청전쟁에 승리한 이래 우리나라는 부국강병이라는 군인정신 일색이었고 일러전쟁을 목전에 둔 시기로서는 이러한 순로의 자유분방한 작품이 환영받은 것은 당연"하다는 지적과 이러한 애국 소설이 태평양전쟁 말기에 다시 한 번 오시카와 순로의 작품이 인기를 얻었다[21]는 지적은 주목할 만하다.

---

19 山田有策(1980),「押川春浪-「海底軍艦」シリーズ-」,『国文学解釈と鑑賞十10号』, 至文堂.
20 福田宏子(1968),「明治の帝国主義と冒険小説-押川春浪の小説の意義-」,『季干文学・語学』(49), 三省堂.
21 伊藤秀雄(2002),『明治の探偵小説』, 双葉社.

2. 히데오와 그를 둘러싼 인물

그런데 이 '해저군함 시리즈'에서 주목해야 할 인물이 또 하나 있다. 소년 히데오이다. 히데오는 '해저군함 시리즈'의 독자이자 당시의 아동을 대변하는 인물로도 보이기 때문이다. 공교육에서 행한 당시의 시대적 요청인 애국과 제국을 교육하는 또 다른 하나의 '교과서'[22]가 될 수 있었던 '해저군함 시리즈'에서 유일하게 소년으로 나오는 인물이 히데오이다. 일본인이지만 이탈리아에서 상업을 하는 부모에게 태어나 모국 일본에 대해서는 부모한테 들은 것이 전부다. 8살의 히데오는 그의 부모처럼 순종적이고 전형적인 전근대적 인물이다. 일본 국가에 충성하는 일본 제국 군인이 되기를 바라는 아버지의 명령에 따라 히데오는 '나'와 같이 일본으로 돌아가게 된다. 도중에 배가 난파되어 구사일생해 사쿠라기 대령은 해저군함을 건조하며 무인도에서 3년을 보낸다. 히데오는 8살의 소년으로 '해저군함 시리즈'에서 유일하게 등장하는 소년이다. 히데오를 둘러싼 어른들은 '순진무구', '사랑스러'운 이 소년을 일본 제국주의에 걸 맞는 '애국소년'으로 교육시켜야 한다는 것을 강하게 의식하고 있다. 그 인물 중 첫 번째가 일본 제국주의의 전형적인 아버지 모습으로 등장하는 히데오의 아버지 하마지마 다케부미浜島武文이다. 그는 이탈리아에서 상업적으로 대 성공을 하였지만 자신의 하나뿐인 아들은 멀리 본국 일본에 보내어 일본 제국의 군인으로 키우려는 것이 그의 유일한 희망이다. 그 이유는

---

22 藤田浩暁(2000.6), 「もうひとつの＜日本＞−＜教科書＞としての『海底軍艦』−」, 『明治期雑誌メディアにみる＜文学＞』, 筑波大学近代文学研究会.

"내 평소 희망은 나는 이렇게 해외에서 일개 상인으로 출세해서 살고 있지만 아이만큼은 꼭 일본 제국을 지키는 멋진 해군으로 만들고 싶다. 일본인으로 태어난 아이는 일본에서 교육을 받지 않으면 애국심이 사라지는 것을 내 스스로 깊이 느끼고 있기 때문"이라고 한다. 아들에 대한 아버지의 희망, 즉 일본 제국의 해군이 되는 것이다. 아들에 대한 아버지의 희망은 아들이 원하는 아들의 미래상이 아니라 아버지가 원하는 일방적인 바람이다. 물론 8살의 소년이 자신의 의사대로 자신의 미래상을 만들어 갈 수 있는지는 의문이지만 적어도 소년 자신의 미래에 대한 꿈을 말할 수는 있을 것이다. 그렇지만 여기서는 그러한 '말'조차도 언급되어 있지 않다. 그런데 아버지가 아들을 일본에 보내려는 가장 큰 이유가 '해외에서 생활하면 애국심이 사라지'기 때문이라는 것인데 그래서 일본인으로 태어난 이상 일본에서 교육을 받아야 한다, 그것도 일본 군인으로 말이다. 여기서 보이는 아버지의 논리는 '애국심이 없어져' 가기 때문에 일본에서 교육을 받아야 한다는 것인데 왜 굳이 일본 군인이어야 하는가는 『해저군함』의 내외부에 흐르는 일본 제국주의의 욕망 때문이다. 결국 아버지는 자식을 제국주의 군인으로 양성해 애국심을 고취시키고 국가를 위해 희생해도 되는 일본 제국주의를 위해 개인의 희생은 문제가 아니라는 논리를 내세우는데 그렇다면 이러한 아버지 하마지마 다케부미의 의견에 대해 그의 아들 히데오는 어떻게 반응을 하는지를 살펴본다.

히데오 소년은 머나먼 해외에서 태어나 부모 외에는 일본인을 본 적이 없었을 것이다. 그래서 어린 마음에도 그립기도 했고 기뻤던 것이리라. 그 맑은 눈으로 빤히 내 얼굴을 올려다보더니, "어, 아저씨는 일본인?" 이라고 했다. "그럼 일본인이지. 히데오와 같은 일본인이야" 라며 나는 히데오를 끌어당기며 "히데오는 일본인이 좋아? 일본 나라를 사랑해?"라고 물었다. 소년은 기운차게 "네, 전 일본을 너무 너무 좋아해요. 일본에 너무 너무 가고 싶어요. 그래서 매일 매일 일본 국기를 꽂고 길에서 전쟁놀이를 하는 걸요. 그리고 있잖아요. 일본 국기는 강해요. 언제나 이기기만 하는 걸요", "오, 그렇지. 그렇고말고"라고 말하고, 난 이 귀여운 소년을 머리 위로 높이 올리고 대일본제국만세라고 외쳤다. 그러자 소년도 내 머리 위에서 만세 만세라고 외치며 덩실거렸다.

8살의 히데오가 처음으로 부모 이외의 일본인인 '나'를 보고 기뻐하며 반가워하는 모습이다. 처음으로 만나는 자신과 똑같은 국적을 가진 일본인을 보고 '빤히' 바라보는 히데오의 모습은 8살 소년의 모습 그대로이다. 앞에서 살펴본 히데오의 아버지인 하마지마 다케부미의 국가관을 고려해볼 때 그는 히데오에게 일본이라는 나라, 애국심, 그리고 일본인에 대해 얼마나 교육을 시켰는지 엿볼 수 있는 대화들이다. 그렇지 않다면 히데오가 일본인인 '나'를 보고 그렇게 '빤히' 보거나 신기해 하거나 하지 않았을 것이다. 그리고 그들의 첫 만남에서의 대화는 '일본 나라'였고 일본 국기를 꽂고 전쟁놀이를 한다는 히데오의 모습은 당시의 일본 제국주의의 시대상을 그대로 반영하는 소년의 모습이며 어른들에 의해 교육이라는 명분하에 이식되어진 소년의 모습과 겹쳐지기도 한다. 그러한 모습은 두 번째로 히데오의 교육을 담당한 사쿠라기 대령에게서도 발견된다.

① 일본을 위해 군사상의 큰 발명을 하러 37명의 부하와 무인도에 와서 비밀 조선소에서 해저전투정을 만들고 있다. 전투정이 완료되어 일본해에 우뚝 서면 서구의 열국들이 나란히 들어와도 일본열국기 아래 펄럭일 것이다.

② 무인도는 국제법상 어느 나라에 속하는지 모르는데, 국제법상에서 "지구상에 새롭게 발견한 섬은 그 발견자가 속하는 국가의 지배를 받는다."라는 원칙으로 당연히 대일본 제국의 신영지가 될 것이다.

③ "아사히지마朝日島라고 이름 지을 것이다. 그리고 혹시 서구 제국주의가 이 섬을 차지하지 못하도록 하는 방법은 기념비를 세우는 것이다. 메이지 몇 년 몇 월 며칠 대일본 제국 해군 대령 사쿠라기 시게오가 이 섬을 발견했다. 지금은 대일본 제국의 점령지이다. 이곳에 상륙하는 자는 재빨리 기를 거두고 떠나라."

사쿠라기 해군 대령은 37명의 부하들과 어느 날 갑자기 일본에서 사라진 묘령의 인물로 알려져 화젯거리가 된 인물이다. 그런데 갑자기 사라져버린 이유가 위 예문 ①에서 보듯이 무인도에서 비밀리에 해저전투정을 만들기 위해서라는 것이다. 그들은 해저전투정을 만들어 일본을 세계 제국 대열에 우뚝 서게 한다는 것에서 일종의 군사기밀이 있었다는 것을 암시해 주는 것 같다. 군인으로서 애국은 당연한 일일지도 모른다. 그런데 그는 무인도에 와서 해저전투정을 만드는 것만이 아니라 무인도의 점유권에 대해서도 언급하고 있다.

예문 ②에서 보듯이 무인도는 발견자가 속하는 국가의 지배를 받는다고 거론하며 결국은 자신이 발견했으니 대일본 제국의 신영지가 된다는 것이다. 이 논리는 무인도는 결국 먼저 차지하는 자가 정복하는 자가 될 것이라는 것이며, 이 무인도를 제국주의 관점에서 조금 더 확대한다면 역시 미개발국에 대한 개발국의 '보호'라는 명목으로, 지배적 야욕으로도 이어질 수 있는 것이다. 결국 무인도를, 모험 속에서 제국을 발견할 수 있는 것이다. 이러한 사쿠라기 대령에게 히데오는 3년 동안 군인이 되는 교육을 받는다. "사쿠라기 해군 대령의 엄숙하며 자비로운 손에 훈련을 받아 12살 소년치고는 신기하게도 어른과 비슷한 늠름하고 거동이 침착하고 마치 작은 사쿠라기 대령을 보는 것처럼 사내다운 소년"으로 히데오는 이미 군인이 되어 있었다. 아버지의 바람대로 사쿠라기 대령의 비람대로 소년 히데오는 거기에 일말의 불응도 없이 일본 제국주의 군인의 교육을 그대로 받아들인 수용체 그 자체이다. 그리고 세 번째로 히데오의 교육에 가담한 인물은 아버지와 사쿠라기 대령처럼 직접적으로 히데오의 교육에 관여하진 않았지만 히데오에게 간접적으로 영향을 끼친 '나, 야나기가와'가 있다. 세계를 두루 여행할 목적으로 요코하마 항을 출항한지 벌써 6년 전의 일로 아메리카, 유럽, 영국, 프랑스, 독일 등 유명한 명소 고적을 편력해 마지막으로 이탈리아를 거쳐 일본으로 돌아가려다 배가 난파되어 무인도에 표류해서 3년을 거기서 지낸다. '나'는 실제로 무엇 때문에 세계 만유를 하는지 그것에 대해서는 그저 탐험가라는 것만 언급되어있고 인물 '나'에 대한 개인적인 인적사항에 대해서는 거의 언급되어 있지 않다. '나'는 불의를 보면 참지 못하는 성질이 급한 인물이기도 하고, 때로는 선박이 난파되었을 때 구명정에 먼저 타겠다고 앞다투어 가던 외국인들이 바닷물에 휩쓸려 죽었을 때 '자업자득'이라고 냉소를 금하지 않는 잔인함도 있는 인물이다. 그리고 난파된 선박에서 '나'는 사쿠라에 부인과 히데오와 함께 바닷물에 뛰어

들었지만 히데오와 둘만 살아남고 부인의 생사는 알 수 없게 된다.

무인도에 도착해 히데오가 꿈을 꾸며 어머니와 아버지를 부르는 모습을 보고 한없는 슬픔에 눈물을 흘리는 '나'는 인정적인 면도 있는 인물이다. 그런데 이러한 다혈질 적인 '나'는 자신의 국가인 '일본'에 대해서만은 변함 없는 '충忠'으로 일관되어 있다. '나'와 히데오가 아사히섬에 도착해 사쿠라기 대령을 도와 생활하던 중 히데오와 함께 고릴라 사냥을 나간다. 그러다가 길을 잘못 들어 죽음의 계곡이라는 모래 계곡에 빠지게 되었는데 그때 사쿠라기 대령에게 구원 요청을 보내는 편지에서 "지금 해저전투정의 성패를 짊어지고 있는 대령님의 목숨은 우리들과 비교해서 몇 십 배 일본 제국을 위해 아껴두어야 합니다. 따라서 대령님이 우리를 구하려고 일부러 위험을 무릅쓰는 일은 하시면 안 됩니다. 일본 신민은 어떠한 경우에도 자신의 몸보다도 먼저 나라를 생각해야 합니다. 만약 우리를 구할 좋은 방안이 없다면, 부디 대의를 위해 우리를 버리십시오. 우리들은 운명이라 생각하고 뼈를 산중에 묻겠습니다."라고 했다. 여기서 '나'는 도움을 요청하긴 하지만 '일본 제국', '일본 신민'을 거론하며 자신과 히데오의 목숨보다 '대의'와 '국가'를 우선적으로 생각하는 당부의 모습에서 볼 수 있다. 당연히 이런 '나'의 일본 제국주의에 대한 '충'은 히데오에게 그대로 흘러갔을 것이다. 히데오를 둘러싼 이러한 교육 양육자들의 모습에서 아이러니한 것은 실제로 양육에 관여해야 할 어머니의 부재이다. 어머니와의 히데오의 관계는 모자 지간이라기 보다는 아버지의 가부장적인 제도[23]에 순응하고 수용하는 무의지적인 인물이다. 철저

---

23 우에노 치즈코는 실제로 가부장제의 가족제도가 메이지기에 만들어진 것으로 근대

한 일본 제국주의자인 세 사람에 의해 히데오는 국가관을 수용하고 일본 제국의 해군이 되어 간다. 이러한 히데오의 모습은 메이지 제국주의의 전형적인 소년상이다. 1872년 학제, 1886년 소학교령으로 모든 아동들이 학교에 다니게 되었고, 1890년에 메이지천황의 명으로 발표된 '교육에 관한 칙어'는 일본 제국 신민들의 수신과 도덕 교육의 기본 규범을 정하게 되는 일련의 제도가 있었다. 우에노 치즈코는 '교육칙어'의 제정 과정에서 전통적인 봉건체제의 '효충'을 '충효'라고 하는 유교 덕목으로 바꾸어 '집' 제도를 인위적으로 만들었다고 하는 기존의 주장과 국가주의와 가족주의가 연합해서 개인주의와 대결한다는 주장에도 동의하며 '가부장제'에 대해 여성의 권한이 축소된 것을 지적[24]한다. 이러한 지적으로 볼 때 히데오의 어머니인 하루에 부인은 아들의 교육에 관여할 수 없는 제도 속의 여인일 수밖에 없고 히데오 역시 마찬가지라는 것이다. '해저군함 시리즈'에 저류하고 있는 '국가주의'가 자연스럽게 히데오의 의식 속에 그리고 히데오와 비슷한 연령의 독자들 의식 속으로 흘러들어 무의식적으로 수용되어 버릴 가능성은 충분한 것이다. '해저군함 시리즈'가 일본 중심으로 회전되는 일본 중심주의에 근간을 두고 일본 제국주의의 야망 속에 교묘히 무협을 내세우며 포장하고는 있지만 그 보다 더 큰 위험성은 '해저군함 시리즈'의 독자층이 대부분 청소년이었고 지대한 영향을 받았다고 하는 것이다. 아쿠타가와 또한 그들 중의 한 인물이었다.

이전의 모계 상속이나 말자 상속이 존재하였는데 근대국민국가에 적합하게 형성된 제도가 가부장적인'집'제도라고 지적하고 있다. 메이지 민법에 보이는 가부장적 집 제도는 봉건사회의 가족질서를 규정한 것(p.100)이라고 지적하고 있다(上野千鶴子 (1994), 『近代家族の成立と終焉』, 岩波書店).
24 上野千鶴子(1994), 『近代家族の成立と終焉』, 岩波書店.

3. '오시카와적 모험담 구상'의 초기 문장

아쿠타가와가 청소년 시기에 쓴 20여 편의 문장으로 구성된 초기 문장을 분류해보면 세 가지 정도로 나눌 수 있다. 첫 번째는 '오시카와적 모험담 구상'인 문장, 두 번째는 역사에 관한 문장 세 번째는 기행적인 것이다. 첫 번째의 '오시카와적 모험담 구상'이란 것은 오시카와 순로의 '해저군함 시리즈'를 연상케 하는 문장과 오시카와 순로의 모험 소설을 모방한 문장이다. 그중에 첫 번째의 '오시카와적 모험담 구상'이라는 문장을 연상하는 것은『노구치신조군에게』,『신짱에게』,『대해적』,『탐험 소설 불가사의』,『신콜럼버스』,『20년 후의 전쟁』,『절도의 괴사』등으로 제목에서부터 모험과 탐험 또는 전쟁을 연상케 한다. 이 문장들의 대부분은 오시카와 순로의 '해저군함 시리즈'를 모방했다고 보이는 문장들이며 후술하듯이 그중에『절도의 괴사』는 등장인물과 지명 정도만 바뀌어 졌을 뿐 오시카와 순로의『절도통신』을 그대로 모사한 것으로 볼 수 있다.

아쿠타가와의 초기 문장 중에서 초등학교 때 작성했던 것으로 보이는『노구치신조군에게』는 '오시카와적 모험담 구상'을 모방해서 쓴 첫 초기 문장이다.『노구치신조군에게』는 일본과 프랑스와의 전쟁을 상정해 놓은 열 개의 단막으로 구성되어 있는데 엉성한 구성이기는 하지만 내용상으로 나누어 본다면 크게 네 가지로 분류할 수 있겠다. 제일 먼저 외국선 갑판에서 이 배에 승선해 있던 동양의 카네기 노구치신조가 프랑스 해군 장교인 도우엘 대위와 논쟁을 하고 있다. 그 논쟁 중에 도우엘 대위가 폭력을 휘두르려고 하자 때마침 동승하고 있던 만용 협객 후루가와 준노스케古川順之介가 보다 못해 도우엘 대위를 갑판 위에 내동댕이 쳐버리는 것이다. 두 번째는 그러한 동안에 선박은 지나 해로 점점 가까워지자 그 부근의 해적들이 나타나 습격한다. 양쪽 모두 필사적으로 싸운다. 해적 무리들의 수령인 아쿠타가와 류노스케(본인의 실명을 그대로 쓰고 있음)는 후루가와 준노스케와 일대일 승부를 겨루지만 포로로 잡힌다. 후루가와 준노스케는 아쿠타가와에게 선을 권하고 마침내 두 사람은 형제의 맹세를 맺고 대 사업을 계획한다. 세 번째는 파리의 요리집에서 프랑스인으로 가장한 다치다가와 유노스케立田川雄之介(＝아쿠타가와)와 매국노 스기우라 요지로杉浦誉四郎는 도우엘 대위와 밀담을 나누고 있다. 그것을 옆방에서 들은 일본인 이학사 오시마 토시오大島敏夫가 비분강개의 눈물을 흘린다. 세느 강변에서 그들을 발견한 오시마는 단총으로 아쿠타가와를 쏜다. 아쿠타가와는 자신이 매국노를 가장한 일본인 밀密 탐정이었던 것을 밝히고 죽는다. 오시마 이학사는 자신의 지레짐작을 후회하는데 이 광경을 보고 있던 일본 탐정 스기우라는 개심을 하게 된다. 프랑스령 사이공(현 호치민)의 격전에서 오시마 이학사가 발명한 공중군함에서 폭격을 가해 사이공은 함락된다. 그리고 후루카와 준노스케는 프랑스 군영에서 보초병을 베어 쓰러뜨린다. 기요미즈清水 대위의 잠행정은 수뇌를 날려 프랑스 함대를 격침시킨다. 네 번째는 평화를 극복하는 곳으로 아오야마와 아쿠타가 그리고 스기우라가 묻혀있는 묘지에서 노구치, 후루가와, 기요미즈, 오시마, 요시다吉田가 모두 만나 지난 일을 회상한다. 이 네가지 이야기 속에서 흥미로운 것은 프랑스와의 전쟁을 가상했다고 하는 것이다. 이와나미 서점의『아쿠타가와 류노스케전집 제21권』에 의하면『노구치신조군에게』가 쓰여진 시기를 초등학교즈음으로 추측하고 있는데 아쿠타가와가 에히가시江東 초등학교 고등과에 다닐 1904년을 전후로 한 시기이다. 그리고 러시아·프랑스·독일의 삼국 간섭으로 청일전쟁의 승리로 획득한 요동반도를 중국에 반환한 후 러시아에 대한 일본의 적대감정이 격앙되어 러시아와 전쟁을 유도하는 주전론의 목소리가 커지고 있었던 시기와도 맞물려 있다. 또 흥미로운 것은『노구치신조군에게』에서 프랑스와 전쟁한다고 하는 설정의 문장이 1906년 4월이라는 날짜가 첨부된 초기 문장『20년 후의 전쟁』에서도 마찬가지라는 것이다. 아쿠타가와가 왜 러시아가 아니라 프랑스를 전쟁 대상국으로 설정했는지 확실히 추정할 수는 없지만 적어도 아쿠타가와에게 전쟁이라는 시대 상황은 대단히 민감한 것임을 반증한다고 말할 수 있다. 일본 대 프랑스를 축으로 한『노구치신조군에게』는 일본인은 애국자 프랑스인은 악인[25]이라는 단순 논리가 이어진다. 이러한 단순 논리는 아쿠타가와의 '오시카와적 모험담 구상'이라는 일련의 초기 문장 전체에 걸쳐 나타나고 있다.『노구치신조군에게』에서 보아왔듯이 두 명의 일탐 매국노가 설정되어 있는데 매국노를 가장한 일탐 다치다가와 유노스케(실은 아쿠타가와 류노스케)는 일탐으로 오인되어 일본인에 의해 총에 맞아 죽음에 직면하게 되는데 여기서는 매국노는 죽어야 된다는 응징이 그려져 있다. 그런데 죽는 그 순간에 다치다가와는 자신은 일본 탐정으로 가장한 '아쿠타가와 류노스케'였다는 것을

---

25 이러한 단순한 논리를 상대편인 프랑스 측에서 보면 역으로 일본인이 악인으로 규정될 수 있을 것이다.

밝히고 미소를 지으며 죽는다. 이것을 보고 감격하고 개심한 일탐 스기우라는 전쟁에서 가장 먼저 공명을 세우고 만세를 제창하고 죽는다.

1902년즈음의 초기 문장 『대해적』이 있다.

세계 무비無比의 대영웅이라고 세상에 울려 퍼지게 할 자 누군가. 바로 다카나미 해군 대위의 아들 다카나미 히데쿠니高浪日出国. 이제 15살의 청년이지만 힘이 세고 검술에 능하고 호학하고 지식이 넘치는 미장부이다. 아버지가 전사한 후에 항해 사업을 하였는데 이번에 한 사람의 주선으로 상선商船 아키쓰시마秋津島호에 타고 이탈리아로 항해하던 중 귀로일선과 전쟁을 하게 되었는데 그 배는 어떤 나라의 배이던가. 그 국기에는 황색에 검은 악마 표시로 물들여져 있구나. 전쟁 후 인도양으로 접어들었을 때 갑자기 한 척의 배가 이쪽으로 다가오더니 돌연히 쏘기 시작하는 탄환이 한 발 두 발 또 한 발……. 탄환이 비수처럼 수중을 뚫자 물보라가 떠오른다. 아군 배를 관통한다. 이때 재빨리 때를 독촉하듯 아키쓰시마호에서 한 척의 보트가 내려오더니 파도를 일며 상대편의 배가 해적선인지 어떤지를 살펴보러 다가가자 그 배는 거품을 내며 수중으로 침몰해 버린다. 이 보트에 타고 있는 자 그 누구던가. 승조원은 단 한 사람……. 그것도 일본인……. 누구던가. 바로 다카나미 히데쿠니다. 후에 어떤 미국인이 말하기를 그 가라앉은 배가 바로 인도양의 대해적이었다고. 이 일이 각국에 퍼졌다. 히데쿠니의 이름은 지구상에 울려 퍼졌다. 이 일은 히데쿠니 아니 승조원, 아니 아키쓰시마호 아니 우리 대일본 제국의 명예라고 해야 하지 않겠는가.[26]

이 초기 문장은 나라간의 전쟁은 아니지만 탐험을 하다 만난 대

---

26 芥川龍之介(1997), 『芥川龍之介全集 第二十一卷』, 岩波書店.

해적과의 한 판 대결에서 승리한 '히데쿠니'라는 소년을 통해 '대일본 제국의 명예'를 도출하는 내용이다. 여기서 보이는 이 '히데쿠니日出国'의 소년 이름에서 오시카와 순로의 '히데오日出雄'를 연상하게 한다. 그리고 『신콜럼버스』에서는 6명의 소년이 탐험을 하게 되는데 그 이유는 사유토멜이라는 미국 소년이 북태평양 횡단을 거행한다는 것에 촉발되어서 자신들도 항해를 하게 된다는 초기 문장이다. 항해하기 전 6명의 소년들이 "국가를 위해 목숨을 버리자."라는 군가를 반복하여 불러 다짐을 하는 모습에서 패기에 찬 군인의 모습이 연상된다.

① 야마토 남아 피끓는 혈기를 칼집 날붙이에 쏟아 붙지 않겠는가. 우리나라의 방패가 되어 목숨을 버리자. 해상에서 버리자. 목숨을 들판에서.
② 꽃은 벗꽃이요. 사람은 무사로다. 지금 시키지마敷島에 있는 여섯 건장아 승선한다. 아사히朝日 호로 고금 무쌍했던 쾌남아들 나라를 위해서 목숨 버리련다. 대사업에.

군가는 말할 필요도 없이 나라를 위해 목숨을 바치는 군국주의를 대표하는 상징적인 노래이다. 당연히 위의 군가도 마찬가지이며 '군'이라는 하나의 공동체 의식을 형성해 일본 제국주의의 충군애국 이데올로기를 수용하고 있다. 물론 나라를 위해 목숨을 버리자는 군가가 아쿠타가와가의 자각된 의식에서 나온 문장으로 보기는 어렵다. 후년 『난쟁이의 말侏儒の言葉』(1923~1927)에서 아쿠타가와는 "군인은 어린아이에 가깝다. 새삼스럽게 여기서 거론할 필요도 없을 것이다. 기계적인 훈련을 중하게 여기기도 하고 동물적인 용기를 중하게

생각하기도 하는 것도 초등학교에서나 볼 수 있는 현상이다. 살육을 아무렇지도 않게 생각하는 등은 더 더욱 어린아이와 비교할 바 못 된다. 특히 어린아이와 같이 나팔이나 군가에 고무된다면 무엇을 위해 싸우는지 묻지도 않고 흔연히 적지에 달려드는 것이다."라고 냉소적으로 서술하고 있는데 유소년 시절의 아쿠타가와에게 있어서 또한 마찬가지로 볼 수 있다. 철저한 충군애국의 일본 제국주의의 교육이 시행된 시대적 상황 아래 유소년이었던 아쿠타가와가 일본 제국주의의 본질을 이해한다는 것 자체가 무리였을는지도 모른다. 그러나 개인보다 국가를 우위선상에 둔 일본 제국주의의 충군애국 이데올로기가 어떠한 여과 과정 없이 아쿠타가와의 초기 문장에 그대로 수용되어 있다는 것만은 확실히 말할 수 있다. 그렇지만 아무리 시대적 조류가 그렇고 또한 아쿠타가와가 유소년이었다고 하더라도 단순하고 관대한 시각으로 보기에는 석연치 않는 부분이 있다. 마루야마 마사오丸山眞男는 충성이 인격의 내면적 긴장을 날카롭게 야기하는 것은 다원적인 충성의 선택 앞에 직면하게 되고 한쪽의 원리 인격 집단에 의한 충성이 다른 한 쪽에서는 반역을 의미한다고 지적[27]하고 있다. 마루야마 마사오의 지적이 아니더라도 충군애국과 매국은 상반적인 관계이며 아쿠타가와의 '오시카와적 모험담 구상'의 일련의 초기 문장에서도 충군과 매국은 어김없이 등장하고 있다. 그러한 양상은『노구치신조군에게』와『신콜럼버스』에서만 내재된 것이 아니라 1906년의 초기 문장으로 보이는『20년 후의 전쟁』에서도 마찬가지이다. 프랑스와 전쟁을 가상한 이 초기 문장은 전쟁의 도화선을 일본 제국주

---

27 丸山真男(1992),『忠誠と反逆』, 筑摩書房.

의의 표상인 '어진영(일본에서 일본 천황과 황후의 사진 또는 초상화를 높여 부르던 말)'과 '일본 국기의 파손'에 의해 발발된다고 설정하고 있다. 우치무라 간조內村鑑三의 불경 사건을 거론할 필요도 없이 이 어진영의 상징성은 일본 제국주의의 핵심을 이루는 이데올로기이다. 즉 어진영과 일본 국기의 파손은 일본 제국주의의 국가적 이데올로기에 대적한 것이며 전쟁으로 이어지는 것은 당연한 결과라는 것이 아쿠타가와의 무의식 속에 깊이 작용하고 있었다는 반증으로 보인다. 아쿠타가와의 친우였던 쓰네토 쿄恒藤恭는 아쿠타가와에 대해 "군국주의는 싫어했지만 군사 취미는 이해하는 바가 많았던 것 같다. 나중에 그가 근무했던 해군기관 학교와 그와의 배합은 엉망이었던 것 같았지만 반드시 그렇지만도 않다. 군함 속에서 생활하는 것을 소재로 쓴 그의 작품에는 어느 정도 군사 취미가 스며져 나오고 있는 것 같다. 특히 군인들의 생활이 아니라 군함 그 자체를 묘사한 문구 등에서는 군함 그 자체가 살아있고 동시에 군함이라고 하는 존재물에 대한 일종의 애착심이 감도는 것이다."라고 회상[28]하고 있다. 쓰네토 쿄가 지적한 대로 '군사 취미', '군함'에 대한 '일종의 애착심'은 『노구치신조군에게』에서 살펴보았다. 물론 아쿠타가와는 본인을 포함한 친구들의 실명을 거론하고 '부축이는 셈은 아니지만', '웃지 말아주게', '조금 심하지만'이라고 덧붙이고 있으며 또한 후술할 『20년 후의 전쟁』에서도 아쿠타가와 본인 스스로를 대역사가로 설정해 '아쿠타가와 류노스케'라는 본명을 가용하고 그 뒤에 "에헴"이라고 덧붙인 곳에서 순진한 소년 아쿠타가와의 모습도 상상된다. 그러나 언급했듯이 『노구

---

28 恒藤恭(1992), 『旧友 芥川龍之介』, 二本図書センター.

치신조군에게』에서 『20년 후의 전쟁』에 이르는 일련의 '오시카와적 모험담 구상'은 '군사 취미'로만 수용하기에는 석연찮은 부분들이 많다. 마루야마 마사오는 "인간은 무에서 생각하고 행동하는 것이 아닌, 일정한 역사적 사회적 조건과 단순하게 그들을 둘러싼 사회조건만이 아니라 이미 선행하는 역사적 시간 축에서 축척된 다양한 사고 패턴으로 주체의 내면에 깊이 침투하며 우리들은 그것을 거의 무의식하며 그들의 패턴에 의존해 가는 상황에 대응하고 있다."라며 지적[29]하고 있다. 아쿠타가와의 초기 문장에서 자주 보이는 '애국', '선생', '국가', '매국노', '충성' 등의 용어에서 당시의 어린 아쿠타가와의 지대한 관심사는 역시 당시의 시대적 관심사인 전쟁과 국가였다는 것을 엿볼 수 있다. '오시카와적 모험담 구상'은 오시카와 순로의 '해저군함 시리즈'의 영향이 있다는 것을 살펴보았는데 특히 『절도의 괴사』(1906)는 오시카와 순로가 아동 잡지『소년세계』에 투고한 『절도통신』을 그대로 모사한 초기 문장이다. 두 작품의 줄거리는 거의 동일하다. 먼저 『절도의 괴사』의 줄거리를 간단하게 보자면 친구 이학사인 다쓰시마龍島와 '나'가 한 장의 종이 쪽지에 촉발되어 탐험을 나서게 되는데 우연히 수 년 전에 행방불명되었던 군함 '우네비畝傍'를 만난다는 내용의 모험을 하는 이야기로 이 두 스토리와 구성은 아래와 같다.

▶ 오시카와 순로의 『절도통신』[30]
① 一. 군함 '우네비(「畝傍」)'의 행방에 대해(軍艦の行衛に就き) 12호
② 二. 바다에 떠있는 기이한 상자(海中の奇異な箱) 13호

---

29 丸山真男(1992), 『忠誠と反逆』, 筑摩書房.
30 『소년세계』(1903) 9권 12~16호, 박문관, 부록3 참조.

③ 三. X포대에 있었던 괴이한 일X(台場の怪事) 13호

④ 四. 군용경기구(軍用輕気球) 14호

⑤ 五. 비비의 장난(狒奴の悪戲) 14호

⑥ 六. 절도의 군함(絶島の軍艦) 16호

▶ 아쿠타가와의 『절도의 괴사』[31]

① 一. 바다 위에 떠다니는 불가사의한 상자(海上の奇異な箱)

② 二. 공중에 떠 있는 큰 괴물(空中之大怪物)

③ 三. 검은 그림자 섬(黒影島)

④ 四. 지나 해상의 폭풍(支那海上の颶風)

⑤ 五. 댄블로우섬의 습격(ダンブロー島の襲来)

⑥ 六. 고릴라? 고릴라!(전편 완결)(ゴリラ？ ゴリ！(前編完))

⑦ 七. 아리아케 해군 대장(有明海軍大佐)

위 목차의 순서와 제목은 조금 다르지만 실제로 그 내용은 거의 동일하다. 오시카와의 ②가 아쿠타가와의 ①로, 오시카와의 ③이 아쿠타가와의 ②로, 오시카와의 ⑤가 아쿠타가와의 ③, ④, ⑤, ⑥으로, 오시카와의 ⑥이 아쿠타가와의 ⑦로 되어있다. 단지 오시카와 ⑤의 히히메(개코원숭이)를 아쿠타가와 ⑥의 고릴라로 바꾼 차이는 있다. 그런데 여기서 재미있는 것은 그 상이점이다. 물론 이 상이점은 앞에서 언급한 스토리나 구성면에서 보이기도 하지만 시대와 관련된 사항을 한정 지어 보자면 다음과 같다.

---

31 『芥川龍之介全集第二十一巻』(1997), 岩波書店. (이하 본서에서 인용하는 아쿠타가와의 작품은 이와나미서점岩波書店에서 간행한 아쿠타가와 류노스케 전집 제1권에서 제24권까지 의한다.)

▶『절도통신』[32]

① 제국일등 전투함(帝国一等戦闘艦「朝日」)

② 사랑하는 토지(愛する土地)

③ 이학사와 나는 입에 거품을 물고 동양의 풍운을 논하고

(理学士と私とは口角泡を飛ばして東洋の風雲を論じ)

▶『절도의 괴사』

① 우리 연승의 영광이 있는 제국 일등 순양함

(我連勝の光栄ある帝国一等巡洋艦浅間号)

② 사랑하는 조국(愛する祖国)

③ 이학사와 나는 입에 거품을 물고 굴욕적인 강화를 논하고 동아
의 풍운을 설하고

(理学士と私とは口角沫を飛ばして屈辱的媾和を論じ東亜の風雲を説て)

위의 인용에서 보면 오시카와의 '제국일등'이 아쿠타가와의 '우
리 연승한 광영있는 제국일등'으로, '사랑하는 토지'가 '사랑하는 조국'
으로, '동양의 풍운을 논'한다가 '굴욕적인 강화를 논'하고 '동아시아의
풍운을 설'한다는 것으로 당시의 시대 상황에 맞게 좀 더 구체적으로
바꾸어져있다. 오시카와 순로의『절도통신』은 1903년에 투고한 작품
으로 러일전쟁 전에『소년세계』에 연재된 탐험 소설이므로 러일전쟁
과는 직접 연관성이 없다. 반면『절도의 괴사』는 오시카와를 모방하
며 국가와 관련된 부분에서는 러일전쟁의 경험을 통해서 일본이라는
자국에 대한 의식이 강하게 드러나 있다.

오시카와 순로의 '해저군함 시리즈'의 영향은 아쿠타가와의 초기

32『소년세계』(1903) 9권 14호, 박문관.

문장 '오시카와적 모험담 구상'에서 살펴본 대로 이다. 물론 아쿠타가와의 초기 문장은 아쿠타가와의 의식 세계의 테두리에서 일어난 무의식의 세계라고 볼 수 있을 수 있지만 당시의 오시카와 순로의 '해저 군함 시리즈'의 독자들과 마찬가지로 아쿠타가와 또한 오시카와 순로의 지대한 영향 아래 있었다는 것만은 확실히 말할 수 있을 것이다. 그렇다면 오시카와 순로에 대한 경도가 초기 문장 이후에는 어떻게 나타나고 있을까라는 의문이 생긴다.

4. '방관자적' 소재

다이쇼기의 작가 아쿠타가와에 대해서 그와 그 작품을 논할 때 가장 우선적으로 거론되는 것이 초현실주의자이며 기교주의 작가이다. 생전 10여 년의 짧은 집필 기간 동안 수백 편의 단편을 남겼는데 그중에 오시카와 순로와 관련이 있어 보이는 작품은 『사이고 다카모리西郷隆盛』(1918), 『군함금강 항해기軍艦金剛航海記』(1917), 『모리선생毛利先生』(1919), 『애독서의 인상愛讀書の印象』(1920), 『강남유기江南遊記』(1922) 등이다. 실제로 『사이고 다카모리』와 『군함금강 항해기』는 간접적으로 연상하게 하는 것이고 나머지 『모리선생』, 『애독서의 인상』, 『강남유기』에서는 언급만 되어 있다. 다이쇼 데모크라시는 그 이전시대의 제국주의의 내셔널리즘을 그대로 수용하여 작품 활동을 할 수 있는 시대도 아니었고 수용할 수 있는 문화적 배경도 희석이 되어 있었다. 다이쇼 교양주의와 문화주의의 비교적 평화로운 시대 속에서 작품 활동을 한 아쿠타가와가 전시대의 군국주의의 내셔널리즘을 그대로 모방한 오시카와 순로의 '오시카와적 모험담 구상'이란 걸 그대로 수용할 필요도 수용하지도 않은 것은 너무나 당연하며 그의 작품 속에 등장할 필요가 없었을지도 모른다. 그래서 다이쇼기의 작품에서 나타나는 오시카와 순로와의 관련은 대부분 방관자적인 작품의 소재로 등장하고 있다.

『사이고 다카모리』는 역사도인 '나'가 우연히 세이난 전쟁을 조사하는 역사학자인 혼마와 기차 안에서 있었던 에피소드를 통해 역사의 진위에 대해 회의하고 있는 작품이다. 사학자 혼마는 사이고 다카모리는 세이난 전쟁에서 죽지 않고 생존해 있었다는 가설을 내세운 걸로 유명한 학자이다. 그가 '나'에게 사이고 다카모리가 살아있다고는 하지만 "진위의 판단은 듣는 자의 자유입니다."라는 전제를 제시하는 것도 잊지 않고 있다. 그리고 사이고 다카모리가 살아있을 지도 모른다는 생각을 한 역사도인 '나' 또한 '거짓이 없는 역사를 쓰려고 생각'하지 않고 '단지 있을 것 같은 아름다운 역사를 쓰면 그걸로 만족 한다.' 하며 역사 사실에 대해 무척 회의적인 시각이다. 『사이고 다카모리』가 물론 '해저군함 시리즈'에서 등장하는 사이고 다카모리에서 힌트를 얻은 것이라고는 단언할 수 없다. 사이고 다카모리에 관한 생존설은 사이고 다카모리 사후 직후부터 다양하게 존재해왔기 때문이다. 그렇지만 적어도 아쿠타가와의 '오시카와적 모험담 구상'인 것에서 추론해 본다면 실제로 『사이고 다카모리』에서 일말의 흔적은 찾아 볼 수 있을 것이다. 일본이 근대국가로 이행하면서 최고의 개국공신이었던 사이고 다카모리는 일본근대의 마지막 내전인 세이난 전쟁에서 자결했던 것으로 알려져 있다. 신정부 수립의 영웅이 그 정권의 권력자들에 의해 말살되었다고 하는 것에서 일본 민중들이 품은 영웅에 대한 애석함이 결국 불사 재기라는 전설, 러시아로 갔다든가 또는 한국으로 건너갔다는 등의 전설을 만들어 내고자 하는 심리가 큰 역할을 했을 것이다.[33]

　『사이고 다카모리』의 사이고 다카모리는 물론 '해저군함 시리즈'의 혁명가인 사이고 다카모리와는 완전히 다른 일반인적인 인물로 등장하지만 이 둘의 관계가 전무한 것은 아닐 것이다. 과거로의 회상이 있는 『군함금강 항해기』[34]는 군함금강을 타고 항해하며 기록해 놓은 항해기이다. '나'가 기관장과 같이 보일러실을 구경하며 거기서 굉장한 노동을 하는 군인들의 모습에서 노동자들의 모습을 발견하고 "해상에서의 생활은 육지에서의 생활과 다름없이 괴롭다."라는 생활인의 모습을 한 군인들에 대해 기록하고 있는 항해기이다. 야마모토 대령은 술에 취해 '나'에게 "20년 전의 일본과 오늘날의 일본은 상당히 다릅니다."라고 말하는데 '나'는 "솔직히 말하자면 난 20년 전의 일본과 오늘날의 일본이 뭐가 어떻게 달라졌는지 실은 잘 모르겠다."라고 한다. '야마모토 대령'이 말한 '20년 전'은 항해기가 기록된 1917년의 당시에서 되돌아본다면 청일, 러일전쟁을 전후 한 시점이 될 것이다. 군인으로서의 20년 전이라는 것은 일본 제국주의 군국주의의 내셔널리즘이 전 일본에 팽배해있었던 시기이며 해군들의 위상 또한 최고조였을 것이다. 그렇지만 다이쇼 데모크라시의 교양주의 문화주의 속에서 내셔널리즘과 군인은 지난 시대의 회상으로 치부될 수밖

---

33 佐々木克(1994), 『岩波講座 日本通史第16卷』, 岩波書店.
34 아쿠타가와 류노스케는 1916년 12월에서 1919년 3월까지, 2년 4개월간 해군기관학교에서 영어촉탁교수로 근무했다.

에 없는 존재이며 야마모토 대령은 술잔을 기울이며 '한탄지정'에 젖어 있었을지도 모른다. 이러한 회상은 『모리선생』에서도 마찬가지이다.

『모리선생』은 '나'가 10여 년 전에 중학생이었을 때 임시로 영어를 담당한 '모리선생'을 회상한 이야기로 이루어진 작품이다. 모리선생은 인플루엔자로 갑자기 돌아가신 영어 선생 대신 후임이 결정되기 전까지 임시 교사로 '나'가 다니는 중학교로 왔다. 취임 당일부터 모리선생의 복장과 실력으로 우리들은 모리 선생에 대해 비호감적이었다. 심지어는 같이 영어를 담당하는 단바丹波선생도 학생들과 같이 공공연히 모리 선생을 무시하였다. 그래서 모리 선생의 수업에 학생들 그 누구도 진지하게 귀를 기울이지 않았으며 노골적으로 영어책 초이스리더 밑에 '오시카와 순로의 모험 소설'을 두고 읽는 학생도 있었다. 한 유도 선수도 수업 대신 '오시카와 순로의 모험 소설'을 읽고 있었다. 이 시기 또한 러일전쟁 전후 시기로 오시카와 순로의 모험 소설이 얼마나 인기 있었는지를 알 수 있는 부분이다. 그 다음은 『애독서의 인상』이다. "어릴 때 읽었던 애독서는 「서유기」가 첫 번째이다. 「서유기」는 오늘날에도 내가 제일 애독하는 책이다. 비유담으로 이 정도의 걸작은 서양에는 하나도 없을 것이다. 유명한 존 버니언의 「천로역정」도 도저히 이 「서유기」에 대적할 바 못된다. 그리고 「수호전」도 애독서 중의 하나이다. 이도 지금까지도 애독하고 있다. 한 때는 「수호전」 속에서 108인의 호걸 이름을 전부 외운 적이 있다. 그때에도 오시카와 순로의 모험 소설이나 다른 것보다도 이 「수호전」이나 「서유기」가 훨씬 재미있었다."라고 한다. 여기서 어릴 적 애독서인 '서유기'나 '수호전'은 집필하는 당시에도 읽고 있지만 '오시카와 순로의 모험 소설'은 어떤지에 대해 언급이 되어 있지 않다. 실제로 여기서는 어릴 적 애독서에 '서유기'나 '수호전'에 훨씬 더 무게를 두고 거론하고 있지만 그의 초기 문장에서는 오시카와 순로의 '해저군함 시리즈'를 모방한 문장들이 다수 있다는 것을 보면 당시에는 오시카와 순로의 영향이 훨씬 더 컸을 것으로 보인다. 이렇게 본다면 '오시카와적 모험담 구상'인 것에 열광하며 다수의 초기 문장을 남겼던 것에서 작가가 된 이후의 작품이나 기록들을 보면 거의 방관자적인 작품 소재로 다루어지고 있는데 그것은 여전히 그의 뇌리에 잔존해있다는 것을 엿볼 수 있는 것으로 흥미로운 점이다.[35]

2장 러일전쟁과 초기 문장 『20년 후의 전쟁』

1. 러일전쟁과 미디어 그리고 『소년세계少年世界』

개전론자 7박사[36]를 비롯해 러일전쟁의 주전론이 점차적으로 확산된 데에는 일본의 미디어 즉 당시 언론을 주도해가고 있었던 신문

---

35 아쿠타가와는 1916년에 제3차 『신사조新思潮』의 동인이었는데 그때 『春の心臟』 (1916.6)을 번역하여 게재 한다. 그의 팬 네임이 오시카와 류노스케押川隆之介, 야나기가와 류노스케柳川隆之介를 필명으로 했는데, 이 두 필명 '오시카와 류노스케'는 오시카와 순로를, '야나기가와 류노스케'는 해저군함 시리즈의 모험가 야나기가와 류타로柳川龍太郎의 이름을 연상하게 한다.

36 1903년 6월 10일 수상과 외상에게 대러시아 개전을 촉구하는 건의서를 제출한 도쿄제국대학 교수를 중심으로 한 7명의 박사 -도미즈 히론토戶水寛人, 테라오 토오루寺尾亨, 가나이 엔金井延, 다카하시 사쿠에高橋作衛, 도미이 마사아키富井政章, 오노즈카 키헤이지小野塚喜平次, 나카무라 신고中村進午(유일 학습원대학)와 더불어 미디어는 러일전쟁의 개전론을 지지했다.

이 커다란 역할을 했다. 처음에는 비전론의 입장을 취하던 『요로즈초호万朝報』나 『도쿄니치니치東京日日 신문』등도 러일전쟁에 임박해서는 주전론의 입장을 취하게 되었는데 그 일례[37]를 들어 본다.

① 지금 러시아는 우리들과 대적해 봐야 성산이 없을 것이다. 그런데 그들이 하는 바를 보면 때로는 조약을 무시하고 때로는 마적을 선동하고 때로는 조선 병사로 가장하여 그 병사들을 조선으로 보내고 때로는 조차지租借地를 본도의 요충지로 확보하려는 모습이 마치 자기 나라가 된 것 같다. 지금도 벌써 이렇게 하고 있는데 후일 그들의 그 강한 힘을 극동으로 뻗치면 자연히 그 성산成算은 뻔하다. 그들이 만주를 점령한다면 그 다음은 조선으로 향할 것은 불 보듯 뻔하고 조선이 그 세력권 안으로 들어가면 그 다음은 어디를 향할지 그 또한 명백하다. 따라서 오늘날 만주문제를 해결하지 않으면 조선은 틀림없이 그렇게 될 것이다. 조선이 그렇게 되면 일본의 방어는 희망이 없어진다.
『도쿄아사히東京朝日 신문』(1903.6.24.)

② 만주문제가 우리들에게는 체면과 이익의 문제가 되지만, 그 문제를 조선으로 옮겨가면 생사존망의 문제가 되지 않겠느냐? 러시아 이미 제국의 사활을 걸고 있는데 이들과 싸우는 것을 그만두어서야 되겠는가?
『고쿠민国民 신문』(1904.1.5.)

③ 정부가 러시아가 내세운 몇 가지 이유 때문에 마지막 결정을 하지 못하고 주저해서는 안 된다.
『지지時事 신보』(1904.1.24.)

---

37 본고의 신문 인용은 『明治ニュース事典第七巻』(1985), 明治ニュース編纂委員会, 毎日コミュニケーションズ 참조.

④ 정부 결정하지 않고, 궁지에 몰린 생쥐 같은 행동에 만족하고 있으니 얼마나 그 용단이 부족한지, 시기를 오산하고 있는 것이 심하지 않는가?　　　　　　『오사카마이니치大阪毎日 신문』(1904.1.29.)

⑤ 일본정부는 러시아와 외교상의 교섭은 계속하는데, 국민들 말하기를 평화는 물론 바라는 일이지만 영원한 평화를 보장하기 위해서 전쟁을 굳이 피할 바는 없다고.

　　　　　　　　　　　『도쿄니치니치東京日日 신문』(1904.2.6.)

위의 일례에서 보여준 주요 신문사들의 태도는 주전론을 노골적으로 드러내고 있으며 오히려 전쟁을 주저하고 있는 정부를 비판하며 나아가서는 전쟁을 부추기고 있다. 이것은 청일전쟁에서 획득한 요동반도가 러시아·프랑스·독일의 소위 삼국 간섭으로 중국에 반환한 역사적 배경이 그 배후에 강하게 작용하고 있다. 또 한편 이러한 주장들과 달리 극히 일부이기는 하지만 비전론의 목소리[38]도 있는데 개전론으로 돌아선『요로즈 초호』를 퇴사한 우치무라 간조와 고토쿠 슈스幸徳秋水, 사카이 도시히코堺利彦 등이 창간한『헤이민平民 신문』이 그것이다. 우치무라 간조는 요로즈 초호의「근시잡담近時雜談」에서 평화주의를 내세우며 그 동기에 대해서는,

---

38 아쿠타가와도 비전론에 대한 지식은 있었던 것 같다. "히사이다라고 하는 글자는 틀렸는지도 모른다. 나는 단지 그를 히사이다라고 칭한다. 그는 우리 아버지 집에 있던 우유 배달부였다. 그리고 또 오늘날만큼 많지 않았던 사회주의자 중의 한 사람이었다. 나는 이 히사이다씨에게 사회주의의 신조를 배웠다. 그러나 다행인지 불행인지 나의 혈육에는 스며들지 않았다. 하지만 러일전쟁 중의 비전론자에게 악의를 가지지 않았던 것은 틀림없이 히사이다씨의 영향이 있었다."(芥川龍之介(1926~1927),「히사이다 우노스케久井田卯之助」, 『추억』.)

나는 기독교 신자이자 전도사이다. 기독교에서는 원수를 죽이지 말라 그대의 적을 사랑하라고 가르치고 있다. 그런데 만약 이러한 가르침을 믿는 내가 개전론을 주장한다면 그것은 내가 나를 기만하고 세상을 기만하는 것이니.   『요로즈 초호』(1903.9.27.)

라고 기독교적 입장에서 반전론을 밝히고 있으며 또 일본과 러시아의 충돌은 양국 제국주의자들의 충돌이며 이 충돌 때문에 가장 크게 피해를 입는 사람은 평화를 추구해 마지않는 양국의 양민이라고 솔직한 의견을 피력하기도 한다. 또한 "외국과 싸울 때 충군과 애국을 강하게 내세운 오늘날의 일본인을 향해 개전을 권하는 것 보다 더 쉬운 일은 없다."라고 날카롭게 개전론을 비난한다.

한편 『헤이민 신문』에서는

① 때가 왔다. 진리를 위해서 정의를 위해서 천하 만세의 이해와 복을 위해서 전쟁 방지를 절규할 때가 왔다. (중략) 오늘날 일러양국 교활한 아이와 같은 행동을 즐기면서 민심을 계속 선동하고, (중략) 러시아와 일본, 러시아가 침략한 만주는 타인의 영토이며 일본이 취한 대만은 타인의 영토이지 않는가? 약탈, 학살 등 러시아인들이 실로 그런 짓을 하였다. 그렇지만 일본인이라고 과연 그런 짓을 하지 않았을까? 단지 러시아만이 폭행을 했을까? 단지 일본만이 인의라고 군자라고 할 수 있겠는가?   (1904.1.17.)

② 전쟁은 마침내 왔다. 평화 곽란癨亂이 찾아 왔다. 죄악의 횡행은 왔다. 일본 정부 말하기를 그 책임 러시아 정부에 있다고. 러시아 정부 말하기를 그 책임 일본정부에 있다고. 이를 볼 때 양국정부도 전쟁을 꺼리고 평화를 중요하게 여기는데 평화 곽란의 책임을 면하려고 욕심

내고 있는 것이다. 그 욕심이 너무 크다. 평화 곽란의 책임은 양국의
정부, 또는 그 일국의 정부에 묻지 않을 수 없다.   (1904.2.14.)

일본과 러시아 제국주의의 '침략 야욕'을 간파하고 그것을 그대
로 언론에 드러낸 소수의 비전론자의 여론은 동아시아 질서를 위험
에 빠트리는 러시아를 벌하기 위해서, 동아시아의 평화를 지키기 위
해서 어쩔 수 없이 전쟁해야 한다는 논리로 이끌어 가는 대다수의 주
전론 속에서 그 반향을 불러일으키는 것은 무리였다.[39] 그런데 이러
한 주전론에 대한 흐름은 신문만이 아니었다. 당시 아동 잡지로 인기
를 누리고 있었던 『소년세계』에서도 역력하게 드러나고 있는데 『소
년세계』의 독자들에게 일본 제국주의의 주체로서의 국가의식을 강하
게 주입시키고 있다. 청일전쟁 당시인 1895년 1월에 창간된 『소년세
계』는 그 창간 취지에서

일본 제2의 유신이 오려고 한다. 토지 100배 인구 10배인 청국과
싸워서 이기고 동양유일의 강국이 되어 세계의 웅비와 어깨를 나란히
하고 패권을 다투려고 한다. 그 광대한 모습을 어찌 첫 번째의 유신에
비할 것이냐! 앞으로 나아가야 할 우리 국민에게 위대한 각오는 되어
있을 것이다. 제2의 국민으로서 후일 일본 제국을 양어깨에 짊어져야

---

39 1903년 11월에 러일전쟁을 개전하려는 움직임에 반대하여 비전론을 주장한 요로즈
초호도 후에는 사론社論을 개전론으로 전환하게 된다. 비전론을 주장해왔던 동지同
誌 기자 고토쿠 슈스와 사카이 도시히코가 비전론의 주장을 관철하기 위해 요로즈
초호사를 퇴사하고 사회주의사상의 선전, 보급을 행하기 위해 헤이민 신문을 창간
하는데 1903년 11월 15일의 제1호부터 1905년 1월 29일의 제64호까지 간행된다.
강경한 비전론입장 때문에 강제로 폐간되었다. 형태는 신문사이지만 사회주의자와
사회주의지원자들의 중심적인 역할을 담당해서 사실상 사회주의운동의 중심 조직
이라 할 수 있다.

할 우리 소년 여러분들은 지금보다 더 크고 강건하게 웅대한 기상,
극기, 인내의 덕성, 밝고 투철한 지식을 발양하는 것을 필요로 하니,

라고 하고 있는데 여기에는 이미 동양에서의 맹주국이라는 의식과
팽창적인 제국주의 의식이 강하게 표출되어 있다.『소년세계』는 창
간 취지부터 아동들을 대상으로 한 순수한 아동들의 상상적 세계를
키워주는 아동 잡지와는 동떨어진 제국주의에 걸 맞는 소년들을 배
양하고 양성하려는 의도가 농후하다는 것이 엿보이는데 이러한『소
년세계』는 러일전쟁이 되면 한층 노골적으로 일본 제국주의 이데올
로기를 수용한다. 러일전쟁이 있었던 1904년 2월부터 1905년 9월까지
의『소년세계』는 러일전쟁에 대한 기사가 상당수 차지하고 있다. 예
를 들면「러시아 정벌」(6호),「대승리」(10호),「금지훈장」(14호)의 제3
회의 정기 증간을 따로 더 설치해서 다루고 있으며, 정기 간행에서도
「러시아 정벌」(4~6호),「러일전쟁 기록」(9호, 11~13호, 15호) 등을 설
치해 러일전쟁을 상세히 다루고 있다. 그 일례로 2월 10일 선전포고
한 달 후의 3월 호를 살펴보면, 우선 전쟁에 대한 칙어를 실어두고
그것을 편집장인 이와야 사자나미巖谷小波가『소년세계』독자들에게
알기 쉬운 말로 재 번역해서 전쟁해야 하는 이유를 밝히고 있다. "러
시아는 중국과 약속한 것도 또 다른 나라 사람들에게 말한 것을 잊고
계속해서 만주에 진을 치고 그곳을 빼앗으려고 한다. 만약 만주가 러
시아 것이 된다면 자연히 조선도 제대로 자신의 나라를 꾸려나가지
못하게 되어 모처럼 얻은 동양의 평화도 영원히 이어지지 못하게 되
어 버릴 것이다.", "러시아는 처음부터 평화를 바란 것이 아니다. 그러

니까 우리나라가 하는 말을 듣지 않고 조선을 힘들게 만들고 우리나라의 이익을 빼앗으려고 한다. 이제 일이 이렇게 되어 버린 이상 온화한 수단으로 해결하려 했던 것을 전쟁으로 바꾸지 않으면 우리가 원했던 동양의 평화가 아무래도 보존되기 어렵게 되었다.", '러시아 때문에', '어쩔 수 없이' 전쟁을 해야 한다고 하는 것이다. 그리고 이어서 아동 문학자인 기무라 소수木村小舟의 「원한 10년」이 이어지는데 여기에는 10년 동안 러시아에 품었던 한이 강하게 표출되어 있다.

1 쌓이는 한은 여기에, 10년 오랜 세월동안, 국민 5천만, 협력 단결한다.
2 무거운 부담 불사하고, 육해에서 준비하여, 오늘이 있기를, 기다리고 기다렸다.
3 생각하면 10년 전에, 우리들이 동포의, 시체를 희생으로, 얻었던 요동도.
4 무례한 폭역 러시아, 평화를 구실로, 우리들에게 요동반환을, 강요했다.
5 입으로만 한 평화의 혀가, 채 마르지도 않았는데, 어느새 그 땅을, 자기들 손아귀에 집어넣는다.
6 이러한 무례를, 어떻게 천지가 용서하겠는가?, 평화를 수호해야 할, 국민 모두 무장해야 한다.
7 10년 동안 갈고 닦은, 검광 번득인다, 자 일어나라 동포여, 신이 도와주실 전쟁이다.
8 정의의 깃발 아래, 이 칼날에 대항할 적 없다, 폭악 무도한 적 오늘에 망하리라.
9 건국 3천 년 이래, 아직 해적에게 더럽힌 바 없고, 시키지마敷島

무사의 도, 일본 혼 비견할 바 없다.

10 보라 우랄 산에, 날개 펼친 저 독수리도, 황국의 능위稜威에, 순식간에 기가 꺾이고.

11 러시아 수도 공격하니, 다들 도망가고, 지축 흔들며, 축가 소리, 우뢰와 같구나.

12 쌓은 원한도, 이제는 봄을 기다리는, 두꺼운 빙벽, 큰 태양의 빛 제국 위엄 빛나는 5대주.

러시아에 대한 10년의 원한은 언급했듯이 청일전쟁으로 획득한 요동반도를 1895년 4월 25일 반환한 이후부터 쌓은 러시아에 대한 원한이며, 당연히 일본 국민들이 미워하는 그런 러시아는 폭악 무도한 나라로, 그리고 아직 의식주체가 되지 못한 아쿠타가와와 같은 청소년 독자들에게도 러시아를 미워하며 러일전쟁을 해야만 한다는 당위성을 심어주고 정당화하고 있으며 일본 제국주의 이데올로기 충군애국을 자연스럽게 수용시키는 역할도 하고 있다. 이러한 『소년세계』의 기사들은 소년 독자들에게 충성을 유도해낼 뿐만이 아니라 심지어 소년들이 이 전쟁의 주역이 될 수 있다는 것을 각인 시키고도 있는데, 아동 문학자 다케쓰라 나오토竹貫直人의 「적국 러시아」에서 그것을 엿볼 수 있겠다. "참으로 이번 전쟁은 일본 개벽 이래 이러한 유쾌한 대 전쟁은 없다. (중략) 멋진 적수 러시아! 아무리 나라가 크고 사람이 많다고 해도 우리 이 일본 신국에게 대적할 소냐! 일본은 정의의 군이다! 러시아는 폭악한 군이다! (중략) 일장기 앞에 천하의 적은 없다! 일격으로 동양함대를 전멸 해야한다! 세인트 비타스볼구를 빼앗자! 우리 천 5백 만 소년대가 있다!"(『소년세계』 10권 4호.)라고 『소년세계』 독자들에게 '소년대'라는 '공동체' 의식을 환기 시키고 있는데 이것은 『소년세계』의 독자들에게 '소년대'라는 하나의 공동체 의식을 심어주고 나아가서는 '일본'은 '하나'라는 '공동체'로서의 인식[40]을 이 끌어 내게 하는 역할을 하고 있다. 아쿠타가와도 『소년세계』의 애독했을 뿐만 아니라 『소년세계』에 연재한 오시카와 순로의 『절도통신』을 그대로 모방해 초기 문장 『절도의 괴사』를 남기고 있는데 당시의 러일전쟁을 상정한 초기 문장 『20년 후의 전쟁』에서도 그러하다.

2. 초기 문장 『20년 후의 전쟁』─ 무의식적 모방

1906년의 『20년 후의 전쟁』은 20년 후에 일어날 전쟁을 상정한 아쿠타가와의 초기 문장인데 일본과 프랑스 해병들의 사소한 말다툼이 커져서 양국의 전쟁으로 이어진다는 구성으로 앞에서 언급했듯이 그 전쟁의 원인이 '어진영'과 '일본 국기의 파손'이라는 것이다. 여기서 일본과 프랑스의 전쟁으로 이어지는 과정이 흡사 이 초기 문장이 나오기 1여 년 전의 러일전쟁 당시 주전론을 펼친 대다수의 미디어를 연상시키는 것이 흥미롭다.

① 1926년 4월 20일, 수요일 아침 갑자기 도쿄에 발표된 로이타 보는 정치 사회 및 상업사회에 적지 않은 두려움과 파동을 주었다. 보도는 화요일 밤 일본령 자바발로 그 문장은 다음과 같다. 오늘 오후의 일이다 어제 아침 당항에 정박한 프랑스 동양함대에 소속된 한 해

---

40 成田龍一(1994), 「『少年世界』と読書する少年たち」, 『思想845』, 岩波書店.

병이 우리 태평양함대의 가토리 해병과 커피가게에서 말다툼을 했다. 때 마침 거기 있었던 일본과 프랑스 양국 해병들은 각자 자기편을 들다가 마침내 서로 치고받고 싸웠는데 그때 거기에 걸려 있던 어진영이 산산조각이 나고 그 위에 게양되었던 일본 국기도 산산 조각나서 부서져버렸다.

② 신문지상의 소리는 점점 더 높아지고 마침내 그 때문에 발행 정지를 당하기도 했다. 시민은 비교적 온건하고 단지 2, 3의 폭한이 불국영사관 밖에서 폭언을 퍼붓고 기와를 던져 유리 창문을 깨트렸다. 그래도 정담연설회는 거의 끊이지 않고 애국적 대도大道를 외치는 연설도 역시 많이 있다.

③ 슬퍼해야 할 것이다. 개벽벽두의 일전 우리가 멋지게 대패했다. 아무리 불국함대의 우세라고 하더라도 우리는 이 일대 오욕을 입었다. 그 일대오욕을 무엇으로 풀어야 할 것인가? 다른 길 없다. 단지 전첩戰捷이라는 두 글자만이 있을 뿐이다. 지금이야 말로 우리 해군은 일대 타격을 주어야 할 것이다. 이 일대 타격은 무엇으로 갚을 것인가? 오직 '복수'라는 두 글자만이 있을 뿐.

일본과 프랑스의 두 해병들의 사소한 말다툼이 몸싸움으로 이어지고 어진영이 파손되고 일본 국기가 산산조각이 나게 되어 이것이 일본과 프랑스간의 전쟁의 원인이 된다는 것, 이 어진영의 파손이 당시 어떤 의미였는지는 앞에서 언급한 바 있다. 천황을 정점으로 한 천황제를 내세운 메이지 정부가 그들의 신정부를 타당화하며 구축하기 위해서 제도적 교육장뿐만이 아니라 관공서 등에서 천황의 사진

어진영을 걸어 놓고 예를 표하게 하는 천황의 신격화는 청일·러일 전쟁과 같은 대외전쟁이 있었던 시대와 맞물려 별다른 저항 없이 자연스럽게 수용되게 된다. 그런 만큼 이 어진영의 파손의 의미가 얼마나 큰 것인지, 그것이 전쟁으로 이어지고 있다는 설정이 아쿠타가와에게도 자연스럽게 수용되어 있다는 것을 단적으로 보여주는 좋은 일례이기도 할 것이다. 다시 말하자면 두 해병의 사소한 말다툼에서 어진영과 국기 파손, 그리고 다시 전쟁으로 이어지는 동안에 각 신문들은 프랑스의 반응을 살피면서 전쟁이 임박해진 것을 나열하며 전쟁의 필요성을 강조하고 있다. 또 프랑스 함대에 대해서는 '전첩'과 '복수'밖에 없다는 각오가 열거되어 있는 미디어의 인용 등은 아쿠타가와가 러일전쟁에 얼마나 지대한 관심을 가졌는지가 엿보인 부분이기도 하다. 물론 이러한 관심은 초기 문장 마지막 부분에서 보이듯이 "실은 4장 정도는 신중하게 썼지만 이유가 있어서 그 이하는 아무렇게나" 쓰고 있다고 하고, 자신의 실명을 거론해 "근대의 대문호 그 이름 세상에 울린 아쿠타가와 류노스케 (에헴) 씨는 와세다의 별장에 들어앉아 대일불전쟁사 저작중이다."[41]라고 했는데, 희곡적이기도 하고 골계적인 부분도 있어서 이 초기 문장을 아쿠타가와의 진지한 의식 활동에서 나온 것이라고는 단정 지을 수 없을 것 같다. 그렇지만 러일전쟁을 모방해서 20년 후의 전쟁을 가상해 어진영과 일본 국기의 파손을 전쟁의 동기로 설정하고 있다는 아쿠타가와의 의식 이면에는 그것이 모방이든 무의식이든 일본 제국주의의 이데올로기가 아

---

41 아쿠타가와의 장래희망은 여러 번 바뀐다. 유년기에는 해군 장교, 중학교 때에는 역사가인데, 그것을 단적으로 보여주는 초기 문장이라 할 수 있겠다.

무런 여과 없이 그대로 수용되어 나타나 있다고 할 수 있다. 이러한 러일전쟁에 대한 관심은 작가가 된 후, 즉 초기 문장『20년 후의 전쟁』의 16년 후인 1922년에 러일전쟁의 상징적인 인물인 노기 마레스케乃木希典 장군을 모델로 한『장군將軍』속에서 다시 나타나게 된다.

3. 의식적 비판으로서의『장군』

청일전쟁 10년 후인 1904년 서양과의 첫 전쟁이었던 러일전쟁에 일본이 얼마나 사활을 걸었는지, 서구 제국주의 열강의 대열에서 확고한 지위를 얻게 해준 이 러일전쟁의 승리가 일본의 근대화 과정에서 얼마나 중추적인 역할을 했는지 새삼 언급할 필요도 없을 것이다. 메이지유신 이후 부국강병이라는 기치旗幟 아래 서양을 모방하는 한편 그들 속에 내재되어 있었던 서양에 대한 열등의식을 해소시켜 주기도 한 이 러일전쟁은 일본의 정치, 경제, 역사, 문화 등을 비롯한 사회 전반 분야는 물론이며 일본 문인들에게도 지대한 관심 대상이 된다. 당시 영국 유학을 마치고 돌아온 나쓰메 소세키夏目漱石는 신체시「종군행」(『제국문학』, 1904) 등에서 러일전쟁에 적극적으로 나설 것을 호소하고 있는데, 이것은 비단 나쓰메 소세키와 같은 의식적 활동을 했던 문인들뿐만 아니라 당시 아직 중학생이었던 아쿠타가와 류노스케의 경우도 마찬가지였다.

아쿠타가와는 그의 말년에 어린 시절을 회고한『혼조 료고쿠本所両国』(1927)에서 "러일전쟁은 내가 중학교에 막 들어갔을 때 일어났다. 1892년에 태어난 나는 물론 청일전쟁을 기억하지 못한다. (중략)

러일전쟁 당시 러시아만큼 나쁜 나라는 없다고 굳게 믿었다. 나의 리얼리즘이 나이와 함께 발달된 것은 아니다."라며 러일전쟁 당시를 회고하고 있다.

그런데 이 회고 문장을 아쿠타가와가 그의 죽음을 앞두고 그의 유소년기의 고향인 혼조 료고쿠를 방문해 어린 시절을 되돌아보며 감상에 젖었던 문장으로 볼 수도 있지만 러일전쟁을 아쿠타가와가 어떻게 수용하고 있는지를 엿볼 수 있는 좋은 문장이기도 하다. 물론 러일전쟁을 강하게 의식한 나쓰메 소세키처럼 당시 시대 상황을 분명히 의식할 수 있는 시각이 배양되어 있지 않은 상태의 중학생인 아쿠타가와이지만 러일전쟁 당시의 일본 제국주의 이데올로기를 그대로 수용되어 있다는 것이 엿보인다. 그것은 앞에서 살펴보았듯이 당시 충군애국이라는 이데올로기를 내세운 일본 제국주의의 모습이 아쿠타가와의 당시의 일련의 초기 문장에 그대로 모방해 재현[42]되어 있는 것을 보면 확실히 알 수가 있다. 특히 러일전쟁을 모방한 것 같은 1906년의 『20년 후의 전쟁』에서는 더욱 그러한 모습이 엿보였다. 그런데 러일전쟁에 대한 아쿠타가와의 그러한 모방세계는 작가가 된 이후 노기 마레스케 장군을 모델로 한 『장군』에서 다시 한 번 나타나고 있는데, 작가적 의식이 뚜렷이 나타나 있는 이 『장군』에서는 러일전쟁 당시의 초기 문장과는 전혀 다른, 즉 전쟁에 대한 비판적인 자세가 노골적으로 드러나 있고 세키구치 야스요시의 지적[43]처럼 아쿠

---

42 조경숙(2006), 「아쿠타가와 류노스케와 오시카와 슌로―충군애국을 축으로 해서」, 『일어일문학연구 58-2』, 한국일어일문학회.

43 関口安義(2004), 「二人の将軍―芥川龍之介の歴史認識」, 『文教大学紀要17-2』, 文教大学文学部.

타가와의 비판적인 역사 인식으로도 간주 할 수 있겠다. 그렇지만 일찍이 미야모토 겐지가 지적[44]한 것처럼『장군』에서의 비판적 시각은 그저 문제 제기에서 그쳤을 뿐이고, 또 중도에서 그친 그러한 비판적 시각은 처음의 상태로 환원될 수밖에 없는 모순성을 내포하고 있다는 것도, 그리고 그러한 '모순'이 어디서 기인되고 있는 것인지에 대한 문제 역시 간과해서는 안 될 것이다.

『장군』은 도고 헤하치로東鄉平八郎 장군과 함께 메이지 시대의 대표적 군인이며 러일전쟁의 상징적 인물이기도 한 노기 마레스게 장군을 모델로 한 4개의 에피소드「백거대白襷隊」,「간첩」,「진중의 연극」,「아버지와 아들」로 구성된 단편소설인데 여기에는 초기 문장『20년 후의 전쟁』과는 달리 러일전쟁에 대한 아쿠타가와의 비판적인 시각이 노골적으로 드러나 있다. 첫 번째는 2천여 명의 육탄병 속에 속해 있던 다구치田口, 호리오堀尾 일등병과 에기江木 상등병이 자신들이 왜 육탄이 되어 전쟁에서 죽어야 하는지를 문제 삼고 있다는 것이다. 러일전쟁 당시 개인은 국가를 위해서 당연히 희생되어야 한다는 충군애국이 우선시 되는 시대 상황 속에서, 전쟁은 어떠한 것인지, 그리고 왜 육탄이 되어서 죽어야 하는지, 그것을 문제 삼는다는 것 자체가 일본 제국주의 충군애국에 위배되는 논리일 것이다. 두 번째는 두 명의 중국인 간첩을 잡아 취조하며 그들을 잔인하게 죽이는 장군의 눈과 병사들을 통해서, 세 번째는 전쟁터에서 병사들의 유희를 위해 개최한 연극 무대에서 '저질'의 즉흥 연극을 금지하고 순사殉死적인 연극에 감동하는 N장군을 외국 무관은 '감시관과 검열관'으로, 일본

---

44 宮本顕治(1967),「敗北の文学」,『改造』, 改造社.

무관은 그를 '선인'으로 평가하고 있는 것에서, 마지막으로는 러일전쟁 20년 후 나카무라中村 소령과 그의 아들을 통해서 N장군을 평가하는 것을 통해서 드러난다.

그런데 이 네 가지 에피소드를 통해서 러일전쟁에 대한 비판적 시각은 어느 정도 수긍이 가는 부분들도 없진 않지만 몇 가지 문제점도 내포되어 있다. 첫째는 "나라를 위해 죽어야 한다." 하던 다구치 일등병을 살려두고 N장군의 악수에 보답하고자 한 호리오 일등병은 광인으로 그리고 전쟁에 대한 깊은 회의와 의문을 제기한 초등학교 선생이었던 에기 상등병을 죽여 버린다는 것이다. 전쟁에 대한 비판 의식을 가장 강도 높게 전개해갈 에기 상등병을 미리 죽이므로 러일전쟁의 비판 의식은 이미 그 구심점에서 벗어나 버린 것과 마찬가지라는 것이다. 둘째는 N장군을 비난하는 주체의 문제이다. 중국 간첩을 바라보는 N장군의 눈은 외국인의 시각으로는 '모노마니아monomania 적'이고 동일한 군인의 시각에는 '혜안'으로 우호적이라는 것이다. 또 '저질'인 즉흥 연극을 금지시키고 순사 연극에 감동받은 N장군을 외국 무관의 눈에는 '감시관과 검열관'이었지만 같은 일본 무관의 눈에는 '선인'으로 비치고 있다는 것이다. 비판적인 외국인의 눈과 '혜안'과 '선인'으로 대변되는 일본 무관의 눈을 이항 대립시키므로 흡사 일본 대 서구라는 대립 개념을 형성하며 그것은 N장군에 대한 비판이 애매모호하게 된다. 세 번째는 러일전쟁 20년 후에야 겨우 두 일본인 아버지와 아들의 시각을 통해서 N장군을 평가할 수 있게 되는데 아버지인 나카무라 소령의 눈에는 N장군은 여전히 '위대한 장군', '지성인'이지만 대학생은 아버지의 평가를 인정하지 않으며 이 두 상반된

평가는 또 다시 '시대 차'라는 애매모호한 말로, 또한 때마침 내리는 빗속으로 씻겨 가버린다는 여운의 구조로 끝을 내고 있다는 것이다.

이것은 결국 에기 상등병의 비판적 시각이 '시대 차'라는 역사적 흐름 속으로 흘러가버리고 아쿠타가와의 비판적 의식 또한 '시대 차'라는 빗속으로 흘러가버린 암시적 구조와도 맞물려 있다고 말할 수 있다. N장군을 통해 러일전쟁에 대한 날카로운 비판적 시각으로 시작한 세 병사들의 목소리는 아버지와 아들의 '시대의 차'로 끝을 내어버린 러일전쟁에 대한 아쿠타가와의 애매모호한 비판을 언급한 미야모토 겐지의 지적처럼 철저한 비판이 되지 못했고, 이러한 비판 의식은 비판 이전의 원점 상태, 즉 초기 문장 『20년 후의 전쟁』의 세계로 돌아갈 수밖에 없는 가능성도 내포되어 있다고 할 수 있겠다.

아쿠타가와와 러일전쟁을 관련시켜 볼 때 크게 세 가지로 나누어 볼 수 있다. 첫 번째는 1906년의 초기 문장 『20년 후의 전쟁』을 통해, 두 번째는 1922년의 『장군』을 통해, 마지막으로 1927년의 『혼조 료고쿠』의 러일전쟁을 회상하고 있는 곳을 통해서 이다. 『20년 후의 전쟁』에서는 당시 충군애국 이데올로기의 수용이 확연히 드러나 있으며 『장군』에서는 역으로 러일전쟁을 비판하려는 시도가 그리고 『혼조 료고쿠』에서는 러일전쟁 당시와 다름없는 아쿠타가와의 모습이 엿보이는 구도가 흥미롭다. 이러한 모습은 시마다 아키오의 지적[45]과 일맥상통한다. 시마다 아키오는 "메이지 대표적 장군, 제국 육군의 귀감, 민족혼으로서의 노기상乃木像이 각종 미담, 일화에 얽혀 만들어지고 몇 번이나 재판되어 그 책을 통해서 널리 항간에 침투했

---

45 島田昭男(1927), 『批評と研究 芥川龍之介』, 芳賀書店.

던 것이다. 따라서 이 노기상을 전적으로 부정하기 위해서는 당연히 부정하는 쪽에서 뛰어난 반시대적(반국가적이라고 하는 말로 바꾸어도 좋다)인 것을 기본 전제로 하는 반 노기사상과 부정적 이미지 창출의 방법이 준비되어야 한다. 그렇지 않으면 종래의 노기상을 문자 그대로 허상으로서 매장하고 그것을 대신해야할 새로운 노기상을 제출하는 것은 어렵게 될 것이다. 장군 노기의 은폐된 부분 또는 말살되려고 하는 측면을 그리는 것이 단순히 폭로적인 흥미와 관심을 만족시키는 것에 그쳐버리고 마는 것은 전혀 의미가 없다고 말할 수 있다. 시대의(정확히 말하자면 절대주의적 국가의) 정치적 요청과 기대에서 아마 의도적 작위적으로 만들어져 온 노기상(그것은 결과로서, 심정적인 형태로서의 내셔널리즘으로의 조직화에 일정의 역할을 가질 수 있었던)을 근저에서 깨어 부수는 통렬한 비판과 풍자가 넘친 창조적 영위가 필요하다.”라고 『장군』을 지적하고 있다. 이것은 아쿠타가와가 비판하려고 한 N장군이 “통렬한 비판과 풍자가 넘친 창조적 영위”의 부족으로 완성도가 높지 못한 채 끝나 버린 원인이 되었는지도 모른다. 그렇지만 이미 언급했듯이 아쿠타가와의 철저하지 못한 비판 의식은 원점의 상태로 돌아갈 수밖에 없다는 즉, 아쿠타가와가 그의 죽음 직전에 “러일전쟁 당시 러시아만큼 나쁜 나라는 없다고 굳게 믿었다. 나의 리얼리즘이 나이와 함께 발달된 것은 아니다.”라고 한 것처럼 러일전쟁을 통해 본 그의 시대 의식은 1906년의 초기 문장 『20년 후의 전쟁』이 여전히 저류하고 있다고 말할 수 있을 것이다.

2부

봉건 시대의 것에 대한 회의

아쿠타가와 류노스케와 시대
그리고 그 이율배반

'봉건 시대의 것'은 아쿠타가와 류노스케의 유서인 『어느 오래된 친구에게 보내는 수기』에서 언급되고 있는 말이다. 아쿠타가와는 그가 자살한 이유를 『어느 바보의 고백或阿呆の告』[1] 에서 '해부'했다고 하는데 단지 '봉건 시대의 것'만은 '고의'로 쓰지 않았다고 하며 그것은 '지금도' 그 '봉건 시대의 그림자'에 있기 때문이라고 한다. 다이쇼 데모크라시의 시대적 배경 속에서 10여 년의 작가 생활을 한 아쿠타가와가 그의 죽음의 이유 중 단지 '봉건 시대의 것'만은 쓰지 않았다고 굳이 밝히고 있는 것은 다시 말하면 그만큼 '봉건 시대의 것'에 대한 무언가가 강하게 작용하고 있었다는 반증이 될 것이다.

아쿠타가와는 1924년 도쿄 고등사범학교 부속 초등학교에서 『내일의 도덕明日の道德』이라는 테마로 강연을 한 적이 있다. 내일의 도덕을 생각하는 데는 '비판적인 정신의 자각'이 중요하다는 전제를 내세우며 어제(=과거=메이지 시대)의 도덕, 오늘(=현재=다이쇼 시대)의 도덕, 그리고 내일(=미래)의 도덕에 대한 그 상관관계를 중심으로 강

---

1 아쿠타가와는 51개의 단장短章으로 구성된 『어느 바보의 일생』(1927)에서 그가 자살하는 이유를 해부해 놓았다고 했다. 거기에는 그의 인생, 가족과의 갈등, 어떤 여성과의 정사情事, 건강, 정신상의 문제, 작가로서의 고뇌, 그리고 죽음에 대한 유혹 등이 단편적으로 점철되어 있다.

연한다. 즉 당대(當代=다이쇼 시대)의 도덕은 전대(前代=메이지 시대)의 도덕의 반동, 즉 충신·효자·열녀가 주축이 된 봉건 시대의 도덕의 반동으로 형성된 것이기는 하지만, 그러나 과거, 오늘, 그리고 내일의 도덕은 서로 단절된 후 생성되는 것이 아니라, 어제의 도덕의 반동에서 오늘의 도덕이, 오늘의 도덕의 반동에서 내일의 도덕이 생성된다고 하는 정반합에 가까운 논리를 내세우고 있다. 이것을 당시 다이쇼 시대에 적용시켜 보자면 다이쇼 데모크라시가 형성되었던 것은 메이지 제국주의의 충군애국의 반동이 있었기 때문이고, 또 당시의 다이쇼 데모크라시의 반동에 의해 내일의 도덕이 형성될 것인데, 어쩌면 이때 아쿠타가와는 다가올 쇼와昭和 시대의 군국주의를 미리 예견하고 그런 논리로 강연을 한 것은 아닌지 의구심이 든다. 그런데 이와 같은 아쿠타가와의 강연 속에서 주목하고 싶은 것은 봉건 시대의 충신·효자·열녀이다. 특히 시대적인 이데올로기와 관련을 지어 보자면 이 충신이라고 하는 것은 충의를 구현한 무사 또는 무사도를 도덕으로 삼았던 봉건 시대와 깊은 관련이 있을 것이다. 그러한 봉건 시대의 충신, 무사, 무사도에 아쿠타가와는 깊은 관심을 보이고 있는데 일찍 중학 4학년즈음인 1908년의 『무사도武士道』에서부터 엿볼 수 있다. 또 실제로 문단에 호적을 낸[2] 『손수건手巾』(1916)을 비롯해 『충의忠義』(1917), 『어느 날의 오이시 구라노스케或日の大石内蔵之助』(1917), 『오시노おしの』(1923) 등에서도 보이고 있다. 그런데 재미있는 것은 그와

---

2 1915년 도쿄제국대학 동인들이 중심이 된 『신사조』에 처녀작으로 여겨지는 『노년』을 싣고 있다. 그렇지만 아쿠타가와는 당시 문단으로 나아가는 등용문으로 간주되던 중앙공론에 『손수건』을 발표하고 "문단에 입적入籍을 했습니다."라고 하라젠 이치로原善一郎(1916.10.24)에게 편지를 보내고 있다.

같은 일련의 작품 속에서 충의를 주축으로 하는 무사와 무사도에 대한 아쿠타가와의 시선이 조금씩 달라지고 있다는 것인데 이것은 다시 말하자면 봉건 시대의 도덕에 대한 아쿠타가와의 의식이 조금씩 달라져 가고 있다는 것을 단적으로 엿볼 수 있다.

1장 무사도 그 회의와 동요

1. 초기 문장 『무사도』와 『손수건』

아쿠타가와가 무사도에 대해 깊은 관심을 보이는 첫 번째 작품은 초기 문장 『무사도』이다. 중학교 4학년즈음에 쓴 것으로 추정되는 『무사도』는 무사와 무사도, 그리고 그 무사들이 만들어 낸 일본 역사와의 상관 관계를 논리적으로 써 내려가고 있다. 석가열반의 가르침과 공자의 '평천하지도'를 융합하여 동방신기의 영기靈氣로 열렬하고 준엄한, 빙설氷雪같은 야마토 다마시大和魂를 양육한 것이 무사도라고 규정하는 이 초기 문장은 크게 두 가지 관점으로 접근해볼 수 있겠다.

첫째는 무사도를 구현한 무사들에 대한 강한 자부심이다. 동양의 양대 사상인 불교와 유교를 흡수한 무사도의 지기志氣를 구현하며 젠페源平 시대부터 센고쿠戰国 시대 그리고 도쿠가와 시대에 이르는 역사를 이끌어 가는 주역인 무사들에 대한 자부심이다. 임진왜란 때 울산 용성에서 고투한 가토 기요마사加藤淸正를 비롯해 기라吉良 저택을 습격해 망군亡君의 한을 갚은 겐로쿠 아코元禄赤穂 사건의 주역인 낭인

浪士 47인들의 칠생보국七生報国의 정신을 무사도의 정수精髓로 간주하며 그들에 대해 칭송하는 것에서 엿볼 수 있다.

또 하나는 이들 무사도를 구현한 일본 무사들의 활약의 역사를 일본 역사로 규정 짓고 특히 여몽의 원정기 때의 무장이었던 사가미타로相模太郎[3]를 서양 제국주의 상징인 나폴레옹과 대비시켜 놓고 있다는 것이다.

무사도의 감화는 이와 같이 크다. 그 아래서 배양된 일본 무사 또한 당연히 이처럼 크다. 그리고 우리나라 국사는 이 무사도가 낳은 이 일본 무사로 장식된 광영 많은 역사다. 말하지 말라. 동방의 외딴 섬에 나폴레옹 없다고 신풍神風불고 서해의 노도怒濤 오랑캐와 전력을 다하고 빙긋이 웃으며 미소를 짓고 있는 사가미타로相模太郎의 웅장한 모습을 보지 못하느냐. 우리들은 이 무사도의 기치를 우러러 우리 국사를 더럽히지 말아야 할 것이 아닌가.

이것은 『무사도』의 마지막 문장으로 그 문체만 보아도 무사도에 대한, 그리고 무사들의 활약으로 만들어진 영광스러운 일본 역사에 대한 아쿠타가와의 자부심이 어느 정도인가를 엿볼 수 있을 것 같다. 중학생즈음에 썼던 문장으로 강한 필치가 느껴질 뿐만 아니라 동양의 최대 도 경지에 이르는 불교와 유교를 융합한 것이 무사도로, 그것이 일본 고유의 야마토 혼으로 키워진 것이라는 것은 당시 시대상

---

3 사가미타로는 호조 도키무네北條時宗(1251~1284)의 통칭이다. 호조 도키무네는 강직하고 굳세며 과단성 있는 성격의 소유자로 알려져 있는데 1274년에 일본원정에 나선 여몽연합군에 맞서기 위해 북큐슈北九州 연안에 방루를 쌓아 1281년의 재침한 여몽연합군을 막아 내었다.

과 동일 선상에서 본다면 러일전쟁의 승리로 서양 제국주의와 대등한 위치를 점한 일본의 위상을 그대로 느낄 수 있는 문장이다.

그러한 시대 배경이 보이는 『무사도』의 '존귀한 국사尊き国史'에서 읽을 수 있는 당시의 아쿠타가와의 역사관은 비록 일본 제국주의를 표면적으로 내세우고 있지는 않지만 당연히 러일전쟁을 승리로 이끈 정부에 반전론을 품을 여유가 없었을 것이다. 동명의 작은 나라가 서양인 러시아에게 승리로 이끌 수 있었던 것은 주군에 대한 절대적인 충성으로 봉사하며 체면 명예를 우선적으로 여기던 무사도 때문이었다는 강한 믿음이 있었을 것이다. 그것은 일본 근대화 속에서 추구되던 '개個'의 문제와는 상반되며 '개'로서가 아닌 나라를 위한 무사로서의 명예만이 『무사도』에 남아 있는 것이다. 역사 인식과 '일본'이라는 국가 의식도 표출되어 있다. 역사 인식의 배경은 1908년 당시의 시대상과도 무관하지 않을 것이다. 1908년의 일본은 1895년 청일전쟁의 승리로 동양에서 맹주로서의 역할을 한지 이미 오래되었고, 또 1905년 러일전쟁의 승리로 서양 제국주의의 대열에 어깨를 나란히 하고 부동의 자리를 확고히 한다. 두 전쟁의 승리는 메이지유신 전후로 시작된 서양에 대한 일본의 열등의식이 점차적으로 해소되어 가는 시기이기도 하다. 그러한 일본 제국주의를 서양과 대등한 위치로 이끌어 준 그 정신적 토대가 무사도라는 것이 나폴레옹과 사가미하라를 대비시켜 거론되고 있는 것에서 엿볼 수 있다. 메이지유신을 전후로 서구 근대화를 모방하기 시작한 일본에 있어서 비록 무사라는 신분제가 제도상 없어졌다고 하더라도 주군에 대한 그들의 충의는 여전히 당대의 충군애국이라는 이데올로기로, 또 그들의 충의의

대상도 주군에서 천황으로 그 형태만이 바뀌어졌을 뿐이다. 그러한 무사도의 충의가 이『무사도』에서 한 치의 흔들림 없는 강한 자부심으로 나타나고 있는데 8년 후인 1916년에 아쿠타가와는 초기 문장『무사도』와 동명의 소품인『무사도』를 구상했고 후에『손수건』으로 제명을 바꾸어 발표하게 된다.

니토베 이나조[4]를 모델로 쓴 구메 마사오의『어머니』에서 힌트를 얻어 집필한『손수건』은 그 원제가『무사도』이다. 그래서 손수건이라는 매개체를 통해 무사도에 대한 하세가와 선생의 상념이 주된 내용으로 전개된다. 하세가와 선생은 교육자이면서 식민 정책이 전공인 사상가이기도 하다. 하세가와 선생은 서양에서 유학을 했으며 그의 아내는 유학 도중 만나 결혼한 미국인이며 부인은 일본과 일본인을 선생만큼이나 사랑하고 있다. 그런데 하세가와 선생에 대한 아쿠타가와의 시선은 무척 삐딱한데 그 이유는 하세가와 선생이 사상가이기는 하지만 지식의 깊이가 없다는 것이다. 학생들이 관심이 있다고만 하면 스트린드베리, 입센, 오스카 와일드 등 무엇이든 일독하는데 긍정적으로 본다면 학생들에 대한 배려와 관심으로 볼 수 있겠지만 부정적으로는, 일독만 하는 가벼운 관심뿐만 아니라 서양 서적에만 관심이 있다는 것이다.

---

4 농학자이며 교육자인 니토베 이나조新渡戸稲造는 청일전쟁의 승리로 일본과 일본인에 대한 서양의 관심이 높아지고 있던 것을 염두에 두고 1900년에 일본을 알리고자 영문으로『무사도』를 썼는데 초판이 간행되자마자 각국어로 번역되어 베스트셀러가 되었다. 아쿠타가와와 니토베 이나조와의 관련은 아쿠타가와가 제일고등학교에 다닐 때 당시 교장이었던 니토베 이나조의 강의에 출석했던 적이 있었던 것이『내일의 도덕』에서 언급되고 있다.

선생은 스트린드베리가 간결하고 힘찬 필치로 평론 한 다양한 연출법에 대해서도 선생 자신의 의견이라고 하는 것은 전연 없다. 그것이 선생이 유학 하던 중 서양에서 본 연극 인지 뭔지를 연상시키는 범위에서 어느 정도 흥미를 느낄 수 있었을 그 정도다. 말하자면 중학교의 영어 교사가 이디엄을 찾기 위해 버나드 쇼의 각본을 읽는 것과 별반 크게 다르지 않다. 그렇지만 흥미는 어쨌든 흥미이다. 그럭저럭 이긴 해도.

선생 자신이 읽고 쓰고 있는 각종의 연출법에 대해 선생 자신의 의견이 없다는 것은 결국 모방이라는 것이다. 그래서 미리 언급해 두자면 하세가와 선생이라는 인물은 무사도를 신봉하기는 하지만 일본인이면서 서양을 모방하는 데 지나지 않는 인물로 설정되어 있는 것이다. 왜냐하면 "일본과 일본인을 사랑하는 건 선생과 조금도 다르지 않은" 미국인과 결혼한 하세가와 선생이 일본의 문명에 대해서 "최근 50년간 물질적 방면으로는 꽤 현저한 진보를 보이고 있지만 정신적으로는 거의 이렇다 할 정도의 진보가 없다. 아니 오히려 어떤 의미에서는 타락하고 있다."라고 판단하고 있지만 그 '타락'에 대한 구체적인 해답을 제시하지 못하고 있기 때문이다. '최근 50년간', '물질적 방면'이라고 언급하는 것에서 그 시대적 배경인 메이지 시대로 거슬러 올라가 당시의 서양 문명에 대한 일본인의 인식을 살펴본다.

서양 문명을 가장 숭고하다고 여긴 문명개화 시대 이래의 일본인의 인식은 스스로 동양의 대표자라고 자처하고 동서양 문명의 융합에 가치가 있는 것이야 말로 '국민적 사명'이라고 의식하기 시작했는데 일

청·일러 두 전쟁이 있었던 시기에는 이미 흔들림이 보이고 있었다. (중략) 일본에서 문명Civilization이 '문명'이라고 번역 되어 지고 소위 '문명사관'이 등장한 것은 문명개화기로 거슬러 올라간다. 후쿠자와 유기치의福沢諭吉의『문명론개략文明論之概略』이 1875년에 간행되고 당시 베스트셀러가 되있다고 하는 것에서도 알 수 있듯이 메이지기 진반을 걸쳐 '문명'이라는 것은 야만 내지 미개에 대한 개화의 뜻으로 생각하고 구체적으로 개화된 민족이 가져야 할 사회제도 생활문화의 총체로서 즉 서양사회의 도달점을 나타내는 말이었다. 그러나 culture[Kultur]의 역어인 '문화'가 그 함의인 고도의 정신 강조와 그 모반母班인 '민족성'의 시점 때문에 '문명'보다 더욱이 고차원의 개념으로 침투하게 되었던 메이지기 후반에서 문명개화 시기의 '문명'과는 의미를 달리하는 '문명'으로 불리고 소위 '동양 문명'인 것이 '서양 문명'과의 대비 속에서 인식되어진 것이다.[5]

메이지 초기와 메이지 후기에 받아들이는 문명의 의미가 다르다 하더라도 이 문명의 발전은 곧 '야만'에서 탈피하고 '고도의 정신 강조'라는 것을 엿볼 수 있다. 청일·러일전쟁 이후 일본의 문명 개념이 일본인이 동양의 대표자라고 스스로 자처하고 동서양의 융합에 가치 있는 역할을 하는 것이 '국민적 사명'이라고 인식하는 위의 문장에서 하세가와 선생이 말한 '타락'과는 조금 거리감이 있다. 일본이 서양 문명을 받아들이기 시작할 때 느낀 숭고함은 일본의 내재된 열등의식의 발로發露일 것이다. 서양인의 습성과 서양인의 정신에 맞게 정착되어진 서양의 문명을 일본 근대화 속에서 흡수하려는 과정은 당연

---

5 古屋哲夫 編(1994),「東西文明論と日中の論壇」,『近代日本のアジア認識』, 京都大人文科学研究所.

히 시행착오 속에서 이루어지기 마련인 것이다. 또한 일본 근대화가 어느 정도 정착이 되면 당연히 일본인들 자신들을 객관적으로 바라볼 수 있는 시간적 공간적 여건이 형성되어 질 것이므로 일본인이 그들의 정체성에 대해서 의문을 갖는 것도 당연할 것이다. 아마도 아쿠타가와가 하세가와 선생을 통해서 '타락'에 대한 문제제기를 했던 것도 위의 문장과 상통하는 점이 있어 보인다. 서양의 정신과 문명에서 벗어나고자 하는 일본인 사상가인 하세가와 선생의 의식이라는 것은 결국 일본을 대표해 온 무사도로 귀착되어 지는 것은 어쩌면 당연한 과정인지도 모른다.

현대에 사상가의 급무로서 이 타락을 구제하는 길을 구하는 것은 어떻게 하면 좋을 것인가. 선생은 이것을 일본 고유의 무사도에서 구할 수밖에 없다고 논단했다. 무사도는 결코 편협한 섬나라 국민의 도덕으로만 치부될 것이 아니다. 오히려 그 속에서 구미각국의 기독교 정신과 일치시켜야 할 것도 있는 것이다.

무사도에 대한 하세가와 선생의 의식은 서양의 기독교 정신과 일본의 무사도를 일직선상에 놓은 일본 대 서양이라는 대립 구도를 가지고 있다. 하세가와 선생은 현대의 타락 구제 방법으로 무사도를 제시하고 있으며 이 무사도는 "결코 편협한 섬나라 국민의 도덕으로만 치부될 것이 아니다."라고 덧붙이고 있다. 하지만 이 말에는 이미 편협한 섬나라의 도덕이 있는 것이다. 물질 문명의 진보는 인정하면서 정신적 타락을 지적하고 그 정신적 타락을 구 도덕인 무사도로 되돌려야 한다는 그 자체에 이미 자가당착적인 모순이 내재되어 있는 것이다. 메이지 시대 이후 50여 년이라는 시간 동안에 향유되어진 물질문명, 서양으로부터 영향을 받은 물질문명의 진보가 있었다는 것은 결국 그 물질문명과 함께 그들의 정신도 같이 영향을 받았다는 것이 전제되어 있는 것이다. 그런데 물질문명만을 인정하고 정신적 타락을 지적한다는 것, 그 정신적 타락이라는 잣대는 어디서 오는가 하는 것이다. 결국 일본 중심주의 사고에서 오는 것이며 그것이 구시대의 도덕이었던 무사도로 귀착시키려고 하는 하세가와 선생의 사고 역시 이율배반적인 것이다. 다이쇼 시대 당시 하세가와 선생이 고민하고 있었던 현대 정신적 타락과 같은 맥락이 있었다. 요시노 사쿠조 吉野作造는 「국가주의 교육의 폐国家主義教育の弊」와 「현대의 정신적 타락現代の精神的堕落」에서 "주입교육, 시험교육, 이록명예利祿名誉에 대한 구속, 충군애국의 복종 요구 등은 결국 문부성 형태의 교육을 따르는 것이고 한층 활기가 없고 한층 더 자각이 없어지게 된다."라고 교육에 대해 논하고 있다.[6] 요시노는 교육에 의한 당시대의 정신적 타락을 지적하고 있는데 그 논에 따르자면 타락에 대한 책임이 이미 교육자인 하세가와 선생에게 있으며 '충군애국의 복종 요구'와 동일 선상에 선 무사도를 그 해결책으로 생각하고 있는 하세가와 선생의 자가당착적 모순이 지적된다. 서양에서 유학했으며 학생들의 관심사라면 서양 서적들을 흥미로 읽는 교육자인 하세가와 선생이 그 서양 서적들이나 학생들의 관심사에 깊은 인식을 하고 있지 않는 자세 또한 여기서도 보이는 것이다. 또한 타락은 무사도에 의해서 구제되어야 한다고 주장하고 있는데 교육자로서의 깊은 성찰이 없는 하세가와 선

---

6 吉野作造(1916), 「精神界の大正維新」, 『中央公論』, 中央公論新社.

생이 무사도를 운운하는 것 자체에 이미 모순이 내포되어 있으며 아쿠타가와는 그것을 의식하고 있는지도 모르겠다. 그런데 여기서 하나 더 흥미로운 것은 하세가와 긴조 선생의 기본적인 사고가 어디에 있느냐는 것이다. 위에서 언급했듯이 하세가와 선생은 서구 각국의 기독교적 정신과 무사도의 일치점을 강조하며 자신은 '동서양 사이에 걸친 가교'로서의 역할을 생각하고 있다. 여기에 하세가와 선생의 일본 중심주의[7]가 있는 것이다. 이미 대만과 조선이라는 식민지를 획득했으며 중국까지 야욕을 품으며 근대화에 성공한 일본이 일본 중심주의에 빠지는 것은 어쩌면 당연할지도 모르겠다. 하지만 거기에는 서양 제국주의와 같은 논리가 들어 있으며, 하세가와 선생이 일본의 정신적 타락을 구제하고자 무사도를 제시하는 그 속에도 일본 중심주의가 내재되어 있으며 아쿠타가와 또한 그러한 선상에 서 있다는 것의 반영이다.

아쿠타가와는 하세가와 선생이 제시한 무사도에 대해서 '형태'라는 또 하나의 개념으로 의문을 제시하고 있다. 선생이 가르치는 학생 중에 니시야마 겐이치로가 있는데 그의 어머니가 아들의 죽음을 알

---

7 제1차 대전을 계기로 다이쇼 데모크라시의 사상의 내부에는 요시노 사쿠조나 후쿠다 도쿠조福德三 오야마 이쿠오에게서 보이듯 근대 서구 문명에 대한 비판적 성찰이 주로 국내의 기성 사회질서에 계급적 비판과 연동해서 등장한다. 말하자면 그것은 일본 국내에 눈을 돌려 계속 고치고 있던 서양 문명에 대한 비판을 더하면서 그것을 초극한다고 하는 서구의 전쟁 조류에 공명하려고 하는 코즈모폴리턴적인 시점을 어디까지나 가지고 있었던 것이다. 여기에 대해서 동서 문명 융합론은 그 장지壯志와는 반대로 일본 중심주의에 빠지는 위험성을 다분히 내포하고 있다고 말하지 않을 수 없다. 제1차 대전 전후에 일본에서 재연된 동서 문명론은 근대화에 성공한 일본에 의한 양 문명의 융합이라고 하는 기조를 취하고 있지만 그것은 때마침 고조를 보인 소위 「아시아주의」에 모양새의 이론적 재료를 공급한 것이었다(古屋哲夫編(1994), 「東西文明論と日中の論壇」, 『近代日本のアジア認識』, 京都大人文科学研究所).

리러 와서 일어난 해프닝을 통해서이다. 어머니 니시야마 부인은 아들의 죽음을 말하면서 얼굴에는 일상적인 생활에 대한 이야기를 하는 사람과 같은 표정을 짓는다. 그렇지만 선생이 니시야마 부인의 손에 있는 수건이 찢어지는 듯이 비틀리고 있는 것을 테이블 밑에서 우연히 발견하게 된다. 니시야마 부인은 웃음을 지으며 일상적인 이야기를 주고받고 있지만 실은 아들의 죽음에 대한 슬픔은 테이블 밑에 있는 양손으로 표현하고 있는 것, 그것은 '일본 여자의 무사도'로 '상찬賞賛'이라고 자신의 미국인 부인에게 말한다. 양손에 쥐고 있는 손수건을 찢을 듯이 당기고 있는 니시야마 부인의 억제된 감정은 사실일 것이다. 그런데 그러한 부인에게서 하세가와 선생은 '오늘날의 정신적 타락'을 해결할 '무사도'를 발견하는데 또 하나의 문제점에 부딪히게 된다. 그건 니시야마 부인의 행동과 똑같은 일례를 발견한 스트린드베리가 '악취'라는 연기 기법 중의 하나로서 재발견하기 때문이다.

스트린드베리는 말한다. —내가 젊었을 때 사람들은 아마 파리풍의 하이베르크 부인의 손수건에 대해 말하는 것을 들었다. 얼굴에는 미소를 짓고 있지만 손에는 양쪽으로 손수건을 찢듯이 당기고 있는 이중의 연기 기법이었다. 그것을 나는 지금 악취臭味라고 이름 붙인다…….
선생은 책을 무릎 위에 두었다. 펼쳐진 채로 두었기 때문에 니시야마 아쓰코西山篤子라는 명함이 아직도 책 페이지 속에 놓여져 있었다. 하지만 선생의 마음속에 있는 것은 더 이상 그 부인이 아니다. 그렇다고 해서 아내도 아니며 일본 문명도 아니다. 그리고 평온한 조화를 깨트리려고 할 때 정체모를 무언가가 나타났다. 스트린드베리가 지탄했던 연출법과 실천도덕상의 문제는 물론 다르다. 하지만 지금 읽은 곳에서 받은 암시 속에는 선생의 목욕탕에서 여유로웠던 마음을 없애려고 하는 무언가가 있다. 무사도와 그리고 형型— 선생은 불쾌한 듯 2, 3번 머리를 흔들고 그리고 또 눈을 위로 떠서 가만히 가을 풀이 그려진 기후등의 불빛을 바라보기 시작했다…….

니시야마 부인을 일본 여자의 무사도라고 하며 만족해 하던 하세가와 선생의 평온한 마음에 그 조화를 파괴하려는 뭔가 알 수 없는 것이 있다. 그것은 니시야마 부인도, 자신의 아메리카 부인도 일본의 문명도 아닌 '무사도와 그리고 형型'이라는 두 가지를 제시해 놓고 있다. 그것은 니시야마 부인을 통해 해결되려던 무사도가 형型이라는, 일종의 카테고리라는 문제에 당착한 것이다. 이 부분에 대해 미시마 유키오三島由起夫는 '미담 부정물美談否定物'로 규정하며 "작자 자신이 말하고 있는 형「型」", "인생과 연기가 서로 관계된 부분에서 극도로 청결한 자의식가인 작자는 「손수건」에서 무의식적으로 니시야마 부인 같은 스트레오 타입의 인생적 기교를 하나의 정지시킨 「형型」의 의미로 인정하고 있었다."[8]라며 지적하고 있다. 무사도가 '형型'이라는 어떤 범주 속에 다시 정립되어 버린다면 하세가와 선생이 해결해야 할 '정신적 타락'은 어떻게 되는 것인가. 그것은 어쩔 수 없이 '무사도'가 최고 가치였던 시대로 되돌아가야 할 위험성에 빠져 버리고 마는 것이다. 그래서 하세가와 선생은 '불쾌한 듯 2, 3번 머리를 흔들' 수밖에 없었을 것이다. 아쿠타가와는 처음의 비꼬는 시선에서 마지막까지 하세가와 선생의 가변적인 모습에 대해 계속해서 곱지 않은 시선으

---

8 三島由起夫(1957),「『手巾』,『南京の基督』解説」, 角川文庫.

로 주시하고 있다. 하세가와 선생이 서양극작가들의 작품을 읽는 이유에 대해서도 비꼬는 시선이었지만 결말 부분에서는 교육자이면서 사상가인 하세가와 선생의 경박함까지 더 드러낸다. 왜냐하면 니시야마 부인을 일본 여자의 무사도라고 격찬한지 얼마 지나지 않아 읽다만 책을 통해서 선생의 태도와 사상이 흔들리고 있으니 말이다. 그렇다고 한다면 하세가와 선생 자체가 부정적인 인물인데 그러한 선생이 이름 있는 교육자이자 사상가라는 것이 또 얼마나 부정적인 것인지 잘 알 수 있다. 그렇지만 아쿠타가와는 하세가와 선생을 단지 비꼬기만 하고 "선생은 불쾌한 듯 2, 3번 머리를 흔들고 그리고 또 눈을 위로 떠서 가만히 가을 풀이 그려진 기후등의 불빛을 바라보기 시작했다."라며 새로운 해결점을 찾도록 유도하고 있다. 선생이 바라보는 기후등은 아메리카 부인의 기호에 맞춰 달아 놓은 것이며 그것이 밝게 빛나고 있다는 것은 어떤 의미가 부여되어 있는 것 같은 여운을 남기고 있다. 하세가와 선생의 모델이 된 니토베 이나조에 대해 이야기한 아쿠타가와의『내일의 도덕』(1924)이 있다. 제일고등학교 니토베 이나조 선생의 도덕론을 듣고 분개했지만 그 이후에는 니토베 이나조의 도덕론에 대한 어느 정도의 진리는 인정했다고 고백하고 있다. 하세가와 긴조 선생을 비꼬기는 해도 마무리를 애매모호하게 할 수 밖에 없었던 것은 결국 무사도에 대한 아쿠타가와의 애매모호함의 반영일 것이다. 미시마 유즈루三島讓는「손수건」은 '스스로 동서양의 가교가 되겠다고 생각하는' 하세가와 긴조 선생이 미국인 아내와 그녀가 좋아하는 기후 등불岐阜提灯로 대표되는 '일본의 문명'을 '어떤 조화를 갖고 의식적으로 끌어 올리'면서 하나의 '만족'에 빠져가며 독서를 하고 있는 장면에서 시작된다. 그런데 그 속에 닫힌 만족의 정이 외부의 침입에 의해 붕괴되고 있는 과정을 묘사[9]하고 있다고 지적한다. '외부의 침입'으로 설정된 '무사도'와 '형型'은 애매모호하게 끝이나 하세가와 선생이 찾고자 하는 해결책의 소지도 불분명해 지지만 『손수건』(1916) 뒤에 곧 바로 이어지는 『충의』(1917)와 『어느 날 오이시 쿠라노스케』(1917)에서 그 실마리를 찾을 수 있다.

2. 『충의』, 『어느 날의 오이시 구라노스케』— 회의와 동요

충의의 대상 문제를 놓고 고민하는 『충의』는 1917년 3월 『구로시오黒潮』에 발표된다. 주군 이타쿠라 슈리板倉修理가 발병 후 신경 쇠약으로 자주 화를 내는데 그것을 이해해주지 못하는 주위 사람들의 몰이해沒理解로 발광의 불안에 빠져 있는 주군을 주축으로 그의 두 가로家老인, 즉 본가에서 파견 되어 나온 마에지마 린우에몽前島林右衛門과, 주군을 어릴 적부터 곁에서 지켜본 다나카 우자에몽田中宇左衛門이 주군에게 '만약의 일'이 있었을 때 주군인 '주'를 우선으로 선택해야 할지 아니면 가문인 '집'을 우선으로 선택해야 할지를 고민하고 그 선택 후의 결과를 보여주고 있다.

첫 번째의 가로 린우에몽은 주군 슈리의 발작이 심해지자 '집'을 우선시하여 주군을 은둔시키고 대신 이타쿠라 사도수板倉佐渡守의 아들을 양자로 들이려고 계획한다. 린우에몽은 주군을 집이라는 큰 틀 속에 짜인 하나의 구조물로 여기고 있는 만큼 주군과 대립관계로 발

9　三島讓(2000.11), 「『手巾』—崩壊の予感—」, 『国文学 解釈と鑑賞』, 至文堂.

전할 수밖에 없다. 그래서 린우에몽이 양자를 들이려는 계획이 발각되었을 때 주군은 '무사답게 할복'시키려 하지 않고 '사람이 아닌 놈'이라고 하며 목을 칠 것을 명한다. 그것을 알게 된 린우에몽은 가족들과 가신 몇만을 데리고 도망가 버린다는 결론으로 이어질 수 있는 것이다. 린우에몽이 도망간 후에 가로가 된 우자에몽은 주군을 부모와 같은 마음으로 바라보며 '집'보다는 '주'를 선택하고 있다. 그렇지만 그도 린우에몽과 같은 갈등에 놓이게 된다.

'주'의 의를 따르면 '집'이 위험하다. '집'을 우선시하면 '주'의 뜻을 거스르는 것이다. 이전에는 린우에몽도 이 고민에 빠져있었다. 하지만 그에게는 '집'을 위해서 '주'를 버릴 용기가 있었다. 그렇다고 하기 보다는 아마 처음부터 그 정도로 '주'를 중요하게 생각하고 있지 않다. 그러니까 그는 쉽게 '집'을 위해 '주'를 희생시켰다. 그러나 자신은 그럴 수 없다. '집'의 이해를 꾀하기에는 '주'와 너무나 친숙하다. '집'을 위해서 단지 '집'이라고 하는 이름 때문에, 어떻게 현재의 '주'를 무리하게 은거 시키겠는가. (중략) 그렇다고 해서 '주'를 그대로 두면 비단 '집'만이 망하지 않는다. '주' 자신에게도 흉사가 일어날 것이다. 이해타산으로 말하자면 린우에몽이 택한 방법은 어쩔 수 없는 것이었고, 그리고 또 가장 현명한 것임에 틀림이 없다. 자신도 그것은 인정하고 있다. 그러나 그것을 자신은 도저히 실행할 수 가 없는 것이다.

린우에몽과 똑같은 고민에 직면한 우자에몽은 자신이 주군을 선택했을 때 어떠한 결과가 초래될지를 예견하면서도 그는 주군과의 의리를 우선시한다. 그 결과는 주군이 본가에서 칼부림을 일으키고 그것을 미연에 방지하지 못한 가로의 책임으로 우자에몽 자신은 할복하고 주군은 광인이 되어 버린다. 이것은 "집이 주이고 사람이 종이라고 하는 봉건 사상을 역전하려고 한 휴머니즘이 오히려 집의 멸망을 초래"했다고 하는 요시다 세이치[10]의 지적처럼 『충의』에는 틀림없이 휴머니즘 요소가 보이는데 결과를 우려하면서도 주군을 택했던 우자에몽의 선택이 그것일 것이다. 또한 전체적인 구도로 볼 때 충의라고 생각했던 것이 실은 불충이 되고 불충이라고 생각했던 것이 충의가 되었다고 하는 구조[11]가 두 가로의 선택과 그 결과에서 나타난다.

결국 집을 선택한 가로 린자에몽은 집을 버려야만 했고 주군을 선택한 우자에몽은 주군을 광인으로, 자신 또한 죽어야만 했던 것이다. 이것은 결국 충의를 주축으로 하는 무사들의 무사도에 대한 회의와 동요가 아쿠타가와의 의식에서도 풀리지 않는 실타래처럼 얽혀있다는 것을 나타내어 주는 것으로 보인다. 이 세 사람 중 누구를 구심점으로 하느냐에 따라 '집'과 '주'의 문제는 상당히 다르게 접근되겠지만 누구의 입장을 취한다 하더라도 여기서는 충의를 주축으로 하는 무사도의 직선구도 그 자체의 흔들림이 나타나 있다는 것은 명백하다. 이것은 겐로쿠 아코 사건을 배경으로 한 『어느 날의 오이시 구라노스케』에서도 마찬가지이다.

1917년 『중앙공론』에 발표된 『어느 날의 오이시 구라노스케』는 망군의 원수를 갚은 오이시 구라노스케의 도덕적 실천에 대한 일치감에서 오는 만족감, 즉 충의를 실현했다는 만족감이 소문에 의해 점

---

10 吉田精一(1941), 『芥川龍之介』, 三省堂.
11 駒尺喜美(1972), 『芥川龍之介の世界』, 法政大学出版局.

차 사라져 간다는 것이다. 그 소문은 세 가지로 들 수 있겠다.

첫 번째는 그들이 행한 망군亡君의 원수 갚기가 에도江戶 마을에서 유행하고 있다는 것이다. 목욕탕에서 쌀집 주인과 염색집 직원이 물이 튄 것 같은 극히 사소한 일이 발단이 되어 염색집 직원이 통으로 쌀집 주인을 사정없이 때렸다. 이에 쌀집 견습생이 염색집 직원이 지나가기를 기다렸다가 '주인의 원수'라고 하며 갈고리로 어깨를 내리쳐 큰 상처를 입히는 일이 발생했는데 이 사건에 대한 에도 마을 사람들의 반응은 쌀집 선습생이 잘했다는 쪽에 기울어져 있다는 것이다.

이 소문에 오이시 구라노스케는 그들이 행한 망군의 원수 갚기가 의외의 곳에서 반향을 일으키고 있다는 것에 놀라기도 하면서 일종의 불쾌감을 느끼는데 그것은 "그의 만족이 암암리에 논리에 배치되어" 있어서이다. 이것은 오이시 구라노스케의 망군의 원수라는 도덕적 실천이 사소한 일상사에서 나온 즉 목욕탕에서 물이 튄 일과 같은 사소한 것들과 배치되면서 그들의 망군의 원수, 즉 충의를 실현한 무사도의 의미가 퇴색해 버린 것에서 오는 일종의 실망감일 것이다.

두 번째의 실망감은 그들의 망군에 대한 원수 갚기를 충의의 표본으로 만들기 위해 원수 갚기에 동참하지 못한 '변심한 그들'에 대한 매도의 목소리이다. 자신들의 주군 원수 갚기를 모방한 소문으로 불쾌해진 오이시 구라노스케는 그 기분을 떨치기 위해 이야기의 방향을 주군의 원수 갚기에 동참하지 못한 '변심한 그들'에게로 옮겼다. 그런데 그가 의도한 바와는 전혀 다른 '새로운 사실'을 발견하게 되는데 그것은 그들의 변심이 '난신적자(나라를 어지럽히는 불충한 무리)', '인간 짐승'으로 매도되고 있다는 것이고 이것이 오히려 자신들의 충의를 더욱 더 부각시키는 효과를 낳고 있다는 것이다. 이것은 또 한번 오이시 구라노스케에게 "왜 우리들을 충의의 사무라이로 만들기 위해서 그들을 인간 짐승으로 하지 않으면 안 되는 것일까?"라는 의문 제기를 하게 함과 동시에 그의 도덕적 만족감이 또 반감되어 간다.

세 번째는 오이시 구라노스케가 충의를 다하기 위한 수단으로서 2년간 '방탕한 순간'을 보낸 것이다. 변심한 자들이 난신적자로 매도되는 한편 오이시 구라노스케의 방탕한 순간은 '충의의 사무라이'가 되기 위한 위장술이라고 칭송하는 무리들을 보면서 변심은 했지만 그것은 너무나 자연스러운 것이고 솔직한 인간적인 마음임을 그는 이해했다. '복수의 거사를 전연 망각한 방탕한 순간'이 있었던 그 자신의 마음이 '변신한 그들'의 심경과 전혀 다르지 않다는 것을 경험했고 복수의 거사가 완성된 지금에 와서 그 방탕한 순간을 충의의 실현 과정으로 칭송하는 '변덕스런 세상 인심'을 경험했기 때문이다.

무사와 가로로서 주군의 원수를 갚고 도덕을 실현한 그 만족감이 위의 세 가지로 인해 상실되어 가는 속에 오이시 구라노스케는 무사도를 실현한 무사의 모습이라기보다는 한 인간의 모습일지도 모른다. 이것은 어쩌면 '기성의 인물상을 뒤집어 본 작품으로서 이해하는 것은 성급하고 위험'하고 "화기애애한 단란함에 등을 돌린 나이조스케의 '고독'과 작자의 내면과 반향하는 무거운 진실"이라고 하는 미요시 유키오의 지적[12]처럼 작가로서의 아쿠타가와의 고독이 투영되어 있을 수도 있다. 하지만 충의를 실현한 이 47인의 이야기를 재해석하

---

12 三好行雄(1977), 『芥川龍之介論』, 筑摩書房.

며 오이시 구라노스케의 내면을 통해 도덕적 실현의 만족감이 사라져 가는 문제의식은 단순히 아쿠타가와의 고독만으로는 해결되기는 어려운 점이 있다. 앞에서 『손수건』과 『충의』의 문제의식을 살펴보았듯이 봉건 시대의 충의와 도덕에 대한 회의가 드러나 있기 때문이다. 특히 1908년의 초기 문장 『무사도』에서 칠생보국의 정수로 보았던 47인의 낭인들의 무사도가 그들을 소재로 쓴 『어느 날의 오이시 구라노스케』에서는 회의와 동요의 조짐이 보이고 있다는 것은 무척 흥미롭다.

그렇지만 그러한 문제의식은 왜 주군의 칼부림에 무사 자신들이 죽지 않으면 안 되는가, 왜 주군은 오로지 자신의 명예만을 생각하고 경솔하게 칼부림 소동을 일으켰던가, 그 칼부림으로 주군 혼자만이 아니라 주군이 거느리던 많은 식솔들과 가신들이 어떻게 되겠는가, 그 책임감을 주군 자신의 명예만으로 바꾸어도 되는가라는 봉건 시대의 도덕에 대한 좀 더 근본적인 문제까지 접근해서 추궁하지는 못하고 있다. 이러한 문제의식에 그치는 회의와 동요는 결국 철저한 비판을 통한 새로운 재생의 힘을 얻지 못하고 이 무사도가 외부, 즉 『오긴』, 『오시노』와 같이 기독교와 대치되는 타자를 만나면 무사도의 동요가 다시 초기 문장의 『무사도』로 되돌아가는 환원성을 가질 수밖에 없기 때문이다.

2장 기리시탄과 일본적 도덕의 대립

1. 『오긴』과 『오시노』── 두 여성

　1922년 12월 4일 『중앙공론』에 게재된 『오긴』과 1923년 1월 동지에 게재된 『오긴』과 『오시노』는 아쿠타가와의 기리시탄물切支丹物[13] 중의 하나이다. 『오긴』과 『오시노』는 기리시탄물이기는 하나 가타오카 료이치片岡良一가 "개인주의와 신앙이라기보다는 결국 혈통이나 국가 관계가 강하게 나타나 있다."라고 지적한 것처럼 신앙적 대립구도가 '일본적 도덕' 가치와 강하게 대치되고 있다. 또한 두 여성의 관점에서 미야사카 사토루宮坂 覚는 "오긴의 전향의 논리에는 육친애에 대한 어쩔 수 없는 것이 있다. 또 오스미가 말한 순교의 논리에는 남편을 따르는 즉 순교가 아니라 남편의 순직이 아니라 남편의 순사 논리였다. 두 여인의 논리에 효도 즉 오륜인 부자유친과 부자삼종지도가 숨겨져 있다. 즉 거기에는 동양적 에토스의 지배를 본다. 서양적인 것이 강하게 저항하는 동양적 에토스 앞에 힘없이 패배하고 있는 모습이 그려져 있다."라며 지적[14]하고 있다. 오긴과 오시노라는 두 여성은

───────────

13 아쿠타가와의 '기리시탄모노キリシタンもの'로 일컬어진 작품군은 '기리시탄'의 정의가 어떠냐에 따라 그 폭도 달라진다. '기리시탄'을 광의적인 의미로 그리스트교로 하고 그것과 관련이 있는 것을 총체적으로 '기리시탄모노'로 파악해 보면 『담배와 악마煙草と悪魔』(1916), 『오가타료사이오보에서尾形了斎覚え書』(1917), 『방황하는 유대인さまよへる猶太人』(1917), 『악마─소품悪魔─小品』(1918), 『봉교인의 죽음奉教人の死』(1918), 『루시헤루るしへる』(1918), 『사종문邪宗門』(1918), 『그리스도호로상인전きりすとほろ上人伝』(1919), 『쥬리아노 요시쓰じゆりあの・吉助』(1919), 『흑의성모黒衣聖母』(1920), 『남경의 기독南京の基督』(1920), 『신들의 미소神神の微笑』(1922), 『보은기報恩記』(1922), 『나가사키소품長崎小品』(1922), 『오긴おぎん』(1922), 『오시노おしの』(1923), 『이토조오보에서糸女覚え書』(1924), 『유혹誘惑』(1927), 『서방의 사람西方の人』(1927), 『속 서방의 사람続西方の人』(1927) 등이 있다.

기리시탄이라는 서양의 종교에 의탁하면서도 결국은 일본의 도덕 가치를 버리지 못하는 인물로 등장하고 있다. 그런데 두 작품에 등장하는 주된 인물인 오긴과 오시노가 여성이라는 설정이다. 오긴과 오시노가 여성이어야 되는 이유는 무엇일까? 그건 아마도 친부모를 따르는 오긴과 남편을 따르는 오시노가 '동양적 에토스'를 가장 잘 체현할 수 있는 인물이기에 여성이라는 존재가 필요하지 않았을까. 그렇다면 오긴과 오시노는 어떤 여성이며 그들이 믿는 가치와 그들이 따른 '동양적 에토스'는 무엇이었나를 살펴본다.

우선 오긴은 어떤 인물인가. 오긴은 두 부모가 있는 어린 여자아이다. 친부모는 오사카에서 나가사키로 유랑온 인물로 오긴을 혼자 놓아 두고 죽게 되며 그들이 믿었던 것은 불교이다. 양부모는 마리아와 그리스도를 믿는 조안 시치고와 그의 아내 조안나 오스미이며 오긴도 마리아라는 세례명을 받아서 그들과 함께 행복한 삶을 살고 있다. 여기에서 흥미로운 점은 오긴의 두 부모 즉 친부모와 양부모가 믿는 종교에 따라서 갈등구조를 내포하고 있으며 오긴은 그 기로에 서 있지만 결국 혈육을 따르는 순종적인 딸로 등장한다는 것이다.

선禪인가 법화法華인가 아니면 또 쟁토浄土라든지 어쨌든 모두 석가의 가르침이다. 어떤 프랑스의 예수회에 의하면 천성이 간사하고 계교에 능한 석가는 중국 각지를 편력하면서 아미타阿弥陀라 칭하는 부처의 도를 설했다. 그 후 또 일본으로 와서 역시 같은 가르침을 전했다. 석가가 설한 가르침에 의하면 우리 인간의 영혼은 그 죄의 경중과 심

---

14 宮坂 覺(1976), 「「南京の基督」論」, 『文藝と思想』, 福岡女子大学文学部 第40号.

천深浅에 따라 때로는 아기새小鳥가 되고 때로는 소가 되고 때로는 수목이 된다고 한다. 그뿐만 아니라 석가는 태어났을 때 그의 어머니를 죽였다고 한다. 석가의 가르침이 황당무계한 것은 물론 석가의 대악도 역시 명백하다.(장 크랏세) 그러나 오긴의 양친은 앞에서도 잠깐 말했던 대로 그러한 진실을 알 리가 없다. 그들은 숨을 거둔 후에도 석가의 가르침을 믿고 있다. 쓸쓸한 묘지의 소나무 그림자에 결국에는 '인혜루노'[15]에 떨어질지도 모르고 속절없는 극락을 꿈꾸고 있었다.

친부모가 믿는 종교인 불교에 대한 시선은 무척 부정적이다. 태어나면서 어머니를 죽였다는 석가의 대악 그리고 인간 영혼의 죄의 경중과 심천에 따라 다양한 동물로 태어난다는 황당무계한 석가의 가르침이 그것인데 이러한 가르침을 오긴의 부모는 죽은 후에도 믿고 있다고 전제하고 있다. 그와 대조적으로 양부모는 산골 마을에 살며 양부 조안마고시치는 측은지심의 정이 깊고 양모 조안나 오스미는 상냥한 마음씨의 소유자이다. 이들의 양딸이 된 오긴 또한 친부모의 '무지'에 물들지 않고 석가가 태어났을 때 천지를 가리키며 천상천하 유아독존이라며 사자처럼 포효했다는 말 따위는 믿지 않는다. 그 대신 '심히 유연하시고 심히 애련하시고 아름다우신 동녀 산타 마리아님'이 자연히 임신했던 것을 믿었다. 십자가에 매달려 죽으시고 돌무덤에 장사되어 대지의 바닥에 매장된 예수가 3일 만에 다시 살아났던 것을 믿는 인물이다. 그러면서도 다른 사람들의 눈을 피해 틈날 때마다 기도를 하는 신실한 인물이기도 하다. 이들의 생활은 소를 몰고 보리를 베는 것이 행복한 전형적인 산골 마을의 삶이다. 그런 두

---

15 Inferno: 큰 불, 불타오르는 지옥.

부모를 가진 오긴은 일찍 친부모를 잃었지만 천주를 믿는, 정이 깊고 상냥한 마음씨의 양부모를 만나 행복한 생활을 하는 순종적인 착한 소녀로 등장한다. 그렇지만 후술하듯이 두 부모의 다른 종교는 오긴에게 있어 선택을 강요하게 한다. 한편, 『오시노』에 등장하는 오시노는 어떤 여성은 30대 정도의 무가의 아내지만 실제로는 더 늙어 보이는 한 아이를 둔 어머니다.

> "저는 이치반가세 한베의 미망인 시노라고 합니다. 실은 신노조라고 하는 저의 아들이 큰 병에 걸려있어서……." 여자는 잠시 말을 멈춘후 이번에는 낭독이라도 하듯이 자신이 온 이유를 말하기 시작했다. 신노조는 금년 15살이 된다. 그 아이가 올해 봄부터 원인을 알 수 없이 아프기 시작했다. 기침이 나고 식욕도 없고 열이 높다. 자신이 능력이 되는 한 의술인한테 보이기도 하고 약도 사 먹이고 여러 가지 양생을 위해 손을 써 보았다. 그러나 차도가 조금도 보이지 않는다. 그뿐만 아니라 점차로 쇠약해 간다. 게다가 요즘은 살림살이가 어려워져 생각만큼 치료를 받을 돈도 없다. 소문에 따르면 신부의 의술은 문둥병이라도 고친다고 하니 부디 신노조의 목숨도 살려주시기를…….

예시한 문장에서 보듯이 오시노는 미망인으로 병약한 자신의 아들을 살리기 위해 백방으로 돌아다니다 결국 마지막 방법으로 신부의 의술에 의지하기 위해 남만사로 와서 자기가 어떻게 신부를 찾아왔는지 설명하고 있다. 한 아이를 둔 미망인의 어머니의 고뇌와 노력을 느끼게 하는 부분이다. 그래서 신부도 "여자는 구원을 얻으러 온 것이 아니다. 육체의 구원을 얻으러 온 것이다. 그러나 책망하지 않아도 된다. 육체는 영혼의 집이다. 집만 온전하면 주인의 병도 물리치기

쉽다.", "이 여자를 이곳으로 보낸 건 어쩌면 신의 뜻"인지도 모른다고 하며 그녀의 청을 들어 주기로 했다. 그래서 신부는 오시노한테서,

그 역시 한 순간 탈바가지처럼 표정이 없는 여자의 얼굴에 부정할 수 없는 어머니를 보았기 때문이다. 앞에 서 있는 사람은 이미 견실한 무가의 부인이 아니다. 아니 일본인 여자도 아니다. 옛날 구유 속에서 그리스도에게 아름다운 젖을 물리던 '심히 애련하고 심히 부드럽고 심히 아름다운 천상의 왕비'와 같은 어머니가 되었다.

'부드러운 감동'을 느끼며 그러한 감동은 실제 '견실한 무가의 부인'에서 '어머니'로 그리고 다시 '마리아'로 감정 변화가 이어진다. 신부에 따른 오시노라는 인물은 무가의 아내에서 신부가 최상으로 여기는 마리아로 격상되어 있는 종교적인 여인의 모습이다. 서양 종교에서 보는 최정점의 여성인 마리아와 일치하는 인물로, 거의 성화聖化시키고 있는 오시노와 세례명이 마리아인 오긴과 그리스도의 어머니인 마리아는 동일 선상에 서있다. 그런데 이러한 두 여인에게 커다란 전화점이 있다. 양부모와 행복한 생활을 보내고 있는 오긴 그리고 아들의 병을 고치려는 일념으로 신부를 찾아온 오시노에게는 양녀로서 어머니로서 보다 더 큰 내적 도덕이 외부로 발산하게 되는 계기가 도래한 것이다.

2. 『오긴』과 『오시노』─ 외부와의 대립 그리고 환원성

오긴과 오시노의 내적 도덕은 그들을 둘러싼 그리스도와 마리아

에 대비되는 일본의 도덕인 '동양적 에토스'이다. 그래서 오긴에게는 서로 다른 믿음을 가진 친부모와 양부모의 대립이 필요했던 건지도 모른다. 친부모는 유랑자이며 불교를 믿으며 이미 고인이 되었고 양부모는 산골 마을의 정착자이며 마리아와 그리스도를 믿으며 현재 오긴과 행복하게 살고 있는 인물인데 이 두 부모가 갑자기 대립하게 되며 그 중심에 오긴이 서 있다. 작품 서두에서 "당시는 천주의 가르침을 받드는 자는 들키는 대로 화형이나 책형[16]"에 처해지는 시기라고 진제되어 있는데 그런 시대 상황 속에서도 양부모와 오긴은 천주를 믿고 있다는 그 자체가 문제의 소지가 된다는 것이다. 결국 악마의 소행으로 그들은 잡히게 되지만 어떤 고문을 당하더라도 천주의 가르침을 버리지 않는 신실한 신앙인이다. 오히려 온갖 고문을 당한 만큼 '은총이 두터움'으로 믿고 더욱 천주의 가르침으로 이겨낸다. 그런데 화형장에서 오긴은 갑자기 배교를 선택하게 된다.

"아버님, 어머니, 부디 용서해 주십시오." 오긴은 겨우 입을 열었다. "전 가르침을 버렸습니다. 그 까닭은 문득 건너편의 천국 문 같은 소나무 가지를 보았기 때문입니다. 저 소나무 아래의 묘지에 계신 부모님은 천주의 가르침도 모르고 틀림없이 지금은 인헤루노에 떨어져 계실 것입니다. 그런데 지금 저 혼자 하라이소문으로 들어가는 건 너무나도 죄송한 일입니다. 저 역시 부모님 뒤를 따라 지옥으로 가겠습니다. 부디 아버님, 어머님은 예수님과 마리아님 곁으로 가십시오. 그 대신 가르침을 버린 이상 저도 살아 있을 순 없습니다…….

---

16 기둥에 묶어 세우고 창으로 찔러 죽이던 형벌.

천국과 지옥의 대비, 양부모와 같이 천국에 갈 것인지 친부모를 따라 지옥으로 갈 것인지의 갈등 기로에 서게 된 오긴은 친부모가 지옥에 있는데 혼자서 천국에 간다는 것은 자식의 도리로 그럴 수 없다는 그 당시의 도덕으로 오긴에게 내재된 도덕상의 이유일 것이다. 물론 양부모도 부모이지만 양부모는 천국이므로 오긴이 없어도 **괜찮을** 것이라는 가정도 할 수 있지만 오긴은 혈육인 친부모를 따르기 위해 배교를 택하게 된다. 그런데 좀 더 흥미로운 것은 이러한 오긴의 결심에 양모이면서 조안마고시치의 아내인 조안나 오스미의 반응이다.

오긴은 끊어질 듯 이렇게 말하고는 흐느껴 울었다. 그러자 이번에는 조안나 오스미도 밟고 있던 장작 위에 뚝뚝 눈물을 흘리기 시작했다. 이제 곧 하라이소에 들어가는데 쓸데없이 슬픔에 **빠지는** 것은 신도의 도리가 아니다. 조안마고시치는 쓸쓸한 듯이 옆에 있는 아내를 보면서 새된 목소리로 나무랐다. "당신도 악마에게 홀린 것이요? 천주의 가르침을 버리고 싶으면 마음대로 하시오. 나 혼자라도 화형을 당하겠소." "아닙니다. 저도 같이 죽겠습니다. 하지만 그것은— 그것은 ……" 오스미는 눈물을 머금고 반쯤 외치듯이 말했다. "하지만 그것은 하라이소에 가고 싶기 때문이 아닙니다. 단지 당신의— 당신의 뒤를 따르는 것입니다."

죽는 것이 무서운 것인지 화형이 무서운 것인지는 알 수 없으나 조안나 오스미의 눈물 속에는 이미 배교의 마음이 있다. 그렇지만 그건 아내 조안나 오스미가 남편인 조안마고시치를 따르는 '종부從夫'의 마음이 앞서 있기 때문에 배교를 못한다. 그런데 여기서 보는 이 두 여성의 배교 논리는 결국 천국과 지옥의 문제가 아니다. 오긴이 말한 것처럼 표면상으로는 천국과 지옥을 거론하고 있지만 그들은 결국 당시 사회의 도덕적 가치에서 벗어나고 있지 못하는 것이다. 그러한 당시의 도덕적 가치는 양부모와 오긴의 죄를 다루는 대관의 시각을 통해서 엿볼 수 있다.

대관은 천주의 가르침은 물론 석가의 가르침도 몰랐으니 왜 그들이 고집을 피우는지 도대체 알 수가 없었다. 때로는 세 사람 모두 미친 것이 아닌가라는 생각도 했다. 그러나 미치지 않았다는 것을 알게 되자 이번에는 큰 뱀이나 일각수와 같이, 인륜은 생각지도 않는 동물 같다는 생각이 들었다. 그러한 동물을 살려 두면 오늘날의 법률에 위배되고 일국의 안위에 관련이 있다. 그래서 대관은 1개월 정도 흙 감옥에 넣어 둔 후에 마침내 세 사람 모두 화형에 처하기로 했다(실은 이 대관도 세상 일반 대관들처럼 일국의 안위에 관련이 있는지 없는지 그런 일은 거의 생각하지 않았다. 그건 우선 법률이 있고 두 번째는 인민의 도덕이 있고 일부러 생각하지 않아도 특별히 불편하지 않았기 때문이다).

예문에서 보듯, 대관은 오긴과 양부모의 고집에 별 달리 관심이 없다. 대관의 사각에는 '인륜'과 '법률'만 있으면 된다. 그것은 역으로 그 사회의 인륜과 법률이 어떤 것이라는 것을 알 수 있다. 대관은 이들에 대해 처음에는 미친 사람 취급을 했지만 그렇지 않다는 것을 알고는 인륜에 위배된 동물이라는 생각이 들었다. 그러자 그들을 화형에 처하기로 했다. 그것은 결국 인륜에 위배되었기 때문에 그들을 처형하기로 했다는 것이다. 그 또한 역으로 인륜이라는 것이 오시노가 살던 당시에 얼마나 큰 사회적 도덕적 가치인지를 알 수 있는 대목이기도 하다. 그래서 오시노는 배교를 하게 되었고 양모인 오스미 조안나도 마찬가지의 논리에서 배교를 하지 않으려고 한 것이다. 오시노 또한 자신이 속한 사회의 가치와 대치되었을 때에는 병약한 아들을 살리기 위해 '어머니'의 모습으로 왔지만 결국 '무사의 아내'로 되돌아가 버린다.

"제 남편 이치반가세 한베는 사사키가의 무사였습니다. 그러나 죽을 때까지 단 한번도 적 앞에서 등을 보인 적이 없습니다. 지난 조고사성 공격 때도 남편은 도박하다가 저 말과 갑옷 심지어는 투구까지 빼앗겼습니다. 그렇지만 전투가 있던 날에는 나무아미타불이라고 커다랗게 쓴 종이로 만든 옷을 몸에 걸치고 가지 달린 대나무를 깃대로 대신하며 오른손에는 조그만 칼을 빼들고 왼손에는 빨간 종이부채를 펴들고 '타인의 젊은이를 가로챘으니 목이 달아날 것을 각오해라'고 큰소리로 노래를 부르면서 오다님의 부하 중 냉혹한이라는 시바타의 군세를 꺾어 넘어뜨렸습니다. 그런데 천주라고 하면서 설령 십자가에 달렸다고 하더라도 무슨 신음하는 소리를 냅니까? 그런 겁쟁이를 숭배하는 종교에 무슨 쓸모가 있겠습니까? 또 그런 겁쟁이의 가르침을 전수 받은 당신이라면 고인이 된 남편의 위폐 앞에서 제 자식의 병을 보일 수 없습니다. 신노조도 적군의 목을 베는 한베라는 남편의 아들입니다. 겁쟁이의 약을 먹는 것 보다 할복하는 편이 나을 겁니다. 이런 것인 줄 알았다면 일부러 여기까지 오지도 않았을 것을. 그것만이 분할 따름입니다." 여자는 눈물을 머금으면서 휙 하고 신부에게 등을 돌리자마자 돌풍을 피하는 사람처럼 망설임 없이 성당 밖으로 사라져버렸다. 놀란 신부를 남겨둔 채로……

위의 예문은 신부가 예수의 마지막 생애 중 십자가에 달렸을 때 "어찌하여 나를 버리셨나이까."라는 예수의 기도를 듣고 오시노가 반응하는 부분이다. 예수의 생애를 이야기하는 신부는 종교적인 관점에서 예수를 접근했고 아들의 목숨만 살려주면 어떤 것이든 하겠다는 어머니의 마음으로 신부를 찾아온 오시노는 인간적인 관점에서 예수를 접근하고 있다. 그래서 오시노가 '겁쟁이' 예수와 노름에 진 남편 무사를 비교할 수 있었을 것이다. 그래서 결국은 아들의 병을 낫게 하고자 하는 어머니의 마음은 접고 남편을 따르고 차라리 아들에게 할복시키는 편이 나을 것이라는 무사의 아내인 오시노로 되돌아 오게 된지도 모른다.

세키구치 야스요시関口安義가 "여기에는 일본적 육친의 정이 기리시탄 신앙의 방해로 그려져 있다. 그리스트교 신앙에 국한하지 않고 일본인은 서양의 합리적 정신을 받아들여도 좀처럼 익숙해지지 않고 마침내는 그것을 버리고 부모와 자식이나 육친의 정에 이끌린 적이 많다."라고 지적[17]하듯이 오긴의 배교와 오시노의 선택은 '육친의 정'에 가깝다. 그렇지만 이들이 택한 육친의 정과 대비된 것은 서양 종교이다. 특히 아들에 대한 헌신적인 어머니의 모습과 무사인 남편을 믿는 맹신적인 아내의 모습, 종교에 대한 수용자세 즉 '겁쟁이를 숭배하는 종교에 무슨 취할 점'이 있는가라는 오시노의 종교관은 무척 현실적이라 하겠다. 그런데 오시노가 무사인 남편에게서 느끼는 맹신에 가까울 정도의 그 믿음은 외부 즉, 서양 종교의 신神인 예수를 만났을 때에 다시 원점의 상태로 되돌아가 버린다는 점이 흥미롭다. 여

---

17 関口安義(1995), 「東と西の問題」, 『この人を見よ 芥川龍之介と聖書』, 小沢書店.

기서는 『손수건』, 『충의』, 『어느 날의 오이시 구라노스케』에서 제기되었던 '무사도'에 대한 회의와 동요라는 문제가 전혀 보이지 않는다는 것이다. 일본 무사도와 서양 종교인 기독교의 대비는 앞에서 살펴본 『손수건』에서도 언급되고는 있지만 직접적인 갈등 요소로는 등장하지 않았다. 그저 일본의 니시야마 부인을 통해 무사도를 도출하기 위한 한 방편으로 사용되었을 뿐이다. 그런데 『오시노』에서는 일본의 무사도를 기독교와 대치시켜 놓고 또 무사인 이치반가세 한베와 예수를 대치시키고 있다. 자신의 남편을 예수와 대치시키며 남편을 맹신하는 오시노는 봉건 시대의 전형적인 여성으로 볼 수 있지만 한편 골계적이며 무지한 여성으로도 보인다. 비록 도박에 진 일개 낭인이기는 하지만 무사로서 당당하게 전투에 임한 남편에 대한 자부심을 갖는 오시노의 의식에선 아쿠타가와의 초기 문장 『무사도』에서 보인 무사도에 대한 강한 자부심과 부합된 동일 선상에서 보인다. 이것은 무사도가 외부 즉, 서양 또는 서양 종교와 만났을 때 『손수건』, 『충의』, 『어느 날의 오이시 구라노스케』에서 보였던 무사도에 대한 회의와 동요의 조짐이 그 모습을 감추어 버리고 말았다는 점이 또한 흥미롭다.

3부

조선 인식의 변천

아쿠타가와 류노스케와 시대
그리고 그 이율배반

아쿠타가와가 조선에 대해 어느 정도 관심을 가졌는지 확언할 만한 단서는 없다. 그렇지만 아쿠타가와가 작가로서 첫 작품으로 거론하는 『수건』에서부터 1927년의 『꿈』에 이르기까지 조선의 그림자가 곳곳에서 나타나고 있다. 하지만 실제로 조선을 하나의 테마로 한 작품은 관동대지진 후의 『김장군金將軍』이 유일하다. 그렇지만 이와나미 서점에서 출판된 아쿠타가와 전집 24권을 조망해 보면 조선에 대한 아쿠타가와의 관심이 적지 않음을 발견할 수 있다. 따라서 여기서는 아쿠타가와의 전 작품을 대상[1]으로 아쿠

---

1 아쿠타가와의 생활 속에서 접한 조선 문물에 관한 것은 다음과 같다.
　①座敷には妻の古雛を飾りぬ。書斎には唯高麗の壷に手づから剪りたるひと枝をさしつつ、白桃や萼うるめる枝の反り(「澄江堂句抄」)
　②水晶の水舟に朝鮮金魚を泳がせて楽しみ、是至孝のいたす所なり(「案頭の書」)
　③君の朝鮮の紙を見て懐しさを生じた僕はもうあの紙をみんな使つてしまつた
　　(江口　渙宛　1924.10.30.)
　④朝鮮の護符は奇抜ですね小生の友人、いつも装幀をしてくれる
　　(真野友次郎　1922.12.17.)
　⑤僕のところにあるのは朝鮮の金剛山から送られたもので、喰ひ出したらいくらでも喰へます、米粒程の大きさで、上に褐色の皮を被つてゐます(「好きな果物の話」)
　⑥僕の青磁の硯屛は団子坂の骨董屋で買つたものである。尤も進んで買つた訳ではない。僕はいつかこの硯屛のことを「野人生計の事」といふ随筆の中に書いて置いた(「身のまはり」)
　⑦現に銅版の挿画なども朝鮮の風俗を日本の風俗として、すまして入れてゐるくらいである(「日本の女」)
　⑧「大清人朝鮮人琉球人阿蘭陀人露西亜人長崎版画　絵師不詳」「朝鮮人　狩山之図　長崎版画　絵師不詳」(『もうひとりの芥川龍之介』産経新聞社 1992. 부록4 참조.)
　⑨陶器もペルシア、ギリシア、ワコ、新羅、南京古赤画、白高麗等を蔵すれども

타가와의 조선 인식과 그 인식의 변천을 살펴보기로 한다.

1장 식민지로서의 조선 인식

1. 『무사도』― 가토 기요마사

　아쿠타가와의 문헌상에 있어 조선과의 관계를 가장 먼저 상정할
수 있는 것이 있다면 중학교 4학년 때(1908) 작성된 『무사도』[2]일 것이
다. 『무사도』가 작성된 1908년 당시 일본은 러일전쟁에서 승리했다
고는 하지만 1905년 포츠머스조약의 굴욕적인 협상으로 일본내에서
는 히비야日比谷 공원 사건[3] 등의 대소동이 일어나기도 했다. 그 협상
속에 이미 조선은 일본의 식민지로서 공인되어 있었고, 메이지유신
이후 대두되어온 정한론이 1910년에 이르러서야 시작된 것이다.

　한 권의 국사를 펼치면 무사도가 일본 무사에게 미치는 감화가 얼
마나 큰 것인가를 짐작하는데 충분할 것이다. 울산 용성에서 죽은 새
의 피를 마셨던 무장은 무사도의 권화가 아니겠는가.

（「わが家の古玩」）

2 아쿠타가와와 관련된 문헌상에서 『무사도』에서 가장 먼저 조선과의 관련성을 찾아
　낼 수 있지만 그 이전에 이미 애독했던 오시카와 순로의 '해저군함 시리즈'와 『일본
　외사日本外史』그리고 『소년세계』 등에서도 다수 거론되고 있다. 그런데 그런 일련
　의 문장에서 다룬 조선상은 일본이 '보호해야 할' 일본적 야욕이 내재되어 있다.
3 1905년 9월 5일 굴욕적인 러일강화조약에 대해 일부 정치가들은 히비야 공원에서
　국민대회를 개최하고 그 후에 격분한 군중이 파출소와 신문사를 불태운 사건이다.

위의『무사도』에서는 중학생이었던 아쿠타가와의 '무사도'와 '무사'에 대한 강한 확신과 더불어 일본 국사에 대한 강한 자긍심이 표출되어 있다는 것을 알 수 있다. 그러한 무사도와 무사에 대해 깊은 관심을 보였던 아쿠타가와는 '울산 용성에서, 죽은 새의 피를 마셨던 무장'인 가토 기요마사加藤清正[4]에 대해서도 깊은 관심을 보이고 있는데 그에 대해서는 다음과 같이 언급하고 있는 부분이 있다.

가토 기요마사는 아이오초相生町 이번가 골목길에 살고 있었다. 물론 갑옷을 입은 무사는 아니다. 매우 작은 통을 파는 가게였다. 그러나 주인의 문패를 보면 가토 기요마사가 틀림없었다. 그뿐만 아니라 새로운 청색의 발에 놓인 무늬도 뱀 눈이었다. 우리들은 때때로 이 가게 주인인 기요마사를 보러 갔다. 기요마사는 턱수염을 기르고 쇠망치나 대패를 사용하고 있었지만 우리들에게는 위대하게 보이는 건 어쩔 수가 없었다.

위의 문장은 아쿠타가와가 만년에 쓴『추억追憶』으로 어린 시절의 회상이 담겨져 있는 작품 중의 하나이다. 가토 기요마사라는 인물에 대한 어린 우리들에 대한 반응은 역사적 인물 가토 기요마사를 떠올리고 있다는 것을 알 수 있다. 동명이인의 평범한 인물이지만 이미 가토 기요마사라는 역사의 무게에 동명이라는 것만으로도 우리한테는 위대하게 보인다고 하는 우리들의 그 의식 저변에는『무사도』에

---

4 가토 기요마사加藤清正(1562~1611)는 도요토미 히데요시豊臣秀吉의 부하로 통칭 토라노스케虎之助라고 전해진다. 임진왜란과 정유재란때 울산에서 조선군과 명군과 대전을 펼치고 세키가하라關ヶ原 전투에서는 도쿠가와 이에야스德川家康를 따른다.

서 보이는 무사 가토 기요마사에 대한 아쿠타가와의 의식과 일맥상통하고 있다. 가토 기요마사라는 1592년과 1597년 두 차례의 임진왜란과 정유재란에 참석한 인물로 정유재란 때는 조선과 명군을 울산 용성에서 맞이해 대전을 치렀으며 그 당시 조선에서 조선 호랑이를 포획했다는 '호랑이 퇴치' 전설을 남긴 역사적 영웅으로 치부되는 인물이다. 메이지유신 이후에 대두된 정한론을 시작으로 계속된, 조선을 둘러싼 수많은 언설들 속에서 조선 침략의 정당화를 논할 때마다 진구神功황후 도요토미 히네요시豊臣秀吉 그리고 가토 기요마사는 늘 언급된 인물이었다. 이들 세 인물은 조선 침략과 조선 지배 논리에 타당성과 정당성을 부여해주는 역사적 사실로 자리매김[5]되었다. 그것이 아쿠타가와가 가토 기요마사라는 이름만으로도 그를 위대하게 본 이유였을 것이다. 『무사도』에서 보이는 아쿠타가와의 일본 역사에 대한 강한 우월감과 자긍심이 이 이름 속에서 빛을 발하고 있으며 이때 이미 조선에 대한 아쿠타가와의 조선 인식은 가토 기요마사라는 역사적 인물을 통한 역사적 선상에서 이루어지고 있다고 볼 수 있다.

2. 『손수건』— 통념적인 식민지 조선

가토 기요마사를 통해서 역사에 대한 자긍심을 내세운 『무사도』가 1916년 『손수건』에서는 작품의 한 소재로 등장하고 있다.

---

5 이러한 역사적 인물들은 당시 소년들의 압도적인 인기를 얻었던 이와야 사자나미가 주필인 아동 잡지 『소년세계』에서도 다루고 있는데 그 창간호에는 진구황후의 삼한 정벌이라는 삽화가 실려 있다. 아쿠타가와 또한 이 『소년세계』를 즐겨 읽었다.

도쿄제국법과대학 교수인 하세가와 긴조長谷川 謹造 선생은 식민 정책이 전공인 학자일 뿐만이 아니라 교육자로서도 명명 있는 기독교인이자 국제적인 인물이다. 그는 일본 문명에 대한 정신적 타락을 염려하며 그것을 일본 고유의 무사도에 의해서만 구제할 수 있다고 생각하고 있었다. 이 무사도는 서양의 기독교 정신과 일치하는 부분도 있으며 또한 구미의 각 국민과 일본 국민과의 상호이해를 도모하는 이익이 있으며 국제간의 평화를 촉진할 것이라고 하세가와 선생은 생각하고 있고 동서 양방 사이를 넘나들며 가교적인 역할을 하려고도 생각하고 있었다. 그런 하세가와 선생이 무사도에 대한 해답을 아들의 죽음을 알리러 온 니시야마 아쓰코 부인을 통해 찾고 있다. 그런데 아들의 죽음을 알리러 방문한 부인과 이야기를 나누는 도중에 선생의 손에 있던 '조선 부채'가 테이블 아래로 떨어진다. 조선 부채를 주우려고 테이블 아래로 고개를 숙이는데 그 과정에서 아들을 잃은 슬픔을 겉으로는 감추고 있지만 테이블 아래에서 손 안에 손수건을 비틀며 그 슬픔을 억제하고 있는 니시야마 부인의 모습을 보고 무사도의 정의를 발견한다. 하세가와 선생은 그것을 일본 여자의 무사도라 명명하는데 그러한 일본 여자의 무사도를 발견하는 데 필요한 소품으로 조선 부채가 등장하고 있다는 것에 주목하고 싶다. 하세가와 선생의 손에서 조선 부채가 떨어지고 다시 줍는다는 일련의 과정 속에서 그 주체가 식민 정책이 전공인 하세가와 선생의 손이라는 것을 감안한다면 조선 부채라는 존재는 아마도 식민지 조선의 표상으로 보아도 자연스럽지 않을까? 직접적으로 조선을 드러내지 않고 작품 속에서 자연스럽게 그 연관 관계 속에 있는 조선의 그림자는 아쿠

타가와의 개화기물[6]이라고 일컬어지는 작품 중의 하나인『개화의 양인開化の良人』에서도 그 예를 찾아 볼 수 있다.

　메이지 초기의 문명에 관한 전람회가 열린 우에노上野 박물관 한 곳에는 와양절충和洋折衷의 미를 나타내는 전시물과 '에도도 동경도 아닌 밤과 낮을 하나로 만든 것 같은 시대'의 우키요에浮世繪를 보고 있는 혼다本多자작이 있었다. 이 혼다자작은 메이지 개화기즈음에 프랑스에서 유학하고 돌아오던 배 안에서 대지주의 아들인 미우라 나오키三浦直記를 만나게 되며 일본으로 귀국한 후에도 둘은 친우의 관계를 유지하며 미우라의 이상적인 결혼관을 통해서 메이지 시대를 반추하고 있다. 그런데 메이지 초기 당시에 외국에서 갓 돌아온 재원으로 관계官界뿐만 아니라 민간에서도 자주 거론될 정도의 명망이 있는 인물인 혼다자작이 공무상으로 조선을 여러 번 왕래한다. 그런데 메이지 당시에 조선을 왕래한다는 것은 도쿠토미 소호가 "조선에 가는 것은 죽으로 가는 것이다."라고 언급[7]하듯이 그것이 공무상이든 어떤 연유에서든 위험을 감수해야 하는 시기였을 것이다. 공무상이라는 이유를 밝히고 있지만 혼다자작이 조선으로 왕래하는데 어떤 구체적인 배경도 저항감도 없다는 것으로 서술되고 있는 것에서 작품의 시대 배경은 메이지이지만 이미 그 의식 저변에는 다이쇼기의 식민지 조선이 상정되어 있다는 반증의 일례일 것이다. 조선을 왕래하는 것과 더불어 국명에 대한 호칭도 '한국'과 '조선'으로 통일되지 못하고 있다. 대한제국에서 조선이라는 명칭이 공식적으로 거론되기

---

6 메이지 초기나 메이지 10년대의 세상 풍속을 배경으로 한 작품을 칭하는데 이 외에도 개화라는 용어가 사용된『개화의 살인開化の殺人』(1916) 등이 있다.
7 「德富蘇峰氏座談会」(1927.2.3).

시작한 것은 1910년 한일합방 이후로, 메이지 초기라고 설정한『개화의 양인』에서 '한국'과 '조선'이라는 용어를 혼용한 것으로 보아 작가의 의식 또한 조선은 이미 식민지로서 통념화되어 있는 시대적 상황을 반영했다고 할 수 있다. 후술하듯이『스사노오노 미고토』에서 보인 '고려검'도 그러한 맥락에서 볼 수 있을 것이다. 일본 고대 신화 속 인물인 스사노오노 미코토라는 인물을 설정해 다카마가하라에서의 힘겨루기와 연애 그리고 행패 끝에 추방되어 16명의 여인 부족에서 육욕肉慾 생활을 거친다. 결국 이즈모에서 고시高志의 오로치에게 희생물이 될 구시나다 공주를 도와 큰 뱀을 퇴치한 후 구시나다 공주와 결혼하여 그 부족장이 된다. 백설 공주와 마귀할멈 같은 대칭 구조를 가지는 소위 융이 지적한 신화의 원형은 시대나 민족을 통해 다소의 변화는 있겠지만 근본적으로는 일정한 틀을 구성하고 있다고 하는데 구시나다 공주와 큰 뱀의 대칭 구조 속에서도 그것을 알 수가 있겠다. 마귀할멈으로부터 백설 공주를 구해준 왕자가 구시나다 공주에게는 스사노오노 미코토가 된다. 신화가 형성되고, 그것이 아직 생명력이 있는 것으로 계승된 시대에는 개개의 의식은 시대의 의식 즉 신화의 의식과 일치한다고 하는 신화의 권력은 분명히 메이지 제국시대에 그 힘의 파급이 절대적이라고 할 수 있을 것이다. 그러한 신화의 위력은 메이지 시대가 끝이 나고 다음 시대인 다이쇼기에서 단절되어 나타나는 것이 아니라 비록 다이쇼 데모크라시라고 해도 그 속에서 저류하고 있으며 아쿠타가와의 의식 속에도 잔존해 있을 가능성은 충분하다. '모자란 인물' 스사노오노 미코토가 구시나다 공주를 만나 큰 뱀을 퇴치하고 부족장이 되는데 촉매제 구실을 한 '고려검'을 설정해 스사노오노 미고토가 그 검을 사용함으로 인해 그 검의 역할을 찾아내게 한 것도 그러한 맥락에서 볼 수 있다.

그런데 이 '고려검'이라는 검명에서 당시 조선이 일본 제국주의의 식민지라는 시대 상황을 고려한다면 이 둘의 관련성도 충분히 고려할 수 있을 것이다. 그리고 앞에서 언급한『수건』과『개화의 양인』과 같은 맥락에서 이 '고려검'을 두고 본다면 식민지 조선에 대한 통념화된 아쿠타가와의 인식이 '조선 부채', '조선 왕래', '고려검'을 통해 작품 속에서 표출되고 있다고 볼 수 있지 않을까?

3.『김장군』― 대립적 타자

작품 속에서 나타난 아쿠타가와의 조선 인식은 중국 여행과 관동대지진을 경험하면서 그 양상을 달리 하는데 그것을 타자로서의 조선 인식이라고 하고 싶다. 여기서 말하는 타자는 아쿠타가와가 조선을 일본 제국주의의 식민지로 인식하고 그 조선을 상대화시킨 후에 나타나는 조선 인식을 타자로 규정해 보았다. 왜냐하면 중국 여행과 관동 대진재를 경험한 이전에는 조선에 대한 직접적인 논의의 대상으로 하지 않고 앞에서 보아 온 것처럼 작품의 소재로 다루는 정도에 지나지 않았기 때문이다. 그런데 그 이후는 의식적으로 조선을 거론하기 시작한다. 아쿠타가와는 1921년『오사카마이니치 신문』의 해외특파원 자격으로 중국을 여행[8]한다. 중국을 여행한 기행과 감상은

8『오사카 마이니치 신문大阪毎日新聞』의 해외특파원으로서 1921년 3월 하순에서 7월 하순까지 중국의 상해上海, 난징南京, 구강九江, 한구漢口, 장사長沙, 낙양洛陽, 북경北京, 대동大同, 천진天津 등을 여행하고 조선을 경유해서 귀국한다.

귀국한 후에 집필한 『상해유기上海遊記』, 『강남유기』, 『장강유기長江游記』, 『북경일기초北京日記抄』, 『잡신일속雜信一束』가 있다. 위의 작품 속에서 아쿠타가와와 조선을 세 가지로 나누어 분류할 수 있다. 첫 번째는 사실적 풍경으로서다.

① 1923년 3월 29일 아쿠타가와
어제 현해탄에서 거친 바람을 만나 배가 흔들려 탁상 위에 있던 접시나 나이프 등 모두 바닥에 떨어졌습니다. 저 역시 배 멀미 때문에 조금 토할려고 했습니다. 오늘은 날씨가 청랑하고 파도가 조용해서 제주도 그림자를 오른쪽 뱃전에서 바라봅니다. 내일 오후쯤에는 상해항에 도착해 있을 것 같습니다.

② 1923년 3월 29일 오자와 헤키토小澤碧童, 오아나 류이치小穴隆一
지금은 날씨 청랑하고 오전 중에는 제주도가 오른쪽 뱃머리에서 보였습니다. 아와지淡路보다 조금 큰 정도인데, 살고 있는 사람들은 조선인으로 조선풍의 오두막 같은 것 밖에 보이지 않아서 그런지 인기척이 상당히 희박한 것 같습니다.

아쿠타가와는 양부모와 친우인 오자와 헤키토와 오아나 류이치에게 여행 출발한 후의 안부와 상황을 편지에 쓰고 있는데 그중에 조선을 지나며 제주도의 모습에서 언급하고 있다. 거기에는 있는 그대로, 제주도의 모습과 풍경이 담겨 있다. 그 다음엔 역사적 사실에 대한 언급이다.

① 『상해일기』

드디어 마차가 멈춘 곳은 옛날 김옥균이 암살되었던 동아양행이라고 하는 호텔 앞이다. (중략) 우리는 어두컴컴하고 벽장식이 현란한 묘한 분위기의 응접실로 안내받았다. 과연 이 정도의 곳이라면 김옥균이 아니라도 항상 언제든지 창문 밖에서 날아오는 피스톨의 총알을 맞을지 모르겠다.

② 『강남유기』

나: 아, 과거여. 아름다운 과거여. 비록 수는 망하고 구름 같은 아름다운 여인들과 함께 이 운하에 배를 띄우고 풍류적인 천자의 영화는 장대한 무지개와 같이 역사 속을 가르고 있다.

안내인: 양제는 환락에 빠져있었던 것이 아니라 대업 시작한 지 7년째 먼 고려를 정벌하려고 생각해서 그 준비가 발각되지 않도록 유흥을 가장한 것이었다.

①에서 언급된 김옥균은 주지하듯이 개화기의 개혁적인 인물이자 정치가로서 일본계의 개화당을 편들다 청국계의 사대당과 대립하게되고 그 개혁이 실패하여 3일 천하로 끝이 난다. 그 후 일본으로 망명했다가 다시 상해로 건너가지만 위에서 언급된 동아양행에서 암살되었다는 것은 역사적 사실이다. 아쿠타가와는 김옥균이라는 조선인에 대해 언급하며 그 자신의 거취 문제와 관련해서 역사적 사실을 거론하기만 하고 있다. ①과 마찬가지로 ②에서도 양자강을 여행하면서 '나'와 '안내인'간에 대화를 거론하며 '고려'를 중국인 안내인의 입을 통해서 거론하고 있는데 이것 또한 김옥균의 언급과 마찬가지로 역사적 사실이다.

그리고 중국 여행을 통해 조선을 언급한 세 번째는 다음과 같다.

① 가을이 된 금강산에 구름 없구나 팔도의 산 민둥산이 되어 오늘
    아침 맞는 가을
    연꽃 여기저기 창경궁에 핀 달밤인가 칠석은 고려의 여자도 헤아려
    보아야 할 것인데
    팔도의 새 술에 취해 돌아가련다 기생이 떨어뜨린 옥비녀여 어쩐지
    스산해지누나[9]

－7월 21일 니시무라
타다기치西村貞吉(1921년 추정)－

② 소매 펼쳐서 춤추는 기생의 얼굴에 흐르는 땀을 보고 있는 내가
    있구나(조선)

여기는 위에서 서술한 첫 번째와 두 번째와는 달리 아쿠타가와
가 조선에 대한 직접적인 감상을 시로 표현하고 있다. 아쿠타가와는
다카하마 교시高浜虛子나 도쿠토미 소호[10]처럼 조선을 두루 다니며 직
접 여행하지는 못했고 중국 여행을 마치고 귀국시 조선을 경유한 것
이 유일한 조선 체험이다. 그런데 위의 ①은 마치 조선을 여행하고
난 후 조선 팔도를 떠올리며 조선을 그리워하는 감상이 엿보이게 한
다. 그런데 거기에는 기생에 대해 언급되어 있다. 기생의 존재는 다카

---

9 시의 원문은 다음과 같다.
　秋立つや金剛山に雲の無し　八道の山は禿げたり今朝の秋
　芙蓉所々昌德宮の月夜かな　七夕は高麗の女も察るべし
　八道の新酒に酔つて帰けむ　妓生の落とす玉釵やそぞろ寒
10 德富蘇峰(1908.11),「支那漫遊記」(『七十八日遊記』, 民友社); 高浜虛子, 『朝鮮』(『東京日
　日新聞』(1911.6~1911.11.25)/『大阪毎日新聞』(1911.6.19~1911.8.27)).

하마 교시가 조선을 여행한 후 집필한『조선朝鮮』에서도 상세히 다루어지고 있는데 여기서 보인 아쿠타가와의 기생에 대한 관심이『김장군』에서 구체화되어 나타나고 있다는 것은 흥미로운 사실이다. 그런데 기생을 통해 조선을 바라보는 시각은 두 가지로 나타난다. 표층에는 풍류적인 감상이 흘러가지만 그 심층부에는 일본 제국주의의 시각이 내재되어 있다. 조선과 기생은 다카하마 교시처럼 제국주의의 작가들이 식민지를 기행하며 그 정복지를 조사 연구 기술하는 방식에서 등장하는 조선의 상싱으로 등장한다. '타국인에게 정복되어야만 하는가', '피정복자를 불쌍히' 여기면서도 '과연 일본은 위대하다', '자신도 그 민족의 일원이라고 하는 억제할 수 없는 자긍심'(『조선초朝鮮 抄』, 1911)을 가진 다카하마 교시의 피정복민에 대한 이러한 인식은 비단 다카하마 교시만의 인식이 아닐 것이며 '기생'을 바라보는 아쿠타가와의 시선에서도 그러한 유사점을 발견할 수 있다. 아쿠타가와는 그의 작품에서 '조선 부채', '조선 왕래', '고려검'을 통해서 그저 조선을 식민지 조선이라는 사실 그 자체로 수용하고 조선을 대상화하려는 시도는 없었다. 그렇지만 중국 여행과 후술할 관동 대진재를 통해 인식의 전환기를 맞이하게 되는 것 같다. 조선을 대상화하여 구체화시킨『김장군』이 작품으로 집필하고 있기 때문이다.

고금동서의 서적에서 다양한 소재를 취해 창작 활동을 했던 아쿠타가와가 관동대지진이 있은 후에 처음으로 조선을 테마로 한『김장군』을 발표한 것은 무척 흥미로운 사실이다. 그래서 아쿠타가와와 조선과의 관련을 논한 것이『김장군』에 한정되어 있을지도 모른다.『김장군』은 임진왜란 때 김응서 장군이 고니시 유키나가小西行長 장군을 죽이는 조선 설화를 바탕으로 구성한 것 같다. 김장군과 고니시 유키나가는 두 번의 조우를 한다.

첫 번째는 임진왜란이 일어나기 전에 조선을 염탐하러 온 고니시 유키나가와 가토 기요마사加藤淸正가 길가에서 자고 있는 기이한 얼굴의 어린 김응서와 만나는 장면이다. 김응서를 보고 가토 기요마사는 먼 후일을 생각해서 죽이자고 하지만 고니시 유키나가는 어린 아이인데 쓸데없는 살생을 피하자고 하며 그냥 지나간다. 그리고 두 번째 만남은 그로부터 30년 후에 일어난 임진왜란 때이며 고니시 유키나가가 총애하는 기생 계월향과 그의 오빠로 가장해 나타난 김응서 장군이 고니시 유키나가를 술 취하게 한 후 살해했을 때이다. 그런데 이 두 번의 만남에서 재미있는 대비는 우선 어린 생명에 대한 살생의 태도이다. 가토 기요마사가 어린 김응서를 죽이고자 했을 때 고니시 유키나가는 쓸데없는 살생을 하지 말라고 했는데 반면 김응서는 고니시 유키나가를 죽일 뿐 아니라 심지어 고니시 유키나가의 아이를 임신하고 있는 계월향마저 죽인다. 먼 훗날 불화의 씨앗이 될 것은 살려두면 안 된다는 가토우 기요마사의 논리처럼 동일한 이유로 계월향의 배를 갈라 고니시 유키나가의 씨를 없애버리고 만다. 이 것은 두 가지, 즉 조선과 일본의 입장에서 전혀 다른 시각으로 접할 수 있는데 조선의 입장에서는 임진왜란 당시 조선인들의 울분이 어느 정도였는지, 그리고 고니시 유키나가의 죽음을 통해 그 울분을 해소해주는 소통 역할로 볼 수 있고 그 관점에서 본다면 김응서 장군은 당연히 충신의 모습이다. 한편 일본의 입장에서 본다면 가토 기요마사가 어린 김응서를 보고 범상이 아니라며 먼 훗날을 위해 죽이려고 했지만 고니시 유키나가는 무익한 살생은 안 된다고 하여 어린 김응서를 살려주었는데 김응서는 생명의 은인인 고니시 유키나가를 죽이고 또 계월향의 뱃속의 아이까지 꺼내서 죽이는 잔인한 인물로 부각될 수 있다. 물론 이 작품은 일본 독자를 대상으로 한 것이고 그래서 종종 인용되는 『김장군』의 마지막 부분이 위험성에 노출되어 있다는 것이다.

이것은 조선에 전해지는 고니시 유키나가의 최후이다. 유키나가는 물론 임진왜란 진중에서 목숨을 잃지 않았다. 그러나 역사를 분식하는 것은 반드시 조선만이 아니다. 일본도 역시 어린아이에게 가르치는 역사는—또는 어린아이와 다를 바 없는 일본남아에게 가르치는 역사는 이러한 설로 가득하다. 예를 들면 일본 역사 교과서는 한 번도 이러한 패전의 기록을 기록한 적이 없지 않은가? '대당 장군 전함 170척을 끌고 백촌강(조선충청도 여천현)에 진열했다. 무신(천지천황 2년 가을 8월 27일) 일본의 수군 처음으로 대당의 수군과 합전한다. 일본 불리해서 퇴각한다. 을사(28일) …… (중략) 대당 좌우에서 배를 좁혀 둘러싸고 싸운다. 순식간에 관군 패배한다. 물에 빠져 죽은 자 많다. 군함 돌아갈 바를 모른다.' (일본서기) 어떠한 나라의 역사도 그 국민에게는 반드시 광영 있는 역사다. 비단 김장군의 전설만이 빛을 받을 가치가 있는 것은 아니다.

이 문장은 『김장군』에서 가장 논란이 될 소지가 있는 부분이다. 특히 "어떠한 나라의 역사도 그 국민에게는 반드시 광영 있는 역사이다."라고 하는 부분은 아쿠타가와가 '황국사관을 비판'하려고 시도했다고 하는 세키구치 야스요시 등의 지적[11]에 긍정할 수 있는 것이다.

그렇지만 오히려 '비단 김장군의 전설만이 빛을 받을 가치가 있는 것은 아'닌 일본 역사의 왜곡을 정당화시킬 수 있는 충분한 가능성도 내포되어 있다는 것에 주목을 해야 할 것이다. 다시 말하자면 이것은 결국 아쿠타가와가 관동 대진재를 통해서 처음으로 조선을 테마로 한『김장군』은 아쿠타가와가 조선을 의식했다는 건 확실한 반증이 되겠지만 여전히 식민지 조선에 대한 현실 인식이 부족하다는 것을 단적으로 보여준다고 말할 수 있다.

4.『호랑이 이야기』,『꿈』— 현실 인식

『김장군』을 통해 조선을 상대화한 작품이기는 하지만 당시 식민지 조선에 대한 현실 인식은 부족했던 아쿠타가와의 조선 인식을 엿볼 수 있었다. 그런데 부자지간의 '단란한 한때'[12]가 보이는 단편『호랑이 이야기』[13]에서는 조선의 모습이 약자적인 형태로 나타나고 있다.

『호랑이 이야기』는 조선의 호랑이 이야기를 전제로 하여 세 가지 이야기로 구성된 옴니버스식 단편이다. 첫 번째 이야기는 조선의 한 나팔병이 술에 취해 산길에서 잠을 자고 있었는데 호랑이 한 마리가 그를 위협해 나팔병이 호랑이 엉덩이에 나팔을 찔러 넣었다. 그 때문에 엉덩이에 상처가 생겨 호랑이는 쓰러져 죽었고 조선의 한 나팔병은 호랑이를 퇴치했다며 포상을 받았다는 것이다. 그리고 두 번

---

11 関口安義(2004),「二人の将軍ー芥川龍之介の歴史認識」,『文学部紀要17−2』, 文教大学文学部.
12 石原千秋(1985),「虎の話」,『芥川龍之介事典』, 明治書院.
13 『大阪毎日新聞』(1926.1.31).

째 이야기는 호랑이 한 마리가 조선의 사냥꾼에 쫓기다 큰 바위에 맞닥뜨려 뛰어 넘었으나 건너지 못하고 그만 바위에서 떨어지고 마는데 그 모습이 너무나 인간같이 보이기도 하고 불쌍하게 보여 사냥꾼이 호랑이를 그냥 놓아주었다고 하는 이야기이다. 마지막 세 번째 이야기는 큰 호랑이 한 마리가 세 마리의 새끼 호랑이를 키우고 있었는데 어느 날 큰 호랑이가 사냥꾼의 활을 맞고 거의 죽어가고 있었다. 큰 호랑이는 새끼 호랑이들과 그날 밤을 함께 보내고 그 다음날 죽었다는 이야기다.

이 세 이야기는 전혀 다른 이야기로 구성되어 있지만 호랑이라는 하나의 공통 소재가 있다. 첫 번째는 조선의 한 나팔병과 대치하고 두 번째 이야기에서는 조선의 사냥꾼과 호랑이가 대치되고 세 번째는 큰 호랑이와 사냥꾼으로 대치하고 있는 설정이다. 짧은 세 이야기 속에 등장하는 호랑이는 단적으로 말하자면 조선의 상징이다. 일본에서는 호랑이라는 존재가 없었으며 그래서 앞에서 언급한 가토 기요마사가 조선에서 호랑이를 퇴치했다는 전설이 조선과 관련된 맥락에서 볼 수 있는 것이다. 그러한 맥락에서 본다면 이 호랑이는 조선의 표상물이며 이야기 속에서 등장하는 호랑이의 모습은 참으로 호랑이답지 못하거나 어처구니없는 모습의 호랑이이다. 한 나팔병이 꽂은 나팔 때문에 엉덩이에 상처가 나서 죽었다는 호랑이의 모습, 바위를 뛰어 넘지 못하는 호랑이에게서 인간 같은 모습이 보인 불쌍한 호랑이, 세 마리 호랑이 새끼를 놓아두고 죽은 큰 호랑이에서 엿볼 수 있는 것은 외부 압력과 상황에 의해 쫓기거나 죽을 수밖에 없는 호랑이의 운명 설정은 자연스레 식민지 조선의 운명으로 귀결되어진다. 이런 호랑이와 비슷한 신세에 처한 또 다른 조선의 표상인 '조선소朝鮮牛'가 보이는 『꿈』(1927)이 있다.

　　이 시골 마을은 여전히 사람이 왕래한 흔적이 거의 보이지 않는다. 그런데 길옆 한 전신주[14]에 한 마리의 조선소가 매어있다. 조선소는 고개를 내민 채로 묘하게 여성적인 촉촉한 눈으로 가만히 나를 지켜보고 있다. 그 소는 어쩐지 내가 오기를 기다리고 있는 것 같은 표정을 지었다. 나는 이러한 조선소의 표정에서 온건한 도전을 느꼈다. '저 녀석은 도살자에게 끌려 갈 때도 저런 눈을 하고 있을 거야.' 그런 생각도 나를 불안하게 했다. 나는 점점 우울하게 되어 그곳을 통과하지 않고 한 옆 골목으로 돌아갔다.

　이 『꿈』은 화가인 '와타시私'가 모델인 한 여자의 그림을 그리는데 꿈에서 그 모델을 한 손으로 교살한다는 이야기이다. 위의 장면은 약속 시간에 나타나지 않는 여자 모델을 기다리며 불안해진 '와타시'가 하숙집 뒤에 있는 둑을 산책하다 우연히 어느 시골 마을 길로 들어섰을 때 본 조선소에 대한 언급이다.

　여기서 가장 먼저 떠오르는 의문은 이 이야기 속에 왜 조선소의 등장이 필요했을까 하는 것이다. 조선소가 아니어도 이야기 전개상 하등의 문제가 없어 보이는데 조선소는 어떤 연관성 때문에 '와타시'를 불안하게 한 것일까? 한 여자 모델을 고용해 그 모델 그림을 그리는 '와타시'가 산책을 하며 바라본 조선소는 작품 표면상으로는 전혀 무의미한 존재로 어떠한 유기적 관계가 없는 동떨어진 존재처럼 보

---

14 전봇대와 같은 말.

인다. 그런데 이 이야기 전 구조 속에서 화가인 나와 모델인 여자와의 미묘한 관계를 고려해 볼 때, 이 전신주에 매어 있는 조선소와 '와타시'의 관계가 조금씩 연관성을 갖게 된다. 금전에 의해 고용된 여자 모델과 그리고 전신주에 매어 있는 조선소의 자유롭지 못한 신세는 동일하다. 또 거주지가 분명하지 않아 떠돌아 다녀야 하는 모델과 언제 도살자에게 끌려갈지 모를 운명의 조선소의 처지는 무척 닮아있다. 꿈이란 "신체적 현상이 아니라 정신 형상"이며 "꿈을 꾼 사람의 작품이며 표현이다."라고 한 프로이드의 말을 굳이 빌리지 않더라도 꿈 속에서 여자를 교살한 '와타시'가 '조선소'를 보며 불안함을 느끼는 것은 바로 여자와 '조선소'의 비슷한 처지임을 설명해준다. 그렇다고 한다면 '조선소'의 '조선朝鮮'에서 전신주에 매어 있는 '조선소'는 당시의 식민지 조선과 자연스럽게 교차한다. 그래서 '내가 오는 것을 기다리고 있는 것 같은 표정'이라는 '와타시'의 생각은 식민지 조선에 대한 아쿠타가와의 조선 인식의 표출로 바꿔 볼 수 있지 않을까? '와타시'를 일본 제국주의, 전신주에 매인 '조선소'는 식민지 조선이라는 등식으로 바꾸어 본다면 '와타시'가 '도전을 느끼며', '불안'과 '우울'로 인해 밖으로 해소되지 못하고 마는, 즉 식민지 조선을 바라보는 시각이 일본 제국주의를 향한 철저한 비판 의식을 이끌어 내지는 못했지만 약자라는 식민지 조선에 대한 인식 단계에는 이르렀다고 말할 수 있다.

2장 관동대지진과 조선인 학살에 대한 시선

1. 관동대지진과 조선인 학살

아쿠타가와의 조선 인식이 표층으로 부상하게 되는 역사적 사건
이 있는데 바로 관동대지진이다. 1923년 9월 1일 오전 11시 58분에 관
동關東 지방 전역과 시즈오카靜岡 현, 야마나시山梨 현 일부를 포함한
지역에 덮친 M 7.9~8.2의 거대한 관동대지진[15]은 일본의 심장부인 수
도 도쿄와 인근 지역 요코하마에 파괴적인 타격을 주어 한때는 수도
를 옮겨야 된다는 논의가 나오는 등 수도권 내의 기능을 완전히 마비
시킨 큰 재난이다. 그런데 이러한 자연재해 속에 재일 조선인들에 대
한 학살 사건이라는 또 다른 재해가 발생한다. 대지진의 혼란 속에서
발생했던 미증유未曾有의 조선인 학살사건은 재일 조선인 금병동과
강덕상 등[16]의 연구로 인해 관동대지진과 조선인 학살에 관한 자료와
사실들이 밝혀지고 있다. 아쿠타가와는 당시 관동대지진을 경험하고

---

15 본고에서는 일본의 인명과 지명 등은 일본어 고유 발음 그대로 표기하고 있지만
'관동대지진'은 이미 일본어 발음인 '간토대지진'보다는 '관동대지진'이 널리 알려져
있으므로 '관동대지진'을 그대로 사용하기로 한다. 또한 본고에서는 '관동 대진재'라
는 용어도 함께 사용하고 있는데 '관동대지진'과 조선인 학살을 포함한 의미로 사용
하고 있다.
16 관동대지진과 조선인 학살에 관해서는 재일 한국인 강덕상(1975; 2003)의 『関東大
震災』, 中公公論社; 『関東大震災・虐殺の記憶』, 青丘文化社와 금병동(1996)의 『関東
大震災 朝鮮人虐殺問題関連資料』, 緑蔭書房, 이수경(2004)의 「관동 대진재직후의 조
선인 학살과 일한보도」, 『山口県立大学國際文化學部紀要 10』, 山口県立大学国際文化
学部 등이 있다. 그리고 한국에서의 연구로는 이연(1992)의 「관동대지진과 언론통
제-조선인 학살사건과 보도통제를 중심으로」, 『한국언어학보27』, 한국언론학회;
노주은(2007), 「관동대지진과 조선총독부의 재일조선인 정책-총독부의 '진재처리'
과정을 중심으로-」, 『한일민족문제연구1~12』, 한일민족문제학회 등이 있다.

또 그와 관련된 10여 편의 기록이나 문장[17]을 남기고 있는데 이들 문장은 오다기리 스스무도 지적[18]하듯이 계엄령이 내려진 당시의 상황과 이질적인, 즉 상당히 현실과 거리를 둔 냉정할 정도의 시선으로 관동 대진재를 바라보고 있다. 그런데 관동 대진재를 바라보던 냉정한 시선이 유독 조선인 학살과 관련된 부분에서는 그렇지 못한 이질적인 면도 있다는 것은 흥미롭다. 아쿠타가와에게 있어 이 관동 대진재는 그의 작가적인 삶과 예술을 재조명한 시기였을 뿐만이 아니라 당시 일본의 식민지였던 조선에 대한 그의 인식의 전환점이 되기도 하는데 그것은 관동 대진재 4개월 후인 1924년 1월에 조선을 테마로 한 유일한 작품『김장군』을 발표했다는 것이 그 일례라 할 수 있겠다.

언급했듯이 1923년 9월 1일 오전 11시 58분에 있었던 관동대지진[19]은 일본 관동 지방을 초토화했을 뿐만 아니라 조선인 학살이라는 미증유의 역사적 사실을 남기고 있다. 조선인 학살은 9월 1일 요코하

---

17 아쿠타가와의 기록이나 문장은 1923년 10월『대진잡기大震雜記』,『대진일록大震日録』,『지진에 대한 감상地震に際せる感想』,『감상하나感想一つ』,『폐도도교廃都東京』,『고서의 분실을 애석해하다古書の焼失を惜しむ』,『앵무새鸚鵡』를, 11월에는『망문망납妄問妄答』,『어느 자경단의 말或自警団の言葉』그리고 초출 미상의『지진이 문예에 주는 영향震災の文芸に与ふる影響』등의 10여 편이 있다.

18 오다기리 스스무는 "아쿠타가와의 일련의 문장은 다른 어떤 진재 문장보다 극히 냉정한 태도로 일관하고 있고 오히려 너무 냉정해 보인다고 여겨질 정도이다. 이 냉정한 태도는 직접 진재를 경험 한 후의 문장에서도 조금도 다르지 않다. (중략) 유언비어를 믿으려고 하지 않았던 기쿠치 칸과 잡담하는 곳에서도 비참하게 탄흔적의 참상을 기록한 곳에서도 아쿠타가와는 잔혹할 정도로 담담하게 쓰고 있는 그 태도를 흐트러뜨리지 않고 있다."라고 지적하고 있다(小田切進(1965),『昭和文学の成立』, 勁草書房).

19 관동대지진은 일본과 경성을 포함한 주변국뿐만 아니라 미국의 뉴욕 타임지에서 9월 2일(거대 지진과 화재로 도쿄, 요코하마가 괴멸했다.), 9월 3일(지진에 의한 사망자는 10만, 요코하마, 나고야 도쿄는 괴멸.)자에 보도됐고, 9월 6일(HELP JAPAN!)에는 미국적십자사, 일본구원위원회 신문 광고 등에서 구원을 호소하는 기사들이 실려 있다(『関東大震災80周年企画大震災と報道展』(2003), 日本新聞博物館).

마와 도쿄에서 발생한 유언비어, 즉 조선인이 일본인을 습격·방화·강간하고 우물 속에 독을 던졌다는 소문이 급속하게 퍼지면서 시작된다. 이것은 '당시 도쿄 시내에는 크고 작은 18개의 일간 신문사가 있었는데 그중에 어떻게든 재난을 면한 것은 도쿄니치니치東京日日 신문, 호치報知 신문, 미야코都 신문 3개 밖에'[20] 없었던 언론의 부재와도 무관하지 않을 것이다. 그런데 이 신문들조차도 그런 유언비어를 아무런 여과 없이 그대로 수용하고 있는데 도쿄니치니치 신문의 예를 들어 본다.

① 어제 일부 불령선인의 망령된 행동은 지금은 엄밀한 경계하에 그 족적을 끊고, 선인의 대부분은 순량하여 아무런 흉행을 할 수 없을 것이다. 이들에게 함부로 박해하고 폭행하는 등의 일은 하지 말라고 주의를 주고 있는데 혹시 불온한 점이 있다고 판단될 때에는 재빨리 군대나 경찰관에게 보고 하도록.　　　　　　　　　　　　(9월 3일, 호외)

② 선량한 조선인을 음해해서는 안 됩니다. 경찰력도 병력도 충분하니까 신뢰하고 안심하십시오. 각자가 무기 등을 들고 방어할 필요는 없습니다. 함부로 무기를 휴대하는 것은 경계사령관이 엄하게 금지하고 있으니 어겨서는 안 됩니다.　　　　　　　　　　(9월 5일)

③ 불령선인의 방화 그 외의 풍설은 시민들을 극도로 불안과 격앙하게 만들었지만 당국은 이들의 대처가 너무나 진부해서 일부 선인의 죄상이 뚜렷한 자 외에는 가능한 한 이들을 보호한다는 방침을 세우

---

20 内川芳美(1987),「関東大震災と新聞」,『大正ニュース事典第 4 巻』, 毎日コミュニケーション.

고 시내에 구류된 선인은 계속 슈시노習志野로 보내어 보호 감시를 하고 있다. (9월 7일)

④ 미나미 센쥬南千住에 있는 조선인단체 상애회相愛会의 회장 이기동李起東, 부회장 박춘금朴春琴 외 백어 명의 조선인들은 이런저런 일을 마다않고 하고 있다. 불령시 되어 미움 받는 것을 유감스럽게 생각하고 자신들이 사회봉사로 조선인의 성의를 나타내려고 며칠간 무상으로 닌교초 도오리人形町通り, 신오바시新大橋, 가부도 바시兜橋 사이의 도로에 있는 장애물을 치우며 오해를 풀려고 노력하고 있다. (9월 11일)

⑤ 자경단의 경계는 진재 후 경비를 선 것은 유용했지만 지나치게 앙분한 결과 의외의 살상사건을 야기시킨 사실이 곳곳에서 일어나고 가해자 중 도쿄지방재판소 검사국에서 기소되어 예심을 거쳐 도쿄형무소에 수감된 자도 많이 있다. (9월 18일)[21]

도쿄니치니치 신문만의 일례지만 대지진이 일어난 후 곧바로 퍼지기 시작한 조선인에 관한 유언비어와 무차별적인 조선인 학살은 실제로 유언비어의 진위 여부가 밝혀지고 난 뒤에도 자경단원들에 의해 행해지고 있었다는 것을 알 수 있다. 이러한 조선인 학살은 '쌀소동 때의 경험, 또 조선의 만세 사건(3·1만세운동) 등의 경험 및 위기감에서 고양된 노동운동, 사회운동을 경계해야 한다는 생각[22]에서 발생된 당시의 조선 인식과 사회적 심리가 더해져서 "많은 조선인과

---

21 『大正ニュース事典第 4 巻』(1987), 毎日コミュニケーション.
22 松島栄一(1987),「関東大震災と第二次護憲運動」,『大正ニュース事典 第 4 巻』, 毎日コミュニケーション.

중국인, 사회주의자, 무정부주의자들이 자경단이나 군, 헌병에 의해 학살된 비극도 일으켰다. 특히 조선인 학살은 '조선이 습격해 온다.' 는 등의 유언비어의 결과로 일어난 것으로 사회 불안 속에서 정확한 정보의 중요함을 다시 한 번 가르쳐 주었다. 신문도 진재 직후 이 유언비어에 휘둘린 보도가 있었다. 그러나 데마[23]라는 것이 판명되자 역으로 오해를 풀기 위한 기사를 싣기도 했다. 조선인 학살에 대해서 정부는 게재 금지 조치를 취하고 해금한 것이 10월 하순인데, 그래서 각지 학살의 실태가 생생하게 전해졌다. 그 때까지 학살된 피해자 수는 6,500명을 넘"는 비극적인 사건이 된다. 이러한 피해자가 나오게 된 것은 진재 당시 조선인들은 일본에 거주한지 1, 2년 미만인 경우가 많았고, 지진 직전에 조선인 노동자 수는 10만 명 이상이었는데 도쿄에만 1만 2, 3천 명으로 관동 일대 거주 인구는 최대로 잡아도 약 2만 여 명에 지나지 않았다. 조선인에게 주어진 직업은 수도, 토목 공사의 노동자, 일용 인부, 하역 인부 등 단순 육체 노동이 많았고 거의 단신 생활자로 약간의 행상인과 유학생이 있었다. 진재 당시 일본인과 조선인을 구별하기 위해 '15엔 50전'이라는 말을 시켰는데 일본어 발음을 익히지 못한 조선인들이 많아 학살도 더 많아졌다.[24]

이러한 조선인 유언비어와 조선인 학살에 대해서는 조선에 깊은 관심을 보이고 있던 요시노 사쿠조는 "때때로 조선인과 사회주의가 통모하고 가공할 만한 일을 기획한 자 있다는 등의 기사를 신문에 발표해서 오히려 민중의 감정을 부축인 것도 있었다."라고 질책하면서

---

23 Demagogy: 대중을 선동하기 위한 정치적인 허위 선전이나 인신 공격.
24 姜德相(1975), 『関東大震災』, 中公公論社.

"만약에 있다고 하는 것이 그 정도의 화재라면 그것은 내지인에게도 많다. 보통 그러한 일은 어디에나 일어날 법한 것인데 특별히 조선인이 조선인이기 때문에 일본인에게 폭행을 가한 것은 아닐 것이다. 하물며 2, 3명의 조선인이 폭행했다고 해서 모든 조선인이 다 폭행을 했다고 단정 지을 수는 없지 않는가? 내지인의 흥분은 궤도를 너무 많이 일탈해 버렸다. 도둑이 동쪽으로 달리니까 동쪽으로 가는 놈이 모두 도둑놈이라고 하는 태도와 다를 바 없다. 특히 조선인의 폭행에 대한 국민적 복수로 남녀노소 구분 없이 닥치는 대로 조선인을 몰살하고서야 어찌 세계 무대에 얼굴을 내밀 수 있는가. 일대 치욕이 아닌가?"[25]라고 했는데 당시 정보 편향성을 지적함과 동시에 세계 무대를 의식하는 제국주의 일본인의 모습도 함께 엿볼 수 있는 부분이다.

2. 조선인에 관한 유언비어와 『대진잡기』

조선인을 둘러싼 유언비어와 대학살은 당시 중견 작가였던 아쿠타가와 또한 깊은 관심을 보이며 다수의 기록과 문장 등을 남기고 있는데 그중에 1923년 10월 『중앙공론』에 발표한 『대진잡기』를 살펴본다.

나는 선량한 시민이다. 그러나 나의 소견에 따르면 기쿠치 칸菊池寬은 이 자격에 미달한다. 계엄령이 있은 후 나는 엽궐련을 문채 기쿠치와 잡담을 나누었다. 잡담이라고는 하지만 지진이외의 다른 이야기를 나눈 것은 아니다. 나는 큰 불의 원인을 ○○○○○○○○라고 했다.

25 吉野作造(1923.10), 「朝鮮人虐殺事件に就いて」, 『中央公論』, 中央公論新社.

그러자 기쿠치는 눈을 치켜들면서 "자네. 그런 건 거짓말이라네."라고 일축했다. 그렇게 말하니 나도 그냥 "그럼 거짓말이겠지."라고 할 수밖에 없었다. 그런데 또 한 번 나는 ○○○○는 볼셰비키의 앞잡이일 거라는 소문에 대해서 말했다. 그러자 기쿠치는 이번에도 눈을 치켜들더니 "자네, 그런 건 거짓말이라네."라고 질타했다. 나는 또 "에이, 그것도 거짓말인가?"라고 자설(?)을 철회했다. 다시 한 번 나의 소견을 말하자면 선량한 시민이라고 하는 것은 볼셰비키와 ○○○과의 음모 존재를 믿는 것이다. 만약 믿지 못하겠다면 적어도 믿고 있는 척하는 표정을 지어야 하는 것이다. 그런데 야만적인 기쿠치 칸은 믿지도 않지만 그런 흉내도 내지 않는다. 그건 완전히 선량한 시민의 자격을 방기한 것이라고 보아야 할 것이다. 선량한 시민임과 동시에 용감한 자경단의 일원인 나는 기쿠치를 위해 애석해 하지 않을 수 없다. 특히 선량한 시민이 된다는 것은 - 어쨌든 고심을 필요로 하는 것이다.

여기서 아쿠타가와는 '나는 선량한 시민이다', '큰 불의 원인은 ○○○○○○○', '○○○○는 볼셰비키의 앞잡이', '볼셰비키와 ○○○의 음모 존재를 믿는'다고 한다. 당시의 조선인과 관련된 유언비어에 대해 의심을 품으면서도 선량한 시민을 내세우며 기쿠치 칸이 그러한 소문에 대해 두 번이나 거짓말이라고 하는데도 굳이 믿고자 하는 것이 무척 흥미롭다.[26] 조선인 학살에 대한 기사를 싣지 못하게

---

26 기쿠치 칸은 『진재 후 잡감震災後雜感』 등에서 "진재의 결과는 하나의 사회 혁명이었다. 재산이나 지위나 전통이 엉망이 되어 버리고 실력 본위의 세상이 되었다. 참으로 일할 수 있는 자들의 세상이 되었다. 그것은 일시적이며 부분적이겠지만 진재의 무서운 결과 중에서 유일하게 바람직한 결과라고 할 수 있다." 등 무척 현실적인 시각으로 진재를 바라보며 예술관을 나타내고 있고, 『진재여담震災余譚』의 시나리오에서는 진재 당시 조선인들이 우물에 독약을 던지고 방화했다는 등의 유언비어와 조선인을 학살하는 사실들을 그려내고 있는데 실제로 아쿠타가와가 말한 기쿠치 칸의 '거짓말'과 조금 상이한 인상을 준다.

하는 해금 조치가 10월 하순에 풀렸지만 실제로 조선인에 관한 유언비어를 경계하는 목소리는 이미 오사카마이니치大阪每日 신문(9월 5일)을 비롯해서 나고야名古屋 신문(9월 5, 6일), 도쿄니치니치 신문(9월 8일)에서 시작되었고, 도쿄아사히東京朝日 등에서 나타난 조선인 학살을 경계하는 목소리는 9월 3일 도쿄니치니치 신문을 비롯해서 시작되었다. 그런데 10월에 발표된 아쿠타가와의 이『대진잡기』에서 그는 왜 선량한 시민이라는 것을 강조하며 조선인 학살에 대해 강조하고 있는 것일까? 언급했듯이 실제 관동 대진재에 대한 그의 문장들은 현실과 동떨어진 냉정한 시선의 거리를 유지하고 있는데 조선인 학살에 관해서만은 예외이다. 조카인 구즈마키 요시토시葛巻義敏에게 보낸 서간(9월 16일)에서도 그것이 보인다. 아쿠타가와는 "혼조의 피복지에는 3만 5천명의 시체가 있다.", "방화나 도둑이 많아서 매일 나와 와타나베渡辺가 번갈아 야경대에 참가하고 있다. 계엄령이 있은 후 군대도 보초를 서고 있고 청년단이나 재향 군인회는 총출동했고 마치 혁명이나 전쟁이 난 것 같다. 그 다음의 일은 나중에 알려주마. 어쨌든 당분간 그쪽에 있는 것이 좋을 것 같다. 이쪽은 문자 그대로 대소동이다."라고 쓰고 있는데 거기에는 대진재 속의 혼란을 생생하게 느낄 수 있는 냉철한 시선의 기록과는 상이한 모습이기도 하다. 이것은 두 가지로 해석될 수 있을 것 같은데 우선 첫째로 진재 속의 위험한 상황에 대한 위구危懼를 실감한 현실 인식이다. 수도인 도쿄를 초토화한 관동 대진재에 대한 도쿄인으로서의 위구는 아무리 비현실적인 인간이라고 하더라도 눈앞에 펼쳐진 자연재해 앞에선 자연스럽게 현실 인식으로 이어질 것이다. 또한 언론의 부재와 유언비어 그리고 조선인 학살, 사회주의자 오스기 사건,[27] 가메이도 사건[28] 등의 학살 사건에서 볼셰비키와 조선인에 대한 아쿠타가와의 현실 인식으로 이어지고 있다고 볼 수 있을 것이다. 그리고 또 하나는 당시 언론 감시하에서 어쩌면 '의식적으로' 기쿠치 칸을 두 번이나 거론해서 유언비어를 부정하며 '선량한 시민'으로서의 '믿는 흉내'를 내어야 한다는 역설적인 표현으로 볼 수 있는데 실제로 아쿠타가와는 '볼셰비키와 ○○○○'에 대한 인식이 무척 희박했다고 할 수 있다. 그것은 자경단 경험을 통해서도 여실히 나타나고 있다.

3. 자경단 경험과 『어느 자경단원의 말』

아쿠타가와는 관동 대진재 당시 자경단원이었다는 것을 여러번 언급하고 있다. 앞서서 본 구즈마키 요시토시의 서간에서 그리고 『대진일록』의 "밤에 발열 39도. 때에 ○○○○○○○있다. 나는 머리 무거워서 일어서지 못한다. 엔게쓰円月도 내 대신에 철야 경계 임무를 맡다. 옆구리에 찬 목도를 늘어뜨리고 있는 모습, 그 자신 완연한 ○

---

27 오스기大杉 사건은 관동지진 직후인 1923년 9월 16일 아나키스트인 오스기 사카에大杉栄와 그의 부인 이토 노기伊藤野枝와 그의 조카 등 3명이 헌병 대위 아마가스 마사히코甘粕正彦 등에게 헌병대로 강제 연행 되어 살해된 사건으로 아마가스 사건이라고도 한다. 이것은 육군이나 헌병대가 지진의 혼란한 틈을 타서 사회주의나 자유주의 지도자를 일소하려는 움직임에서 조선인 학살과 더불어 사회주의자와 무정부주의자를 학살한 사건이다.

28 가메이도亀戸 사건은 1923년 9월 3일 관동대지진 후의 혼란 속에서 사회주의자 히라사와 게이시치平沢計七 등 10명이 이전의 노동쟁의로 적대 관계에 있었던 가메이도 경찰서에 붙잡혀 9월 4~5일에 사살되었던 사건이다. 이 사건의 사실은 사건이 발생하고 나서도 1개월 이상이 경과 된 10월 10일에서야 겨우 경찰이 인정하는데 희생자의 유족과 친구 등이 사건의 진상을 규명했지만 계엄령하에 어쩔 수 없는 군의 행동으로 사건은 불문에 부쳐진다.

○○○이다." 에서 또 "뭔가 두서없는 것만 써 버렸습니다만, 부디 용서하십시오. 저는 이 편지를 다 쓰고 저의 집에 충만한 불이 난 집의 친척과 현미로 만든 저녁밥을 먹으려고 합니다. 그러니까 등대에 촛불을 밝히고 밤에 경비서는 곳으로 나갑니다. 이상."이라는 『폐도도쿄』에서도 엿볼 수 있다.

특히 자경단원을 한 경험은 그의 『어느 자경단원의 말』에서 나타나는데 여기서는 관동대지진이라는 자연재해 속에 인간이 얼마나 무기력한지, 보편적인 인간 모습을 성찰하는 아쿠타가와의 모습이 우선 보인다. 그리고 조선인 학살을 목격한 자성의 목소리도 엿보이고 있다. "칼, 곤봉, 죽창으로 무장하고 마을의 출입구나 요소를 지켰다. 군대에서는 총을 빌려주기도 하고 '여러분들의 최고의 수단과 보국적 정신에 의해 적의 잔멸에 노력해야 할 것이라'고 선동한 자도 있었다. 조선인 같아 보이면 곧 바로 체포하고 군대나 경찰에 넘기고, 또는 그 자리에서 학살"[29]한 자경단원들의 횡포 등에서 당시 자경단들의 실태가 어떠했는지를 단적으로 엿볼 수 있는 자료인데 아쿠타가와의 『어느 자경단원의 말』에서도 나와 있다.

높은 나무 가지 위에서 잠들어 있는 새들의 소리에 귀를 기울여 보라. 새는 이번의 대지진에도 고통을 몰랐을 것이다. 그러나 우리 인간들은 의식주의 편의를 잃어버렸기 때문에 모든 고통을 감내하고 있다. 아니 의식주뿐만이 아니다. 한잔의 음료를 마시지 못하는 부자유를 참아야한다. 인간이라고 하는 두발 달린 짐승은 얼마나 한심스러운

---

29 松尾尊兊(1987), 「関東大震災炎下の朝鮮人虐殺事件」, 『大正ニュース事典第 4 巻』, 毎日コミュニケーション.

동물인가. 우리들은 문명을 잃고 나서야 참으로 풍전등화의 불안한 생명을 지키지 않으면 안 된다. 보라. 새들은 벌써 조용히 잠들어 있다. 털이불과 베개를 모르는 새는! 꿈 속에서도 우리보다 편안할 것이다. 새들은 현재를 살기만 하면 된다. 그러나 우리 인간들은 과거와 미래를 살아가지 않으면 안 된다. 그것은 회한과 우려의 고통을 맛보아야 한다는 것이다. 특히 이번의 대지진은 우리들의 미래에 얼마나 큰 쓸쓸한 암흑을 던졌던가. 불타버린 도쿄에 있는 우리들은 오늘의 끼니를 그리고 내일 끼니를 걱정하고 있다. 새들은 다행히 이러한 고통을 모른다. 아니 새들에게만 적용되는 것은 아니다. 삼세의 고통을 아는 자는 우리들 인간뿐이다. (중략) 그러나 쇼펜하우어는 － 철학은 그만두자. 우리들은 저기 저 나방과 별다른 차이가 없는 존재이다. 만약 그렇다면 인간다운 감정을 더욱 소중히 여기지 않으면 안 된다. 자연은 그저 냉정하게 우리들의 고통을 바라보고 있다. 우리들은 서로 불쌍히 여기지 않으면 안 된다. 하물며 살육을 즐긴다고 하다니 － 특히 상대를 교살하는 것은 논쟁에서 이기는 것보다 쉬운 일이다. 우리들은 서로 불쌍히 여기지 않으면 안 된다. 쇼펜하우어의 염세관이 우리들에게 주는 교훈도 이러한 것이 아니었을까?

이 문장에서는 인생을 성찰하는 철학자적인 아쿠타가와의 모습이 엿보이는데, 인간문명과 그 것이 파괴되었을 때의 인간 군상들의 나약한 모습, 그리고 그러한 인간의 모습과 대비되는 자유로운 새들의 모습은 대진재를 경험한 이들이라면 아쿠타가와와 비슷한 심경일 것이다. 그런데 여기서 주목하고 싶은 것은 그러한 인생 성찰적 모습 속에서 '우리들은 서로 불쌍히 여기지 않으면 안 된다', '살육을 즐긴다'라는 말이다. 여기서의 '우리들', '서로'는 자경단원과 그에 대치된 조선인들을 상정한 말로 여겨지는데 이것은 세키구치 야스요시의 지적처럼 아쿠타가와가 자경단을 비판[30]하고 있는 것으로는 보이지 않는다. 오히려 역으로 자경단원들의 조선인 학살이 당시 상황에 어쩔 수 없었던, 그리고 조선인들도 역시 자경단원들과 다름없이 일본인들에 대한 '살육'이 있었다는 등가적인 무게로 가늠되어 있다.

관동 대진재 속에서 일어났던 자경단들의 조선인 학살을 단순히 '우리들'이나 '서로'라는 공동체 속에서 인식하고 있는 것은 나리타 류이치가 지적[31]하고 있듯이 '우리'와 '서로'를 하나의 공동체로 인식시켜 조선인 학살 사건이 관동 대진재 속의 비참한 일본인의 모습 속에 흡수되어 버릴 가능성이 있는 것이다. 물론 '우리들은 서로 불쌍히 여기지 않으면 안 된다'는 '불쌍'의 동정 어린 시선은 있지만 그것은 어디까지나 '우리들'이라는 전제가 되어 있다는 것이며, 이러한 조선인 학살에 대한 아쿠타가와의 시선은 '볼셰비키와 ○○○○의 음모 존재를 믿는', '선량한 시민'이라는 동일 선상에 여전히 서 있다. 그런데 또 하나 흥미로운 것은 앞에서 살펴보았듯이 관동 대진재가 있은 4개월 후에 아쿠타가와는 그때까지 직접적으로 조선을 다룬 적이 없던 조선을 테마로 『김장군』을 발표하고 있다는 것이다.

---

30 関口安義(2004), 『芥川龍之介の歴史認識』, 新日本出版.
31 成田龍一(1994), 「『少年世界』と読書する少年たち」, 『思想845』, 岩波書店.

3장 『스사노오노 미코토』의 현대적 의미

1. 일본 신화의 현대적 해석

당시의 식민지 조선을 상정할 수 있는 또 하나의 흥미로운 작품이 있는데 『스사노오노 미코토』이다. 아쿠타가와가 고전에서 다양한 소재[32]를 취해 고전의 현대적인 해석을 시도했다는 것은 이미 잘 알려져 있는데[33] 『겐지 모노가타리源氏物語』와 같은 정통적인 고전보다는 단편적인 설화의 총체인 『곤자쿠 모노가타리今昔物語』와 『우지슈 모노가타리宇治拾遺物語』등에서 소재를 더 많이 취한 것은 그 속에서 다양한 상상력의 폭과 가능성을 발견할 수 있었기 때문일 것이다. 이러한 고전의 수용에 대해 아쿠타가와는 "그 테마를 예술적으로 가장 강력하게 표현하기 위해서는 어떤 이상한 사건이 필요하게 된다. 그럴 경우, 그 이상한 사건은 이상한 만큼 오늘날 이 일본에서 일어난 것으로는 쓰기 어렵다", "내가 옛날에서 제재를 택하는 소설은 대체로 이러한 이유로, 부자연스러운 장애를 피하기 위해 옛날에서 무대를 찾았던 것이다."라고 말하고[34] 있다. 요시다 세이치는 이러한 아쿠

---

32 예를 들면 『곤자쿠 모노가타리今昔物語集』(『청년과 죽음青年と死』(1914), 『라쇼몬』(1915), 『코鼻』(1916), 『마죽芋粥』(1916), 『운運』(1917), 『떼도둑偸盜』(1917), 『극락왕생 두루마리 그림往生絵巻』(1921), 『호색好色』(1921), 『덤불 薮の中』(1922), 『로쿠노 미야노 히메六の宮の姫君』(1922)), 『우지슈이 모노가타리宇治拾遺物語』(『도조의 문답道祖問答』(1917), 『지옥변地獄変』(1918), 『용龍』(1919)), 『겐페이 성쇠기源平盛衰記』(『게사와 모리토袈裟と盛遠』(1918)), 『헤이케 모노가타리平家物語』(『슌칸俊寛』(1922)) 등이 있다.

33 平岡敏夫(1973), 「芥川龍之介と日本の古典」, 『国文学 解釈と教材の研究』17卷16号, 学燈社.

34 芥川龍之介(1918), 『澄江堂雑記』, 岩波書店.

타가와의 고전 접근 방식에 대해서 '즉 그것은 고전을 배경으로 한 재료라는 것인데 고전을 자신에게 맞추어 현대인의 심리를 옛날 사람들을 빌어서 표현'한다고 지적[35]하고 있다. 그중의 하나인 『스사노오노 미코토』는 일본 신화 속에서 소재를 택해 아쿠타가와의 현대적 해석을 가미했다.

아쿠타가와는 일본 신화의 영웅인 스사노오노 미코토를 소재로 하기 전에 이미 '야마토다케루노 미코토日本武尊'를 소재로 소설을 구상하려고 했는데[36] '야마토다케루노 미코토로 할지 아니면 스사노오노 미코토'를 할지를 고민하다가 결국 '스사노오노 미코토'를 작품 소재로 하게 된다. 이 두 영웅에 얽힌 전설이 많이 있는데 그 전설 속의 공통점은 일본 삼종신기 중 하나인 '구사나기노 쓰루기草薙劒'와 관련이 있다는 것이고 차이점은 스사노오노 미코토는 조선[37]과도 관련이 있다는 것이다. 아쿠타가와의 『스사노오노 미코토』의 '고려검'을 조선과 연관 지을 수 있는 근거가 바로 거기에 있는데 즉 고전을 현대적 의미로 재해석하는 아쿠타가와의 고전 수용 자세가 이 '고려검'이라는 명칭에도 적용될 수 있는 것은 아닌가 한다. 그것은 시대에 민감했던 아쿠타가와의 시대 의식과도 관련[38]이 있다고 보이므로 『스사노오노 미코토』를 1920년대 당시의 '현대적' 의미로 연결 지어 살펴

35 吉田精一(1961), 「芥川龍之介と今昔物語」, 『現代文学と古典』, 至文堂.
36 스스키다 큐긴薄田泣菫에게 보낸 서간(1918년 4월 24일과 7월 31일).
37 1920년 당시 일본에서 사용했던 '조선'을 그대로 차용해 쓴다.
38 아쿠타가와는 시대에 민감했던 것 같다. 메이지 제국주의하의 청소년기를 보냈던 때에는 일본 제국주의의 충군애국 이데올로기에 강한 관심을 보였는데 그건 앞에서 본 다수의 초기 문장에서 발견할 수 있었다. 그리고 왕성한 작품 활동을 하던 1920년대에는 확대일로에 있었던 사회주의에 강한 관심을 보이며 작품으로는 『파 ねぎ』, 『한 줌의 흙—塊の土』, 『어느 사회주의자或社會主義者』등을 남기고 있다.

본다.

2. 스사노오노 미코토의 의식 세계

기기記紀신화에서 보이는 스사노오노 미코토를 잠시 살펴보면 스사노오노 미코토는 일본 신화 속의 이자나기의 삼귀자三貴子 중 막내로 탄생된다. 첫째인 아마테라스天照大神는 다카마가하라高天原[39]를 다스리고 둘째인 쓰키요미月夜見尊는 밤을 그리고 셋째인 스사노오노 미코토는 바다를 다스리게 된다. 다카마가하라에서 난폭하게 군 스사노오노 미코토는 누나인 아마테라스를 곤란하게 만들어 마침내는 다카마가하라와 황천국 사이의 일본국인 아시하라노 나카츠쿠葦原中国로 추방당하게 된다. 지상으로 하강된 스사노오노 미코토는 아시하라노 나카츠쿠의 이즈모出雲로 가서 괴물인 야마다노오로치八岐大蛇를 퇴치하고 오로치에게 희생되기 직전 그 부락장의 딸인 구시나다 공주를 구해주고 그녀와 결혼하게 되며 이즈모도 통치하게 된다. 그리고 오로치를 퇴치할 때 그 꼬리에서 나온 구사나기노 쓰루기를 아마테라스에게 헌상한다는 것이 기기신화에 나오는 스사노오노 미코토를 둘러싼 신화의 개략이다. 여기서 덧붙여 두고 싶은 것은 『니혼쇼키日本書紀』에는 스사노오노 미코토가 이즈모로 들어오기 전에 신라국의 소시모리[40]를 거쳐서 들어온다고 되어있다는 것이다.

이 기기신화를 저변으로 하고 있는 아쿠타가와의 『스사노오노

---

39 (일본 신화에서) 하늘 위에 있으며 신들이 산다는 나라.
40 "素戔嗚尊, 其の子五十猛をひきいて新羅国に降下りまして曾戸茂梨の処に居ります"(『日本書紀』8단 1서의 4).

미코토』는 그 이야기 전개상 크게 세 가지로 구분 할 수 있다. 첫 번째는 다카마가하라에서의 전개, 두 번째는 다카마가하라에서 쫓겨난 뒤 16명의 여인들이 살고 있는 동굴에서의 전개 그리고 세 번째로는 동굴에서 도망 나온 이후의 7년간 방황 끝에 오로치에게 희생될 구시나다 공주를 구해준다는 전개가 그것이다.

그러면 우선 위의 세 분류를 따라가면서 스사노오노 미코토와 그 주변 인물들과의 관계를 살펴보기로 한다. 다카마가하라에서 추한 용모에 힘만 세고 어리숙한 스사노오노 미코토는 그곳의 젊은이들과 대립 관계에 놓여 있다. 그런데 처음에는 이 젊은이들이 스사노오노 미코토를 따돌림의 대상으로 여기지만 '힘의 논리'의 세계에 살고 있는 그들은 스사노오노 미코토를 점점 두려움과 경멸의 대상으로 여기게 된다. 젊은이들의 유희인 화살 쏘아 올리기, 강물 뛰어 넘기, 암석 등에서 그들 무리 속에 어울리지 못하고 스사노오노 미코토가 따돌림을 당하는 것은 그들보다 늘 더 뛰어난 기량을 보이기 때문이다. 그래서 이들의 유희에 스사노오노 미코토가 참가하기만 하면 그 유희는 경쟁 관계로 되어 버리고 그는 다른 젊은이들보다 훨씬 뛰어난데, 그래서 아무리 스사노오노 미코토의 기량이 뛰어나다고 하더라도 다른 젊은이들은 냉담하게 스사노오노 미코토를 대하게 된다. 거기에는 스사노오노 미코토의 힘만 세고 어리숙하기만 한 것에 대한 멸시도 내재되어 있을 것이다. 그런데 그 멸시는 암석을 주고받는 유희에서 스사노오노 미코토의 경쟁자인 자라목 젊은이를 죽음으로 몰고 감으로써 주변의 젊은이들에게 일종의 위압을 느끼게 하는 한편 두려움의 대상으로 힘의 논리를 나타낸다. 모든 강자에게 있어서 날인된 어리숙함은 암석을 들어 올려 상대방을 죽게 만든 초인적인 힘의 스사노오노 미코토를 결국 그 자신도 그 힘에 의해 고난을 당할 것이라는 가능성도 이미 내포되어 있다. 그것은 스사노오노 미코토의 주변에는 젊은 무리들과의 갈등만이 아니라 추한 스사노오노 미코토의 용모와 대비되는, 키 큰 미모의 젊은이와의 갈등이 있는데 곡옥[41]과 관련된 사건을 통해 나타난다. 스사노오노 미코토는 연모의 대상인 '쾌활한 아가씨'에게 구혼하고자 어머니의 유물인 곡옥을 '거의 노예와 같이 숭배하는' 젊은이에게 건넨다. 그 젊은이는 스사노오노 미코토의 곡옥을 키가 큰 미모의 젊은이의 곡옥과 말로 교환하는 조건으로 건네주고, 쾌활한 아가씨에게는 키가 큰 미모의 젊은이한테 받은 곡옥을 건네준다. 그것을 알게 된 스사노오노 미코토는 두 젊은이를 힘으로 응징하는데 그것은 마을에 화재까지 불러일으키게 되어 마을에서 쫓겨나게 되는 갈등을 야기한다.

이 두 젊은이를 응징하는 스사노오노 미코토의 힘의 논리는 그가 전적으로 신뢰했던 젊은이와 그리고 그 젊은이와 거래를 한 키가 큰 미모의 젊은이가 그 자신의 진심을 짓밟은데 대한 당연한 인과응보처럼 보여질지도 모르겠다. 그렇지만 여기서 이런 곡옥을 둘러싼 일련의 사건이 일어나게 된 원인이 스사노오노 미코토 자신의 힘만 세고 어리숙한 것에서 기인되었다는 것을 그 자신이 인식하지 못하고 있다는 것이 문제인데, 그것은 결국 자신이 다카마가하라에서 추방당하는 크나큰 원인이 되었다.

---

41 거울과 구슬 그리고 검은 일본 천황 계승시 필요한 일본의 삼종신기三種神器로 곡옥은 신화 초창기부터 등장하고 있고, 다카마가하라에서 아마테라스天照大神가 아마노이와야도天岩戸로 숨어 버리는 신화 등에서도 볼 수 있다.

다카마가하라에서 추방된 스사노오노 미코토는 16명의 여인들이 살고 있는 원시적이며 폐쇄적인 동굴에서 1여 년간 지내게 되는데 그것이 두 번째의 전개이다. 스사노오노 미코토는 전부 세 명의 여인을 만나게 된다. 첫 번째는 다카마가하라에서 연모의 정을 키우게 했던 쾌활한 아가씨이고, 두 번째는 16명의 여인들이 사는 동굴에서 만난 오케쓰 공주, 세 번째는 오로치에게 희생될 구시나다 공주다.

첫 번째의 여인과는 연모의 정만 품었지만 이 16명의 여인들과 생활한 1년은 스사노오노 미코토를 육욕적 본능에 따라 살게 하는 과정이다. 그런데 스사노오노 미코토는 16명의 여인들과 동거하는데 거기에는 자신과 동등한 존재가 있는 것을 발견한다. 바로 동물, 개다. 여인들은 개를 자신과 동등하게 취급하며 인간인 자신보다 개를 더 좋아하며 서로 차지하려고 싸우는 것을 보고 질투심에 불타게 되어 그 개를 죽이려 하다가 오케쓰 공주를 칼로 찔러 버린다. 이 16명의 여인들은 기기신화에는 나와 있지 않은 설정이며 특히 16명의 여인들이 나중에는 스사노오노 미코토보다 개를 더 좋아하게 되고 스사노오노 미코토로 하여금 다카마가하라에서 있었던 '살육할 쟁투의 마음'을 되살아나게 만드는 설정 또한 기기신화에서는 보이지 않는다. 기기신화에도 없는 갑작스러운 개의 출현은 아마도 스사노오노 미코토가 16명의 여인들과 1여 년을 지냈던 육욕적인, 즉 동물적 본능의 상징체로 볼 수 있으며 개를 죽이려 하는 스사노오노 미코토의 행위는 결국 자신의 육욕적 본능을 없애고자 하는 무의식적 행동으로 볼 수 있을 것이다.

결국 오케쓰 공주를 칼로 찌른 스사노오노 미코토는 그 동굴에서 도망쳐 나오게 되는데, 그것은 다카마가하라에서와 마찬가지로 16명이 사는 여인들의 동굴에서도 살생을 경험하게 되고 이 두 번의 살생으로 그는 파멸의 나락을 경험하게 된다. 철저한 자기 파괴의 하강 구조는 재생할 상승 구조도 함께 내포되어 있기 마련인데 이 두 번의 살생은 스사노오노 미코토에게 하강 구조로 내려가는 역할을 하고 있다. 그리고 재생할 상승 구조의 새로운 힘은 '고려검'을 통해서인데 그것이 세 번째 구조이다. 오케쓰 공주를 찌르고 동굴을 도망친 스사노오노 미코토는 숲 속에서 며칠 동안 깊은 잠에 빠지고 꿈을 꾸게 된다. 꿈 속에서 고려검을 발견하게 되는데 흥미로운 것은 그 꿈이 현실 세계로 이어진다는 설정이다. 즉 고려검을 발견한 스사노오노 미코토는 그 고려검으로 오로치에게 희생될 뻔한 부족장의 딸인 구시나다 공주를 구하는데, 그 사건은 그에게 결혼과 가정이라는 안주와 부족을 다스리게 되는 권력도 함께 준다. 이로 인해 두 번의 살생을 경험한 스사노오노 미코토는 그가 바라던 평화스런 삶을 영위할 수 있게 된다.

이 세 구조 속에는 스사노오노 미코토가 주변 인물들과의 갈등 구조를 통해 인식하는 주체자로 변화해 가는 과정이 그려져 있다. 다카마가하라에서는 힘의 논리만을 알았던 어리숙한 스사노오노 미코토의 의식 세계가 그려져 있었고, 16명의 여인들과 폐쇄된 동굴 속에서의 1여 년의 생활은 육욕적 본능에 의지했던 무의식의 세계가 있었다. 이 두 세계는 스사노오노 미코토가 의식하는 인간으로 재생하기 위한 하강의 과정으로 보인다. 왜냐하면 언급했듯이 그 하강은 다시 상승의 가능성을 전제로 한 것이므로 구시나다 공주와의 만남에서 그는 이미 인식자로서 더 이상 나약한 '작은 인간'이 아니게 된다. 구시나다 공주가 "제가 오로치의 산제물이 되는 것은 신들의 생각입니다."라고 하는 그녀에게 "그렇습니다. 드디어 온 것 같습니다. 신들의 수수께끼가 풀릴 때가"라고 대답하는 스사노오노 미코토는 이미 '신들'을 의식하는 인식자로 바뀌어져 있다는 것이다. 그런데 언급했듯이 스사노오노 미코토가 인식자인 주체자로서 바뀌게 되는 과정에서 이 고려검이 중요한 역할을 하고 있다는 것이 흥미롭다.

3. 스사노오노 미코토와 '고려검'

『스사노오노 미코토』에서 고려검은 다섯 번 등장한다. 첫 번째, 두 번째, 세 번째는 16명의 여인들과 동거한 동굴을 도망쳐 나와 피폐된 심신을 치유하고자 하는 원망顧望의 장소인 숲 속에서 꿈을 꾸고 있을 때이다.

　　꿈 속은 어두컴컴했다. 그리고 커다란 고목이 하나 그의 눈앞에 가지를 펼치고 있었다. 거기에 한 큰 남자가 어디선가 걸어왔다. 얼굴은 뚜렷이 알아 볼 수 없었지만 용으로 장식이 되어 있는 칼집의 고려검을 차고 있었는데 그 용머리가 희미한 금색으로 빛나고 있어서인지 한눈에 들어왔다. 그 남자는 허리에 찬 검을 뽑아 큰 나무 뿌리 속에 아무렇게나 날밑까지 찔러 박았다. 스사노오는 그 비범한 힘에 경탄했다. 그러자 누군가 그의 귀에 대고 "저 사람은 호노이카즈치노 미코토다."라고 속삭여 주는 것이었다. 그 남자는 손을 가만히 들면서 그에게 무슨 신호를 보냈다. 그것은 마치 그 고려검을 뽑으라고 하는 신호 같았다. 그리고 갑자기 꿈에서 깼다. (중략) 고목은 좀 전에 내려친

낙뢰를 맞아 갈라져있었다. 뿌리에는 침엽나무 가지가 하나 툭 떨어져 있었다. 그는 그 침엽나무 가지를 밟으면서 자신이 꾼 꿈이 실제라는 것을 알았다. - 고목의 뿌리 둥지에는 <u>고려검</u> 하나가 용 장식이 있는 칼집을 위로 한 채 거의 칼날도 보이지 않을 정도로 깊숙이 박혀져 있었다. 그는 양손으로 칼집을 잡고 혼신의 힘으로 단 번에 칼을 뽑았다. 칼은 잘 손질되어 있어서인지 칼끝에서부터 차가운 빛을 발하고 있었다. "신은 나를 지켜주고 계신다."- 그렇게 생각하자 그의 마음에는 새로운 용기가 솟아나는 것 같았다. 그는 고목나무 아래서 무릎을 꿇고 천상의 신들에게 기도를 올렸다.

네 번째는 혼자서 7년간을 방황하다가 이즈모出雲의 히簸 강에 도달했을 때이다.

날이 점점 어두워졌다. 그때 저 멀리 보이는 물가의 한 바위 위에 사람 같은 것이 하나 보였다. 이 강변을 따라오면서 사람 그림자조차 발견할 수 없어서 그가 사람같은 모습을 발견했을 때에도 처음에는 자신의 눈을 의심하면서 <u>고려검</u>의 칼집에 손을 대었다. 그래도 몸은 돛단배 뱃머리에 기대고 있었다. 배는 물의 흐름을 따라서 점점 그곳으로 가까이 다가갔다.

다섯 번째는 오로치에게 희생 될 구시나다 공주를 구해주려고 할 때이다.

"드디어 올 것이 왔습니다. 신들의 수수께끼가 풀릴 때가." 그는 건너편 벼랑을 보면서 여전히 <u>고려검</u> 손잡이에 손을 대고 있었다. 그런데 그 말이 채 끝나기도 전에 폭우가 내리치는 것 같은 소리가 건너편 벼랑의 소나무 숲을 흔들면서 듬성한 별이 뿌려진 하늘 쪽으로 올라가기 시작했다.

위의 세 예문의 밑줄 친 부분에서 본 고려검의 등장은 스사노오노 미고토를 인식자로 이끌어 가는데 중요한 역할을 하는데, 첫 번째의 예문에서는 심신의 고뇌로 나락에 있었던 그를 고려검을 통해 '새로운 용기'를 얻고 신들에게 감사의 기도를 올리는 인간적인 스사노오노 미코토의 모습이 보인다. 그리고 두 번째와 세 번째의 예문에서는 구시나다 공주가 말하는 신들의 수수께끼를 풀려고 하는 스사노오노 미코토가 고려검에 의존하고 있다. 물론 자신을 위협하는 신들의 존재에 대한 두려움은 그것이 고려검이 아닌 다른 검이었더라도 마찬가지였을 것이다.

그런데 이미 언급했듯이 일본 신화 중에 조선과 가장 밀접한 연관성이 있는 신은 스사노오노 미코토이다. 그래서 일제강점기 때인 1930년 이후 식민지 조선을 보다 적합한 지배 구조를 구축하기 위해서 '일선동조론日鮮同祖論'의 사상적 통합을 시도한 동조의 신으로 스사노오노가 되었던 것[42]도 그 때문이었을 것이다. 실제로 스사노오노 미코토를 조선과 관련지어 논한 것은 이미 150년 전인 1781년에 후지와라 사다모토藤原貞幹의 『쇼코하츠衝口發』[43]에 나타나 있다. 물론 일선동조론과는 전혀 다른 의미에서의 접근인 덴치天智 천황의 정통성을 내세우기 위해 스사노오노 미코토가 '진한辰韓의 왕'이라고 주장되

---

42 호사카유지保坂祐二(1999),「일제의 동화정책에 이용된 신화」,『일어일문학연구35』, 한국일어일문학회.
43 강석원(2000),「『衝口發 小考』」,『일어일문학연구37』, 한국일어일문학회.

어 있기는 하지만 말이다. 그리고 스사노오노 미코토를 조선과 관련시킬 수 있는 또 하나의 근거로는 『니혼쇼키』의 8단 1서의 4에서 "스사노오노 미코토는 아들 이소타케루를 데리고 신라국에 내려서 소시모리라는 곳에 있었다."[44]라고 한 기록과도 깊은 관련이 있다는 것도 언급했다.

그러나 스사노오노 미코토가 1930년 이후 본격화된 일선동조론을 내세워 사상적으로 조선을 보다 지배하기 쉽게 만든 것이든지, 아니면 1781년에 덴치天智 천황의 정통성을 내세우기 위하여 스사노오노 미코토를 진한의 왕으로 만든 것이든 이러한 일례는 스사노오노 미코토가 조선과 깊이 관련되어 있다는 반증이다.

아쿠타가와가 수용한 고려검의 명칭 또한 같은 맥락에서 볼 수 있을 것 같다. 『국사대사전6国史大辞典6』에서 "고려검은 환두대도環頭大刀의 다른 이름이고 고마검狛剣(여기서 고마는 고려라는 의미)이라고도 쓴다. 『도다이지박물장東大寺博物帳』에 '고려식 대도高麗樣大刀', '환도還刀'라고 되어 있는데, 고려(고구려)의 대도大刀 형식이 전파되어 나라奈良 시대에는 '고마쓰루기'라고 칭하고 『만요슈万葉集』에서도 고리(또는 원형)의 수식적인 마쿠라고토바枕詞로 사용되고 있다. 환두는 본래 실용적인 측면에서 만들어졌는데 중국에서는 사신四神의 사상思想에 의해 청룡青龍과 주작朱雀이 사용되고, 용의 몸龍體이 고리輪(環)에 있어 장식적 의미도 있다. 환두에 완관腕貫의 띠紐를 붙인 상태가 고구려의 고분 벽화에 꽤 많이 묘사되어 있다."라고 기록되어 있다.[45]

---

44 "素戔嗚尊, 其の子五十猛をひきいて新羅国に降下りまして曾戸茂梨の処に居ります"（『日本書紀』8단 1서의 4).
45 『国史大辞典6』(1985), 国史大辞典編集委員編, 吉川弘文館.

또 『만요슈』에서도[46] 기기신화에서도 보이고 있는데 스사노오노 미코토와 관련된 명칭이 도쓰카 쓰루기+拳劍, 가라사비노 쓰루기韓鋤之劍로 되어있고 스사노오노 미코토가 오로치를 퇴치했을 때 그 꼬리에서 나왔다고 하는 검도 구사나기노 쓰루기라는 명칭으로 되어 있다.

물론 이것은 아쿠타가와의 다른 고전과 마찬가지로 현대적 수용과 해석적 시각을 고려한다면 하등의 문제도 되지 않을 것이고 스사노오노 미코토가 조선과 관련성이 깊으니 현대적 명칭인 스사노오노 미코토에 맞게 현대적 이름인 고려검으로 단순히 바꾸어 놓았을 가능성은 얼마든지 있다. 하지만 고려검 외에도 조선을 연상시키는 '호랑이'와 '곰'이 등장하고 있다.

① 다카마가하라에서 자라목의 젊은이와 힘겨루기에서.

1) 마침내 끓어오르는 힘을 참기 어려웠던 것인지 자신도 물로 흠뻑 젖은 소매를 걷어 올리는데, 그 모습은 넓은 어깨를 으쓱거리며 동굴을 막 나온 곰처럼 어슬렁거리며 그 무리들 속으로 들어갔다.

2) 그 자라목의 젊은이는 거의 먹이에 굶주리고 있었던 호랑이처럼 맹연히 몸을 훌쩍 날려 그 암석으로 뛰어들더니 순식간에 암석을 안아 올려서 그에게 뒤지지 않을 정도로 어깨보다도 더 높이 들어 올렸다.

② 16명의 여인들과 생활했을 때.

1) 동굴 속은 넓었다. 벽에는 여러 가지 무기가 걸려 있었다. 그 무기는 화로 불빛을 받아 모두 아름답게 빛나고 있었다. 마루에는 사슴과 곰가죽 몇 장이 여기저기 깔려 있었다.

---

46 万葉集의 "高麗劍 和射見 (わざみ) が原の 行宮に"(193)과 "高麗劍 我が心から よそのみに 見つつや 君を 恋ひ渡りなむ"(2983)에 보인다.

2) 노파를 밀어낸 스사노오노는 눈물에 젖은 얼굴을 찡그리며 호랑이처럼 몸을 일으켜 세웠다. 그의 마음은 그 순간 질투와 분노와 굴욕으로 어찌할 수 없었다.

①은 다카마가하라에서 힘겨루기를 했을 때의 두 젊은이, 즉 스사노오노 미코토는 곰으로 패자가 되어 암석에 깔려 죽은 자라목 젊은이는 호랑이로 비유되어 있다. ②의 1)은 다카마가하라에서 추방된 뒤 16명의 여인들이 살고 있는 동굴에 왔을 때의 동굴 모습을 묘사하는 데서 곰이 나온다. 2)는 16명의 여인들에게 어디선가 데리고 온 개와 똑같은 취급을 받은 스사노오노 미코토가 다카마가하라에서처럼 다시 한 번 살육의 장을 만드는데 그 스사노오노 미코토가 호랑이로 비유되어 있다. 그런데 스사노오노 미코토가 곰으로도 호랑이로도 비유되고 있다는 것이 흥미롭다. 일본에는 호랑이가 존재하지 않았기 때문에 호랑이에 관한 신화나 전설이 없는데,[47] 스사노오노 미코토를 호랑이로 비유해 놓고 또 이 호랑이가 패자로 설정되어 있다. ①에서는 호랑이로 비유된 자라목 젊은이가 죽게 되고 ②에서는 스사노오노 미코토가 개에게 자신의 기득권을 빼앗기고 다카마가하라에서와 마찬가지로 또 한 번의 살육장을 만들고 동굴에서 도망칠 수밖에 없게 된다는 것이다. 호랑이로 비유된 패자의 그림자는 조선과 관련지으면 단군 신화에서도 찾을 수 있다. 동굴에서 쑥과 마늘로 100일 동안 참으며 인간이 되려고 했던 곰과 호랑이, 결국 호랑이는

---

47 오타케 기요미大竹聖美(2004), 「「조선동화」와 호랑이 ─ 근대일본인의 「조선동화인식」」, 동화와 번역 연구소; 최경국(2003), 「일본문학에 나타난 호랑이의 수용」, 『일어일문학연구51─2』, 한국일어일문학회.

인간이 되지 못하고, 곰은 웅녀가 되어 환웅과 결혼하게 되어 단군을 낳게 된다는 단군 신화에서 인간이 되지 못한 호랑이는 패배자의 모습으로 간주될 수 있는 것이다. 고려검과 호랑이를 조선의 상징적인 의미로 볼 수 있는 것은 '백의의 소매를 길게 늘어뜨린' 구시나다 공주의 의상에서도 찾을 수 있을 것 같다.

그러는 동안에 배는 강물의 흐름을 따라서 점차 그곳으로 가까이 다가갔다. 그 바위 위에 있던 모습도 인간이라는 것이 점점 명백하게 되었다. 그뿐만 아니라 그 모습은 백의의 소매를 길게 늘어뜨린 여자라는 것까지 알 수 있었다. 그는 호기심으로 눈을 반짝이면서 돛단배 앞에 우뚝 일어섰다.

백의의 소매를 길게 늘어뜨린 여자의 백의를 조선과 관련시킬 수 있는 것은 위에서 언급한 고려검과 호랑이와 같은 맥락이지만, 메이지기부터 조선을 상징하는 또 하나의 조선상으로 백의의 조선이 통용되고[48] 있었기에 가능한 가설로 보인다. 이러한 가능성을 고려해 본다면 『스사노오노 미코토』를 1920년 당시의 식민지 조선과 관련지은 현대적인 의미 고찰이 가능한데 그것은 언급했듯이 고전을 수용하는 아쿠타가와의 의식적인 활동으로 보인다.

---

48 조경숙(2007.2), 「아쿠타가와 류노스케芥川龍之介의 사회의식 ―「겐가쿠 산보玄鶴山房」을 중심으로―」, 『일본학보70』, 한국일본학회.

4. 『스사노오노 미코토』의 '현대적' 의미

1873년 사이고 다카모리의 정한론 이후 청일전쟁, 러일전쟁을 거치면서 본격화된 조선의 식민지화는 1910년 한일합방으로 일본은 조선을 명실공이 일본의 식민지로 공식화했다. 1920년 전후의 일본은 다이쇼 데모크라시의 기운이 확대된 다이쇼기로 교양주의 문화주의라는 비교적 평화로운 시기를 맞이하게 된다. 한편 식민지 조선은 한일합방 이후의 무단통치가 1919년 3·1만세운동 이후 문화정치로 이어지는 변혁적 시기로 그러한 역사적 기운 속에서 『스사노오노 미코토』는 1920년 3월 30일부터 6월 6일까지 오사카마이니치 신문에 게재된다. 여기서 『스사노오노 미코토』가 게재된 오사카마이니치 신문에 함께 게재된 그 당시 조선과 관련된 기사의 표제를 열거해본다.

▶ 3월

2일 경성 무척 평온(京城頗る平穩)

　　제국의 수도에있는 조선인들 소동 피움

　　(帝都の鮮人擾ぐ日比谷で 大會を開かんとし)

4일 조선인 감시명령(朝鮮人監)

17일 식민사업(植民事業)

23일 손병희 등의 예심종결 내란죄는 구성되지 않는다

　　(孫秉熙等の豫審終結内亂罪は構成せず)

26일 조선독립안 요점(朝鮮獨立案の要點)

31일 조선법규개폐(朝鮮法規改廢)

▶ 4월

3일 주둔 조선교대병(駐鮮交代兵), (스사노오노 미코토 5회 게재)

10일 조선 제령폐지(朝鮮諸令廢止)

14일 난폭한 조선인 단속(不逞鮮人[49]取締)

　　　(스사노오노 미코토 13회 게재)

15일 조선총독부 폭격사건 강우경[50] 등 공소공판

　　　(朝鮮總督爆擊事件姜宇敬等の控訴公判)

22일 배일적 음모서류(排日的陰謀書類)

24일 조선군수의 견학 내지 여행 장려(朝鮮郡守の見學内地旅行奬勵)

　　　(스사노오노 미코토 19회 게재)

27일 중국 관헌의 조선 압박(支那官憲の鮮人壓迫)

28일 이왕세자 전하와 방자 여왕 전하의 성혼

　　　(李王世子殿下と方子女王殿下の御婚儀)

29일 흔들림 없는 일선융합의 기초 이왕세자 전하 혼례

　　　(動げなき日 鮮融合の礎 李王世子下殿御婚儀)[51]

---

49 『다이쇼뉴스사전 제4권大正ニュース辞典 第4巻』(1987)에서 "「불령선인」, 「선인」이라
는 용어는 틀림없이 조선인에 대한 일본인의 차별의식과 멸시감정을 구현한 것이
다. 조선을 「선鮮」이라는 하나의 문자로 모멸적으로 표현하는 기술은 1910년의 「일
한병합」이래 정책적으로 창출하고 유포, 수용되어왔던 이상 일한 우호를 추진하
는 문맥 이외에서는 상용되어야 할 표현이 아닌 것은 말할 필요도 없다. 「불령선인」
은 일본의 식민지 지배에 동조하지 않고 저항하는 조선인에 대한 탄압적인 차별
호칭이며, 「선인」이라고 하는 일반적 차별 호칭 위에 더욱이 「불령」이라고 덧붙임
으로 일본인의 위화감을 한층 더하게 했다."라고 정의하고 있다(毎日コミュニケー
ション).

50 1919년 9월 2일 66세의 노령으로 하세가와 요시미치長谷川好道 대신에 새로 부임한
사이토마코토斎藤実 총독 일행을 향해 폭탄을 던진 강우규(1855~1920)의 오기인 듯
하다. 김창수(2003)의 「제3부 한국 근현대사의 재조명 : 일우 강우규 의사의 사상과
항일의열투쟁」(『이화사학연구』, 이화사학연구소)을 살펴보면, 총독 폭격 사건에
연루되어 체포된 일행 중에 강우경이라는 이름은 보이지 않는다(부록5 그림1 참조)

51 부록5 그림2 참조.

▶ 5월

1일 조선 땅에 난입시킨 난폭한 간도의 조선인단

　　(鮮地に亂入せる 間島の不逞鮮人団)

　　거듭 참배 신혼의 양전하 황후폐하에 감사를 언상하다

　　(重ねて御参内)[52]

　　난폭한 조선인 출몰은 밥상 위의 파리와 같음

　　(不逞鮮人の出没は飯上の蝿の如し)

2일 조선 통치와 영국(朝鮮統治と英国)

17일 조선신사 지진제(朝鮮神社 地鎮祭 李王殿下にも 御参列 あらん)

22일 스사노오노 미코토 32회 게재('고려검')[53]

28일 강우규 사형 확정(姜宇奎死刑確定 上告棄却さる)

▶ 6월

2일 식민지와 위임통치지(植民地と委任統治地)

　3월에서 6월 6일까지 조선과 관련된 기사는 ① 3·1만세운동, ②
조선 통치, ③ 난폭한 조선인不逞鮮人, ④ 사이토 폭격 사건 강우규, ⑤
이왕세자의 혼례 등이다. ① 3·1만세운동과 관련된 기사는 3월 2일,
23일, 26일에서 보이고, ②조선 통치에 관한 것은 3월 31일, 4월 10일,
5월 2일, 6월 2일 등이다. 그리고 ③ 난폭한 조선인은 4월 5일, 5월
1일, ④ 조선총독 사이토 마코토 폭격 사건과 관련해서 4월 15일, 5월
28일이고, ⑤ 이왕세자의 혼례에 대해서는 4월 28일, 29일, 5월 1일이
다. 이러한 기사들과 더불어 고려검이 등장하는 제32회 이야기가 5월

---

52 부록5 그림3 참조.
53 부록5 그림4 참조

22일에 연재되고 있다.

언급했듯이 이 고려검이 당시의 조선의 상징으로 볼 수 있다면, 스사노오노 미코토는 일본의 제국주의 모습을 수용하고 있다고 할 수 있을 것이다. 즉 일본을 서구 열강의 대열로 이끌어준 그 토대인 청일전쟁과 러일전쟁은 조선의 존재 없이는 이루어질 수 없는 전쟁이었다. 바꾸어 말하자면 조선의 독립이라는 대의명분을 내세운 일본의 두 전쟁은 결국 일본 제국주의의 야욕을 채웠고 청일전쟁에서는 대만을, 러일전쟁에서는 조신을 식민지로 획득하게 되었다. 고려검으로 구시나다 공주를 구해준 스사노오노 미코토가 그녀와 결혼해서 방황하던 그의 생활이 안정되었을 뿐 아니라, 부족장으로서 이즈모出雲를 통치하게 되었다는 그 구도는 조선을 통해 서구 열강의 제국주의에 진입한 일본 제국주의 모습과 흡사한 양상을 띄우고 있기 때문이다. 또 조선과 관련된 위의 신문 기사들과 관련지어 본다면 고려검에 이왕세자[54]의 수용 가능성도 배제할 수 없을 것 같다. 이것은 잘 알려진 대로 일본인 방자 여사를 조선의 왕세자비로 만듦으로써 일본은 명분상으로나 실리적으로나 식민지 조선을 보다 지배 가능한 구조로 만들었다는 역사적 사실이, 스사노오노 미코토가 구시나다 공주를 구해 결혼 후 부족장이 되어 부족을 통치하게 되는 표면적 구도와도 많이 닮아 있기 때문이다.

앞에서 언급한 아쿠타가와의 고려검이 『니혼쇼키』의 8단의 1서 4의 스사노오노 미코토와 신라국과의 관계를 상정한 것인지 확언할

---

54 아쿠타가와 류노스케의 친부의 목장에서 이씨 왕가에도 우유를 배달했다(森本 修 (1972), 『親考・芥川龍之介伝』, 北沢図書出版).

수는 없지만, 1920년 당시 일본과 식민지 조선, 지배와 피지배의 관계가 『스사노오노 미코토』의 고려검 속에도 수용되었을 가능성은 배제할 수 없을 것이다. 아쿠타가와가 조선을 식민지로 자연스럽게 수용하고 있는 또 하나의 작품은 『스사노오노 미코토』보다 5년 앞선 1915년에 발표된 『손수건』이 있다. 앞에서 살펴보았듯이 도쿄제국법과대학 교수이며 식민 정책이 전문인 하세가와 긴조 선생의 손에서 '조선 부채'가 테이블 아래로 떨어져 다시 선생이 그 조선 부채를 줍는 일련의 과정 속에서 그것을 엿볼 수가 있다. 또한 1919년의 『개화의 양인』에서도 엿볼 수 있었는데 '조선', '한국'이라는 두 개의 국명의 혼용과, 메이지 초기 외국에서 갓 돌아온 재원으로 관계官界뿐만 아니라 민간에서도 알려져 있는 명망의 혼다자작이 조선을 여러 번 왕래한다는 설정에서도 마찬가지이다. 당시 조선의 왕래를 위해 사활死活을 걸었던 것을 고려한다면 이미 통념화된 식민지 조선은 아쿠타가와의 의식 속에서 식민지로 깊이 자리매김하고 있었던 것 같다.

신화 속의 영웅인 스사노오노 미코토가 아쿠타가와의 『스사노오노 미코토』에서는 희로애락에 고뇌하는, 본능에 휘말린 추한 용모만큼이나 추하고 '어리숙'한 '작은 인간'으로 하강하고 있다. 이것은 신화라는 틀 속에서 윤색되고 재구성된 영웅의 또 다른 이면에는 인간으로서의 나약한 모습과 본능이 여타의 인간과 다르지 않다는 것을 아쿠타가와는 재편하고 싶었는지도 모른다. 그렇지만 다카마가하라와 동굴에서 평화로운 삶을 영위할 수 없는, 나락으로 떨어졌던 스사노오노 미코토가 고려검을 통해서 그 하강의 나락에서 다시 상승할 수 있었다는 구조 속에는 1920년 당시의 일본과 식민지 조선의 모습을 엿볼 수 있는데 여기서 고려검의 존재를 1920년 당시의 식민지 조선의 모습으로 상정해 현대적 해석으로 검토하고 있는 이유가 거기에 있다.

4부

신시대와 약자 인식

아쿠타가와 류노스케와 시대
그리고 그 이율배반

'미래에 대한 막연한 불안'이라는 애매모호한 말을 남기고 1927년에 아쿠타가와는 자살한다. 1923년의 아리시마 타케오의 자살과 함께 이 두 작가의 죽음은 시대상으로, 1차 세계 대전 이후 러시아의 사회주의 혁명의 영향으로 일본 국내에서 확대팽창일로에 있던 사회주의 이데올로기 관점에서 논해지기 마련이었다. 특히 다이쇼기는 시대의 종언을 직시하며 쇼와(소화 시대)를 맞이한 직후에 있었던 아쿠타가와의 자살은 더욱 그런 소지를 주었다. 앞에서 언급한 아쿠타가와 죽음을 「패배의 문학」으로 규정지은 미야모토 겐지는 아쿠타가와를 소부르주아적인 인텔리작가로 규정하면서도 아쿠타가와의 '광범한 사회적 관심'에는 동감을 했다. 여기서 말하는 '광범한 사회적 관심'은 아쿠타가와가 그의 만년에 관심을 가졌던 사회주의에 대한 것을 지적한 말이다. 아쿠타가와는 사회주의에 대해 깊이 회의하면서도 '신시대'에 대한 갈망의 끈은 놓지 않았다. 그것은 '최후의 본격적인 작품'[1]인 『겐가쿠 산보』에서 리프크네히트를 읽는 '대학생'을 등장시켜 그 속에 자신의 염원을 투영하고자 했다. 아쿠타가와는 『겐가쿠 산보』에 대해서 "나는 겐가쿠 산보의 비극을 마지막으로 산보 이외의 세계를 언급해 보고 싶다는 기분이 들었

---

1 吉田精一(1980), 『芥川龍之介 一』, 桜楓社.

습니다.", "그 세계 속에 신시대가 있다는 것을 암시하고 싶었습니다." 라고 아오노 스에기치(1927.3.6)에게 편지를 보내고 있다. 『겐가쿠 산보』속에 '신시대'를 암시하고자 했던 그 말은 결국 당시대의 사회주의에 대해 아쿠타가와의 깊은 관심을 단적으로 보여주는 일례일 것이다.

1장 『겐가쿠 산보』 그 사회의식의 희구

1. 『겐가쿠 산보』의 가족 구조와 '약자'

겐가쿠의 가족 구조는 겐가쿠 부부와 자식 부부 그리고 손자까지 가족 삼대가 생활하는 공간으로 설정되어 있다. 그런데 가족의 구심점이어야 할 겐가쿠는 폐결핵으로 별채 침상에 누워 꼼짝하지 못하고 그의 아내 오토리는 허리를 움직이지 못해 거실 옆방에서 늘 누워 있기만 하는 병자로 설정되어 있다. 이 두 인물의 이름 겐가쿠玄鶴(검은 학)와 오토리お鳥(새)는 하늘을 자유롭게 비상하는 조류와 대비된 움직일 수 없는 육체를 지닌 아이러니한 인물이며 이 아이러니 속에서 이미 겐가쿠 산보의 가족적 비극이 내재되어 있는 것을 역설적으로 보여준다. 이것은 아쿠타가와가 말하는 '겐가쿠 산보의 비극' 중의 하나로 볼 수 있으며 한편 시대상과 관련지어 본다면 몰락해 가는 '구시대'의 표상으로 볼 수도 있을 것이다. 겐가쿠 부부에 이어 다음의 가족 구성원 중 자식 부부와 손자가 있다. 겐가쿠의 외동딸인 오스즈お鈴는 남편 쥬기치重吉, 아들 다케오武夫와 함께 겐가쿠 부모와 같이 살고 있다. 오스즈는 집을 지키며 부모님의 간병과 초등학생의 다케오를 양육하는 평범하면서 '고생을 모르고 자란 아가씨', '세상 물정 모르는' 가정 주부이다. 겐가쿠 산보에 거주하는 가족 구성원은 이 5명이 전부이지만 실제로 또 다른 가족 구성원이 있다. 겐가쿠의 첩 오요시お芳이다. 오요시는 겐가쿠 산보의 하녀였다가 후에 겐가쿠의 첩이 된 인물이다.

아무런 갈등 요소가 없던 겐가쿠 산보에 오요시와 그의 아들 분타로의 등장으로 내재된 갈등이 서서히 표면으로 나타난다. 그 갈등 대립은 우선 오요시와 겐가쿠의 아내 오토리, 그리고 그의 딸 오스즈의 대립 관계가 크게 이어질 것 같지만 실제로는 이들은 각자 절충하는 법을 안다. 오요시는 비록 겐가쿠의 첩이기는 하지만 하녀였던 자신의 신분을 뛰어 넘지 않는다. 겐가쿠의 아내 오토리 또한 오요시에 대해 질투는 하지만 거동할 수 없는 자신의 입장을 인지하여 갈등을 표면화시키지 않는다. 그리고 겐가쿠의 딸인 오스즈는 어머니와 오요시 사이의 중재자이며 가장 복잡한 심경의 소유자이지만 아내이자 딸로서 아버지 겐가쿠의 입장 어머니 오스즈의 입장 그리고 같은 여자로서의 오요시의 입장을 측은지심으로 보아 이 또한 갈등 요소를 피하게 한다. 그런데 내면화된 갈등은 당사자들이 아닌 그들의 아들인 다케오와 분타로를 통해 최고조로 이어지며 그 속에서 강자와 약자가 부상하게 된다.

오요시가 머문지 일주일 정도 지난 후 다케오는 또 분타로와 싸웠다. 싸움은 그저 돼지 꼬리가 소 꼬리보다 두껍다 가늘다라는 사소한 것에서 시작되었다. 다케오는 그의 공부방의 구석에 있는 현관 옆 타다미 네 장 반 정도 되는 구석에 연약한 분타로를 밀어 넣고 사정없이 때리고 찼다. 때마침 그 곳을 지나던 오요시는 울지도 못하고 있는 분타로를 껴안고 다케오를 나무랐다. "도련님! 약자를 괴롭히면 안 됩니다!" 그것은 내성적인 그녀에게는 극히 드문 일로 가시 돋힌 말이었다. 다케오는 오요시의 화난 모습을 보고 놀라 이번에는 자신이 울며 오스즈가 있는 거실로 뛰어갔다. 그러자 오스즈도 화를 내며 재봉 일을 멈추고 오요시 모자가 있는 곳으로 억지로 다케오를 끌고 왔다.

오요시와 분타로는 겐가쿠를 병문안하러 와서 한동안 겐가쿠 산보에서 지내게 되었다. 그런데 어른들과는 달리 다케오는 분타로를 괴롭힌다. 실제로 분타로는 다케오의 숙부에 해당하는 인물이지만 겐가쿠와 하녀인 오요시의 자식으로 갈등 요소를 내포하고 있는 존재이다. 분타로는 자신이 하녀 오요시의 자식이라는 것을 인지한 것인지 다케오에게 맞지만 우는 소리조차 내지 않았다. 그때 오요시가 분타로를 껴안고 다케오에게 "도련님! 약자를 괴롭히면 안 됩니다."라고 '그때만은', '험악한 얼굴'로 나무라고 있다. 내성적이던 오요시가 '그때만은', '험악한 얼굴'이 된 것에는 두 가지 이유로 볼 수 있다. 첫 번째는 분타로에 대한 모성애일 것이다. 비록 첩이기는 하지만 자식에 대한 오요시의 의식은 남달랐다. 분타로가 자식이기는 하지만 분타로를 부르는 호칭은 '도련님'이라고 부르기 때문이다. 자신은 첩이어서 겐가쿠 산보에서 겐가쿠의 아내로서 대접은 받을 수 없는 인물이지만 자식의 아들 분타로에게만은 겐가쿠의 자식으로 세우겠다는 강한 모성애가 나타나 있다. 그런 만큼 다케오가 분타로를 괴롭히는 것에 대해서는 분명히 나무랄 수 있는 근거가 되는 것이다. 두 번째로 '그때만은', '험악한 얼굴'이 된 것은 내재되어 있던 '약자'의 외침이었을 것이다. 실제로 오요시는 겐가쿠 산보에 있어서 하녀였을 때나 첩이었을 때나 약자적 입장에 놓일 수밖에 없었을 것이다. 그렇지만 아들 분타로가 여전히 약자적 입장에 놓여있는 것을 보고 오요시는 분타로에서 자신의 모습을 교차시켰을 것이다. 그래서 '그때만은', '험악한 얼굴'로 '약자를 괴롭히면 안 됩니다'라는 '약자'의 목소리를 낼 수 있었을 것이다. 하지만 겐가쿠 산보에는 겐가쿠 사후에 약자 오요시와 분타로를 걱정해줄 인물이 아무도 없다. 오히려 아무런 관련이 없어 보이는 대학생이 오요시의 앞날을 걱정해주고 있다.

2. '약자'의 중층적 의미

오요시와 대학생과의 만남은 겐가쿠의 장례식장이다. 대면이라고는 하지만 먼발치에서 겐가쿠의 화장터를 지켜보는 오요시를 대학생이 그저 바라보며 오요시의 '앞으로'를 걱정해주는 것이 전부다. 그런데 왜 오요시의 '앞으로'를 대학생이 걱정해주는 걸까? 실제로 이 대학생이 이 작품에 등장해야 할 아무런 연계가 없다. 6장으로 구성된 이 작품에서 5장까지 겐가쿠 산보의 가족 간의 갈등을 이루는 내부 세계가 펼쳐지다가 갑자기 6장의 겐가쿠를 화장하는 화장터에서 등장하는 것이다. 전체적인 개연성을 두고 볼 때는 대학생의 존재가 작품 구조상 하등의 관련성이 없어 보이지만 그 단서는 대학생이 읽고 있는 리프크네히트에서 찾을 수 있다. 단적으로 미리 말하자면 오

요시와 대학생은 조선과 사회주의와의 관계로 바꾸어 놓을 수 있다. 1918년 제1차 세계 대전 후 일본의 사회주의는 조선과 아주 미약한 연대를 가지고 있었는데 1922년 니이가타 시나노新潟信濃 강 수력 발전소에서 일어난 조선인 학살[2]을 계기로 일본 사회주의는 조선인에 깊은 관심을 가지게 되었다고 마쓰오 다케요시松尾尊よし는 지적[3]한다.

앞에서 살펴보았듯이 아쿠타가와가 조선에 관심을 표명한 것은 1923년의 관동 대진재의 경험을 통해서이며 그것을 기록한 『대진잡기大震雑記』에서 '○○○○는 볼셰비키의 앞잡이'[4]라고 언급하고 있다는 것에 주목해본다. 관동 대진재를 전후해서 사회주의에 관심이 많아지게 된 아쿠타가와는 조선에 대해서도 관심을 표명하고 있다. 조선을 테마로 한 『김장군』과 그 후 1926년에 부자지간의 단란한 한때를 보내며 아들에게 조선에 관한 이야기를 들려주는 형식으로 구성된 『호랑이 이야기』와 같은 조선을 테마로 한 작품들이 나오기 때문이란 걸 이미 살펴보았다. 1927년의 『꿈』에서도 '와타시私'를 기다리고 있는 듯한 '조선소朝鮮소'를 등장시켜 조선소와 '와타시'를 대치시키는 구조 속에서도 조선에 대한 아쿠타가와의 관심을 엿볼 수가 있었다. 그렇다면 리프크네히트를 읽는 대학생을 오요시의 '앞으로'를 걱정하는 인물로 등장시킨 것에 사회주의와 조선과의 관계에서 살펴볼 수 있을 것이다. 오요시에게서 조선과 관련된 실마리를 찾을 수 있는 것은 다음의 세 가지 추론으로 가능하다.

---

2 松尾尊よし(1974), 『大正デモクラシー』, 岩波書店.
3 오스기 사카에 등의 아나키스트, 그리고 요시모토 사쿠조의 민본주의 등도 조선인에 대한 깊은 공명을 나타내고 있다.
4 筑摩書房의 『芥川龍之介全集』에 의하면 '○○○○는 不逞鮮人'이라고 언급했다.

첫 번째는 오요시가 겐가쿠의 병문안을 할 때 가지고 온 '마늘'이다. 물론 이 마늘이라는 것을 조선의 표상으로 단정짓는다는 자체가 비약적으로 보일 수도 있겠지만 식민지인 조선과 관련지어 본다면 마늘은 조선의 단군 신화에서 등장하는 중요한 모티브 중의 하나로 조선의 상징물이다.[5] 그리고 두 번째는 분타로가 입은 '흰' 스웨터의 '흰'이다. 오요시와 분타로가 겐가쿠 산보를 찾아왔을 때 분타로를 묘사하며 '남자 아이는 흰 스웨터를 입고'있었다고 덧붙이고 있다. 실상 그러한 묘사가 없더라도 분타로의 등장에는 하등의 장애 요소도 없어 보이는데 굳이 '흰' 스웨터라고 밝히고 있는 점이 흥미롭다. 이 '흰'도 '마늘'과 관련시켜 본다면 그 역시 조선과의 관련성을 찾을 수 있을 것이다. 아쿠타가와는 1921년 중국을 여행하기 전에 다카하마 교시의 『조선』(1911)을 비롯해 조선 기행에 관한 서적들을 다독했다. 다카하마 교시를 비롯해 메이지 다이쇼기에 조선을 여행한 작가들이 기록한 기행문과 문장들 속에서 흰옷을 입은 조선인의 모습은 조선을 상징하는 상징물로 묘사되어 있다. 이러한 기록들을 아쿠타가와는 중국 여행 전후로 일독했었고 중국 여행 후 귀경길에 조선을 경유했다는 사실을 고려할 때 분타로의 흰 스웨터 또한 조선과의 관련에서 배제할 수 없다. 그리고 동일한 연장선상에서 또 하나 주목을 끄는 것은 두 아이들의 이름인 '다케오武夫'와 '분타로文太郎'의 명명이다. 조선과 일본의 근세 사회는 유교적인 도덕을 그 저변으로 하고 있지만 조선은 '문'을 우선시하고 일본은 '문무'에 등가적인 가치를 두고

---

5 1916년에서 1918년즈음의 기록으로 보이는 아쿠타가와의 수첩12에서 "조선군기朝鮮軍記, 조선정벌기朝鮮征伐記, 조선설화朝鮮説話, 기요마사기淸正記, 고려진일기高麗陳日記" 등이 기록되어 있다.

있었다. '다케오武雄'의 '무武'와 '분타로文太郞'의 '문文'이라는 이름에서 그리고 다케오가 분타로를 괴롭히는 설정에서 가벼이 넘길 수 없는 부분들이 있다. 그리고 또 하나 주목해보고 싶은 것은 오요시가 첩이 라는 설정이다. '첩'이라는 자체가 사회적인 측면에서 본다면 부정적 인 의미로 평가되기 마련인데 그래서 오요시가 아들 분타로가 있음 에도 불구하고 겐가쿠 산보에서 같이 살아 갈 수 없는 이유일지도 모 른다. 그렇지만 '첩' 자체를 인간적인 관점에서 고려한다면 겐가쿠의 첩으로 가족이라는 틀 속에 속하지 못하고 자식인 분타로를 '도련님' 이라고 부를 수밖에 없는 오요시는 약자 중의 약자일 것이다. 아쿠타 가와는 1921년의 『기괴한 재회奇怪な再会』에서 일본인의 첩이 된 중국 인인 오하스お蓮의 이야기를 다루고 있다. 청일전쟁 중에 기생이었던 맹혜련孟蕙蓮은 회계 담당의 육군 일병 마키노牧野를 따라 그의 첩이 되어 일본으로 온다. 마키노와 오하스의 관계는 청일전쟁 후의 이 두 나라의 관계 속에서 마키노로 대변되는 일본, 오하스로 개명한 맹혜 련으로 대변되는 청, 어쩔 수 없이 마키노의 '첩'이 될 수 밖에 없던 청의 오하스는 『겐가쿠 산보』에서 오요시의 존재와도 겹쳐진다. 앞 에서 거론한 '마늘', '흰', '분타로'의 이름과 관련지어 본다면 오요시에 서 조선의 그림자를 찾을 수 있는 근거가 마련이 되었을 것이다. 그 렇다면 "저 여자는 앞으로 어떻게 되는 거죠?"라고 하며 오요시의 '앞 으로'를 걱정하는 리프크네히트를 읽는 '대학생'과의 상관 관계는 자 연스럽게 해결된다.

3. '대학생'에 의탁된 '신시대'

그렇다면 이 겐가쿠 산보에서 또 하나 문제가 되고 있는 것은 아쿠타가와가 말하는 '신시대'가 무엇인가 하는 것이다. 에비이 에이지 海老井英次[6]는 겐가쿠 산보의 비극을 쁘띠 브루주아petit—bourgeois 계급의 것으로, 오요시를 서민 하층 계급으로 파악하며 그것을 리프크네히트와 관련해 '인간적인 아름다움'으로 도출하는 우라이케 후미오浦池文男의 논에 어느 정도 긍정하면서 다음과 같이 논하고 있다.

첫째 '계급'적으로 오요시를 형상形象하는 자세가 아쿠타가와에게 있었다고 생각할 수 없고 그녀가 '신시대'에 그 생을 투기投企해 가는 인물로 형상되어 있는 것 조차 극히 의문이 간다. '대학생'과 오요시는 '계급'적으로 같은 곳에 속하는 것이라기보다는 '대학생'에게 있어서 '거지만 있었'던 공간에 오요시가 있다는 예에서 볼 때도 이질적인 것으로 오히려 대비적으로 그려져 있다고 보는 편이 보다 자연스럽다. 즉 오요시는 '신시대'에 그 생을 투기해 가는 자로 '대학생'에게 긍정적으로 이해되어지고 있다고 보아야 하는 것이 아니라 겐가쿠를 기점으로 '옛날의 좋은 시대'가 육체화된 '과거'의 형상화로 보아야 할 것이다. 우라이케가 오요시와 '대학생'의 내적 교류를 보고 있는 점경 즉 '기와 벽 앞에 우뚝 서 있는' 오요시와 그 옆을 마차를 타고 통과하는 '대학생'의 모습에서도 도저히 넘을 수 없는 단층을 앞에 두고 있는 둘의 존재밖에 나는 인정할 수 없다. (중략) 아쿠타가와에게 있어서 '신시대'는 사상적으로 정립된 것이라기 보다 자신을 '구시대'라고 정하면 떠오르는 애매한 무언가로 밖에 여겨지지 않는다.

6 海老井英次(1973.12),「玄鶴山房─「新時代」意識を中心に─」,『国文学 解釈と教材の研究』, 学燈社.

라고 신시대에 대해 논하고 있다. 에비이 에이지가 지적한 대로 우라이케가 말하는 '인간적인 아름다움'에 대한 지적에는 긍정하기 어려운 부분이 있다는 것에는 동감한다. 하지만 겐가쿠의 시점에서 오요시와 대학생 관계를 '옛날 좋은 시대'의 육체화로 과거의 형상화로 보는 에비이 에이지의 말에도 역시 긍정하기 어려운 부분이 있다. '산보 이외의 세계'를 신시대로 볼 것인지 어떤지에 대한 것과 이 작품의 마지막 6장에 등장하는 대학생과 어떠한 관계가 있는가라는 것이다. 곧잘 아쿠타가와가 말한 '산보 이외의 세계'와 신시대를 동일 선상에서 동일한 의미로 보고자 하는데 거기에 회의를 보이고 있는 히라오카 토시오平岡敏夫의 지적[7]에 주목하고 싶다. 또한 리프크네히트를 읽는 대학생의 존재가 『겐가쿠 산보』의 구성 요소로 필연적이지 않다고 지적하는 요시모토 다카아키吉本隆明의 논[8]에도 주목하고 싶다. 물론 요시모토 다카아키의 지적대로 작품 마지막에 당돌히 나타난 대학생의 존재가 이 작품에서 어쩌면 무의미하게 보일지도 모른다. 하지만 아쿠타가와가 그의 서간에서도 쓰고 있듯이 '산보 이외의 세계'를 암시하고 싶었고 그것이 신시대와 관련이 있다고 한다면 이 대학생의 존재와도 깊은 관련이 있을 것이다. 그런데 신시대라는 용어는 『겐가쿠 산보』에서만 보이는 것도 아니며 『겐가쿠 산보』와 동년 동월에 쓴 『신기루蜃気楼』에서도 쓰여져 있고 또한 아쿠타가와가 작가가 되기 이전의 초기 문장 『요시나카론義仲論』에서도 보인다.

　도쿄에서 놀러온 대학생인 k군과 함께 당시 화제가 되었던 신기

7　平岡敏夫(1983), 『芥川龍之介 抒情の美学』, 大修館.
8　吉本隆明(1968), 『解釈と鑑賞 別冊 現代のエスプリ』(1968), 至文堂.

아쿠타가와 류노스케와 시대 그리고 그 이율배반

루를 보러 바닷가로 나가는데 그들이 말하는 무지개와 같은 진짜 신기루는 보지 못하고 '모래방지 조릿대 울타리를 뒤로 하고 바다를 바라보고 있는 남녀', '여자의 단발', '파라솔이나 굽이 낮은 신발'을 신고 있는 것을 '신시대'를 발견할 뿐이었다고 한다. 여기서 말하는 신시대는 말 그대로 단발머리, 파라솔, 굽 낮은 신발 등 생활상의 외부적인 세계의 변화를 지칭하는 말일 것이다. 그와는 달리 아쿠타가와가 작가가 되기 전인 1910년에 쓴 초기 문장, 이즈 토시히코伊豆利彦가 아쿠타가와 문학의 원점[9]으로 보고 있는 『요시나카론』에서도 언급이 되어 있다. 동경 부립 제3중학교 학우회잡지 제15호에 발표한 것으로 요시나카를 논한 평론에 해당하는 문장이다. 아쿠타가와는 요시나카를 야성적이고 정열적이며 혁명적인 사람으로 간주하고 있으며 '담담한 혁명적 정신과 불굴한 야성을 닮아 개성의 자유를 구하고 신시대의 광명을 찾은 인생'이라고 논하고 있다. 에비이의 지적처럼 겐가쿠 산보에서의 '신시대'적 관점에서 아쿠타가와 자신을 구시대의 인물로 간주한다면 1910년의 『요시나카론』에서 말하는 '신시대' 속에 아쿠타가와 자신이 포함되어 있다고 할 수 있을 것이다. 『요시나카론』에서 보이는 '신시대'가 1910년 요시나카에 의탁되었다가 죽음을 바로 직면한 1927년, 겐가쿠 산보의 죽음 속에서도 '신시대'를 언급하고 있다는 것은 무척 흥미롭다. 아쿠타가와는 1927년 3월 6일 아오노 스에기치에게 보낸 서간에서

---

9 『오가와강물大川の水』을 아쿠타가와 문학의 원점으로 규정하고 있는 미요시 유키오三好行雄에 비해 이즈 토시히코伊豆利彦는 『요시나카론』을 아쿠타가와 문학의 원점으로 규정하고 있다는 것은 언급한 대로다. 그렇다고 한다면 '오시카와적 모험담 구상'으로 보이는 아쿠타가와의 일련의 초기 문장은 아쿠타가와 문학의 원점이라는 관점에서 어떻게 보아야 할지 고민해 보아야 할 문제다.

체홉은 아시는 바와 같이 「벚꽃 정원桜の園」 속에서 신시대의 대학생을 점출해서 그를 이층에서 전락하게 했습니다. 저는 체홉처럼 신시대를 포기한 웃음을 지을 수가 없습니다. 그러나 또 신시대를 껴안을 만큼의 정열도 갖고 있지 않습니다. 리프크네히트는 아시는 바와 같이 그 「추억록追憶錄」 속에 있는 마르크스나 엥겔스를 만났던 때를 기록한 글들 속에서 다소 탄성은 질렀습니다. 저는 저의 대학생에게도 이러한 리프크네히트의 그림자를 드리우고 싶었던 것입니다. (중략) 또 저는 브루주아든 아니든 인생은 다소의 기쁨을 제외하고 나면 많은 고통이 있다는 생각이 듭니다.

라고 쓰고 있다. 여기서 언급하고 있는 '신시대' 또한 사회주의를 염두에 두고 쓴 것을 알 수 있다. 아쿠타가와는 죽음 직전에 쓴 『추억』에서 "나에게 사회주의의 신조를 가르친 것은 우유 배달을 했던 사회주의자 히사이다 우노스케久井田卯之介였다. 그런데 나의 혈육에는 행인지 불행인지 흡수되지 않았다. 하지만 러일전쟁 중의 비전론자들에게 악의를 품지 않았던 것은 분명히 히사이다의 영향이었다."라고 하고 있다. 이것은 아쿠타가와의 사회주의 의식을 논할 때 반드시 거론되는 문장 중의 하나이며 히사이다 우노스케는 아쿠타가와가 어릴 적 그의 집에서 우유 배달을 했던 사람으로 사회주의자였다. 그렇지만 히사이다를 운운하며 아쿠타가와가 '러일전쟁 중의 비전론자들에게 악의를 갖지 않았다'는 것만으로 아쿠타가와가 사회주의에 깊은 공감을 가지고 있었다고 하는 마쓰자와 신스케松沢信祐의 논[10]에는 긍정할 수 없는 부분이 있다. 왜냐하면 아쿠타가와는 러일전쟁을 전후

---

10 松沢信祐(1999), 『新時代の芥川龍之介』, 洋々社.

로 당시 시대상을 강하게 수용하고 있는 『20년 후의 전쟁』 등의 초기 문장을 남기고 있는데 거기에는 일본 제국주의의 충군애국 이데올로기가 농후하게 반영되어 있기 때문이다.

『프롤레타리아 문예의 가부를 묻다プロレタリア文芸の可否を問ふ』(1923)에서 아쿠타가와는 "문예는 흔히 생각하는 정도로 정치와 무연한 것이 아니다. 오히려 문예의 특색은 정치와도 관련이 있는 것에 존재한다는 것이다."라고 문학 속에 녹아 있는 정치 관련성에 대해 언급하고 있다. 또한 "우리들은 지금의 많은 작가들이 부르주아적이기 때문에 앞으로 새로운 문학을 수립하려고 하는 신인은 프롤레타리아 문학의 처녀지를 크게 개척해야 할 것이다. 좋은 것은 좋은 것 이다. 프롤레타리아 문학의 완성을 나는 크게 기대하고 있다."[11]라고 서술하고 있는데 여기서는 프롤레타리아 문학에 대한 방관자적인 자세를 취하고 있는 아쿠타가와의 인식에서 그 한계점도 같이 보인다.

비록 "나는 또 프롤레타리아 문예에도 꽤 희망을 가지고 있다.", "어제의 프롤레타리아 문예는 단지 작가가 사회적 의식이 있는 것을 유일무이의 조건으로 하고 있었다.", "비평가들은 소위 부르주아 작가들에게 사회적 의식을 가지라고 말하고 있다. 나도 그 말에 이견은 없다. 그러나 소위 프롤레타리아 작가에게도 시적 정신을 가지라고 말하고 싶다."라고 『문예잡담文芸雑談』에서 시대상에 대한 민감한 반응을 보이고 있지만 그 자신은 방관자로서의 위치에 서 있다는 것도 동시에 보이고 있다. 이러한 자세는 "소생은 절실한 혁명가에게는 동정하지 않습니다. (당신은 젊으니까 어쩔 수 없지만) 유산 계급은 무

---

11 『프롤레타리아 문학론プロレタリア文学論』(1924).

너지겠죠. 유산 계급을 대신한 무산 계급 독재도 무너지겠죠. 그 후에 마르크스가 꿈꾸던 무국가 시대도 나타나겠죠. 그러나 그 미래는 요원합니다."라고 아카바네 다케시赤羽根健에게 보낸 서간(1926)에서 처럼 회의적 자세가 이어지고 있다. 그러면서도 여전히『손』에서 "부르주아는 흰 손에 프롤레타리아는 붉은 손에 그 두 손에 곤봉을 쥐어주어라. 그렇다면 너는 어느 쪽을 할 건가? 나? 나는 붉은 손을 하고 있다. 그러나 나는 그 외에도 한 손을 응시하고 있다. 저 먼 나라에서 아사한 도스토옙스키의 아이들 손을."이라고 사회주의의 그늘에서 벗어나지 못하는 이율 배반적인 자신에게 문답하고 또 문답하고 있는 것이다.

이러한 사회주의에 대한 회의적인 시선 속에서『겐가쿠 산보』의 신시대를 희구한다는 것 자체가 무척 아이러니하다. 히라오카 토시오平岡敏夫는 수많은 신시대의 의미를 따뜻한 마음으로 도출[12]하고 있는데 이 따뜻한 마음은 신시대처럼 아쿠타가와의 초기 문장에서부터 시작된다.

4. 초기 문장에 보이는 사회의식

「오오타니강大谷川」,「전쟁터戰場ヶ原」,「무녀巫女」,「고원高原」,「공장工場」,「절과 묘寺と墓」,「따뜻한 마음温かき心」 등 7개의 단장으로 구성된 1911년의 초기 문장『닛코소품日光小品』역시 아쿠타가와의 사회의식[13]을 거론할 때 반드시 거론되는 문장이다.

---

12 平岡敏夫(1983),『芥川龍之介 抒情の美学』, 大修舘.

앞에서 언급했듯이 아쿠타가와는 '공장'에서 일하는 노동자 모습을 보고 "마음 약한 나에게는 하나하나가 강하게 가슴을 압박하는 것처럼 여겨 진다.", "이 공장 안에 서서 저 연기를 보고 저 불을 보고 그리고 저 울림을 들으니 노동자의 실생활이라고 하는 비장한 생각이 억누를 수 없을 정도다. 그들의 동과 같은 근육을 보라. 그들의 용맹스러운 노래를 들어보라. 우리들의 생활은 그들을 생각할 때마다 불합리한 것처럼 생각이 든다. 아니면 참으로 공허한 생활인지도 모르겠다."라고 쓰고 있다. '노동자의 실생활'에 대한 아쿠타가와의 동정적인 시선과 함께 그 뒤에 「따뜻한 마음」으로 이어지고 있다. "등이 굽은 할머니가 낡은 옷을 입고 앉아 있다. 할머니가 있는 곳 바로 앞에 있는 길거리에는 머리가 길고 손발에 때가 까맣게 낀 맨발의 남자 아이들 세 명이 흙장난을 하고 있다."라고 하며,

나는 이 지저분한 아이들의 얼굴과 맹인 할머니를 보니 갑자기 피터 구로포토킨의 "청년이여 따뜻한 마음으로 현실을 보라"라고 하는 말이 떠올랐다. 왜 그 생각이 떠올랐는지는 모르겠다. 단지 표랑하며 만년을 런던의 외로운 객으로 보냈으며 끊임없이 박해와 압박을 받았던 그 구로포토킨의 따뜻한 마음을 가져라고 하는 가르침을 생각하니 나도 모르게 가슴이 메어져 온다. 그렇다. 따뜻한 마음을 가지는 것은 우리들의 임무이다.

라고 말하고 있다. 서민들의 현실과 노동자들에 대한 아쿠타가와의

---

13 아쿠타가와의 초기 문장 『신짱에게』에서도 사회당에 대한 언급이 있다. 그렇지만 아쿠타가와의 사회의식이 거기에도 보였다는 마쓰자와 신스케의 지적에는 수긍하기 어려운 부분이 있다(松沢信祐(1999), 『新時代の芥川龍之介』, 洋々社).

시선을 느낄 수 있는 대목이다. 1915년 3월 9일에 쓰네토 쿄에게 "나는 나를 사랑하고 나를 미워하는 모든 스트레인저들과 함께 대학을 나오고 직장을 찾고 그리고 죽어 가겠지. 그런데 그건 슬프지도 기쁘지도 않아. 그리고 죽을 때까지 꿈만 꾼대서야 견딜 수 없겠지. 그리고 또 인간다운 불꽃을 태우지 않는다면 그 역시 견딜 수 없을 거야. 그건 어디까지나 휴먼적인 커다란 것을 지니고 싶다."라고 쓰고 있다. 이 편지에서 보이는 '휴먼적인 커다란'은 『닛코소품』의 「따뜻한 마음」과도 상통한다. 어찌면 이것이 아쿠타가와의 초기 작품으로 분류되는 역사 소설류에 등장하는 독특한 인물들이 등장하게 된 배경이 아니었을까라는 의구심이 든다. 『라쇼몬』의 노파와 게닌[14]의 관계가 그러하며 『떼도둑』 또한 그러하다.

2장 『라쇼몬』 탄생 전후

1. 『라쇼몬』은 유쾌한 소설인가?

헤이안平安 시대 말기의 설화집 『곤자쿠 모노가타리슈』 제29권 제18화 '라쇼몬羅城門에 올라가 죽은 사람을 보는 도둑이야기'를 주된 전거로 하고 있는 아쿠타가와의 『라쇼몬』은 1915년 9월에 탈고, 11월 『제국문학帝国文学』에 야나기가와 류노스케柳川隆之介라는 필명으로 발표된 아쿠타가와 대표작이다. 1915년 발표당시에는 신사조新思潮의 동

---

14 けにん: 노예, 천민.

인들에게도 제대로 평가받지 못했던[15]『라쇼몬』이 지금은 아쿠타가와의 대표 작품 중의 하나인 동시에 그의 문학의 원점을 논할 때 반드시 거론되어지는 작품이기도 하다. 특히『라쇼몬』의 성립 시기를 둘러싸고는 "나는 반년 전 부터 구애받았던 연애 문제 때문에 혼자 있으면 우울해지니까 그 반대가 되는, 그런 현상과 동떨어진 가능한 유쾌한 소설을 쓰고 싶었다. 그래서 우선 곤자쿠 모노가타리에서 제재를 택해 이 두 단편[16]을 썼다."[17]라는 아쿠타가와의 말이 근거가 되어 종종 그의 연애사와 관련된 것이 논의의 대상이 되기도 한다. 그렇지만 아쿠타가와의 첫사랑의 실연 사건이 있었던 1915 년 2월 이후에『라쇼몬』이 구성되었다는 종래의 논이 모리모토 오사무森本修, 고보리 케이치로小堀桂一郎[18]를 시작으로 에비이 에이지 등에 의해 그 성립 시기가 연애 사건이 있었던 1915년 2월 보다 앞선, 1914년에 이미『라쇼몬』이 구성됐다고 밝혀졌다.[19] 이렇게『라쇼몬』의 성립시기가 중요한 것은 아쿠타가와의 문학을 논하는데 중요한 쟁점이 될 수 있기 때문이다. 그것은 '자연주의 문학으로서의 시도'로서『라쇼몬』을 읽어낼 수 있기 때문이다.

---

15 1915년 발표 당시에는 『그때 나에게 있었던 일あの頃の自分の事』에서 "6호 비평에 조차도 오르지 못했다. 그리고 구메久米도 마쓰오카松岡도 나리세成瀨도 모두 나쁘게 평했다. 심지어는 고등학교 이후의 친구들 중에 내가 소설을 썼다는 것이 이해되지 않는다며 그만 둘 것을 권하며 편지를 보낸 친구도 있다."라고 적고 있지만 실제로 "『라쇼몬』은 당시 다소 자신이 있는 작품이었습니다."라고 에구치 칸江口換에게 보낸 서신(1917.6.30)에서 보듯이『라쇼몬』에 적지 않은 애착과 자신을 가지고 있었다는 것을 엿볼 수 있다.

16 『라쇼몬』, 『코』(1916).

17 『芥川龍之介全集第四卷』(1996), 岩波書店.

18 森本修(1965.7), 「『羅生門』成立に関する覚書」, 『国文学』, 至文堂; 小堀桂一郎(1997), 『芥川龍之介Ⅰ』, 有精堂.

19 海老井英治(1989), 『芥川龍之介攷－自我覚醒から解体へ』, 桜楓社.

그런데 이『라쇼몬』을 아쿠타가와가 말한 '유쾌한 소설'로 구분 지을 수 있는가하는 것이다. 나쓰메 소세키의 극찬을 받은『코』에는 젠치 나이구禅智内供가 그의 긴 코 때문에 주변 시선을 의식하며 고뇌 하는 인간의 심적 갈등과 그것을 해결해 가는 일련의 과정에서 인간 심리를 골계적으로 표현한 완성도 있는 작품으로 분명 유쾌함이 표 층적으로 심층적으로 드러나 있다. 그러나 선과 악, 그리고 인간의 에고이즘Egoism에 대한 문제의식이 제기되어 있는『라쇼몬』에서『코』 와 같은 유쾌함은 찾아 볼 수 없을 뿐만 아니라 작품 표면을 떠도는 그로테스크한 분위기는 오히려 음울함마저 더해주고 있다.

그렇다고 한다면 아쿠타가와는 왜 이『라쇼몬』을 '유쾌한 소설' 이라고 했을까? 물론 여기서 말하는 '유쾌'는 해학과 골계를 통한 쾌 감을 전제로 한 표면적인 언어적 해석만을 의미하는 것은 아니다. 흔 히들 이 '유쾌'함을 아쿠타가와의 연애 사건과 결부지어 논하는데 그 것은 아쿠타가와가 그의 첫사랑을 이룰 수 없었던 것이 그의 양가인 아쿠타가와 집안의 반대, 특히 아쿠타가와의 백모인 후키의 반대가 심했기 때문이다. 그래서『라쇼몬』에서 노파를 발로 걷어차는 그 장 면을 그들 가족들과의 관계로 받아들여 '유쾌'로 해석되어 왔던 것도 어느 정도 수긍할 수는 있다. 또 '실연 사건을 통해 경험한 번뇌하는 인간 고뇌나 인간 윤리의 부정, 즉 자기를 속박하는 법률에서 완전한 해방', '자기해방의 외침'[20]으로도 충분히 받아들일 수 있지만 그래도 명쾌하게 '유쾌'하다고는 할 수 없을 것 같다. 왜냐하면『라쇼몬』과 그 전의 작품 세계가 상당히 차이가 있기 때문이다.『라쇼몬』을 아쿠

---

20 関口安義(1993),『芥川龍之介 理知と抒情』, 有精堂.

타가와의 처녀작이라고 일컫고 있지만 실제 처녀작은 1914년 신사조에 실린 『노년』이 있고, 그리고 『노년』을 전후해서 『라쇼몬』에 이르기까지의 몇몇의 초기 습작이 있는데 그 작품들의 세계와 『라쇼몬』의 세계가 전혀 다르다는 것이다. 이것은 다음 두 가지의 가설을 도출시키는데 그 첫 번째는 『라쇼몬』에는 아쿠타가와의 '생'에 대한 의지, 즉 삶에 대한 강한 의지가 엿보인다는 것이다. 그리고 두 번째는 아쿠타가와가 작가로서의 출발 선상에서 당시 일본 문단의 주된 사조였던 일본 자연주의에 대한 노골적인 비판 의식과 관련지어 본다면 『라쇼몬』을 일종의 '자연주의 문학으로서의 시도'[21]로 볼 수 있지 않을까 하는 것이다.

2. 『라쇼몬』 이전의 일련의 초기 작품들

앞에서 『라쇼몬』을 '유쾌한 소설'로 간주할 수 있는 첫 번째로 『라쇼몬』에는 생에 대한 아쿠타가와의 강한 의지가 엿보인다고 언급했다. 이것은 『라쇼몬』 이전의 초기 습작 『노광인老狂人』(1908~1909즈음), 『오가와강물大川の水』(1914)과 『노년老年』(1914), 『청년과 죽음青年と死と』(1914), 『홋도코ひょっとこ』(1915)와 같은 초기 작품들과 관련이 있기 때문이다. 여기에 제시한 작품들에는 거의 공통적이라고 해도 될 만큼 '죽음'과 인생의 황혼 길에 서 있는 '노년들'의 다양한 모습이 담

---

21 물론 여기서 말하는 자연주의 문학이라는 것은 사회주의 의식을 전제로 한 것인데 그것이 의식적으로든 무의식적으로든 이 당시 아쿠타가와에게 혼용되어 나타난 시기인 것 같다(조경숙(2007), 「아쿠타가와 류노스케의 사회의식－『겐가쿠 산보』를 중심으로」, 『일본학보70』, 한국일본학회).

겨 있다. 두부 가게에 살고 있는 기독교인인 늙은 광인의 모습이 그려져 있는『노광인』, 큰 강물의 흐름을 바라보며 생과 사를 관조하는, 죽음의 그림자가 떠다니는『오가와강물』, 일찍부터 유흥에 빠져 게이샤와 동반 자살 사건을 일으키고 부모로부터 물려받은 재산을 탕진하여 황폐한 노후를 맞이한, 환갑의 노인이 된 후사房를 주인공으로 하는『노년』등이 있다. 또 죽고자 하는 청년에게는 삶의 기회를 주고 삶을 욕망하는 청년에게는 목숨을 앗아가는 이율배반적인 생사의 문제를 다루고 있는『청년과 죽음』, 그리고 홋도코 가면을 쓰고 죽어가는 45살의 헤이기치平吉가 그려져 있는『홋도코』등에는 죽음과 인생의 어두운 그림자가 보인다. 이런 일련의 초기 작품 속에 20살 전후에 생사를 관조하는 아쿠타가와의 모습이 죽음의 그림자와 생의 마감을 앞둔 노인들의 모습을 통해 나타난다. 그런데 이러한 죽음과 어둠의 그림자들이『라쇼몬』에서는 전혀 보이지 않는다는 것이다. 오히려 작품 전체를 흐르는 그로테스크한 분위기와는 달리 시체의 머리카락을 뽑는 노파에게서 삶에 대한 강한 욕구를 발견할 수 있다.『라쇼몬』의 줄거리를 간략하면 4, 5일 전에 주인에게 해고당한 게닌下人이 라쇼몬 아래서 비 그치기를 기다리고 있다. 비가 그친다고 해서 갈 곳이 있는 것도 아니고 또 해가 저물어 어쩔 수 없이 라쇼몬 위에서 하룻밤을 지내려고 라쇼몬 누각으로 올라간다. 그런데 거기서 시체의 머리카락을 뽑고 있는 노파를 발견하고 게닌은 자신의 선악의 잣대로 노파를 응징하려 한다. 그러자 노파는,

물론 그렇습죠. 죽은 사람의 머리카락을 뽑는다는 것은 나쁜 일일

지도 모르는 일이지요. 그렇지만 여기 죽은 자들 모두는 이런 일을 당해도 괜찮은 인간들뿐이라오. 지금 내가 머리카락을 뽑은 이 아낙네는 뱀을 네 토막씩 잘라 그것을 말려 건어물이라고 속여 호위병들에게 팔러 다녔다오. 역병에 걸려 죽지 않았다면 지금도 장사하러 다닐 거요. 그래도 말이오. 이 아낙이 파는 건어가 맛이 좋다고 호위병들이 반찬으로 다들 사 간다고 하지요. 난 이 여자가 한 일을 나쁘다고 생각지 않는다오. 그렇게 하지 않으면 굶어 죽어야 되니까 어쩔 수 없는 일 아니겠소. 그러니 지금 내가 하고 있는 이것도 나쁘지만은 않는 거요. 이렇게라도 하지 않으면 굶어 죽어야 되니까 어쩔 수 없이 하는 일이라오. 그래서 어쩔 수 없이 한다는 걸 잘 알고 있는 이 아낙도 내가 하는 이걸 아마 너그럽게 봐 줄 것이라 믿으오.

시체의 머리카락으로 가발을 만들어 삶을 영위하려는 노파의 삶의 논리는 『라쇼몬』 이전의 작품세계에서 보이는 인생 황혼을 바라보며 죽음을 기다리는 공허한 노년들의 모습이 아니다. 오히려 어떻게든 살아가겠다는 삶에 대한 강한 애착과 의지를 표현하는 생활자의 모습이다. 또한 '굶어 죽지 않기 위해서는 어쩔 수 없다'는 노파의 삶의 논리가 4, 5일 전에 주인에게 해고당해 앞으로 어떻게 살아가야 될지 '도둑'이 될지 '굶어 죽을 지' 양자택일을 해야 하는 게닌에게 새로운 '용기'를 만들어 주는 생의 원동력으로 작용하고 있다. 여기에는 묘한 의미 구조가 중층적으로 형성되어 있는 것 같다. 후술하듯이 노파와 게닌의 관계가 하층 사회의 한 단면인 생의 기로에 서 있는 하층민들이 삶의 방향을 발견할 수 없을 때 결국 노파와 같은 삶의 논리를 따를 수밖에 없다는 게닌의 입장과 부합한다고 할 수 있다. 이것은 1915년 당시 일본 자본주의 경제하에 서민들이 모여 살던 혼조료고쿠本所両国의 시타마치下町에서 유소년기를 보낸 아쿠타가와의 하층민에 대한 시선이 교차하고 있다고도 볼 수 있다. 어떻게 해서든지 생활고를 해결하고자 하는 생에 대한 강한 의지를 가진 생활자의 노파의 삶의 논리가 곧 바로 게닌에게 수용되어 노파의 옷을 빼앗아 매달리는 노파를 걷어차고 어둠 속으로 사라지는 수동적인 '게닌'의 삶에서 능동적인 '자신'의 삶으로 살고자 하는 생에 대한 강한 의지가 보인다.

3. 자연주의 문학으로서의 시도

『라쇼몬』을 '유쾌한 소설'로 간주할 수 있는 두 번째 이유는 아쿠타가와의 '작가적 의지'가 표출되어 있다는 것이다. 물론 작가가 작품을 마주할 때 당연히 작가적 의지가 있어야 할 것이지만 여기서 말하는 작가적 의지는 아쿠타가와가 작가로서의 첫출발 선상에서 당시 문단의 주된 사조였던 자연주의 문단에 대한 의식이 있었다는 것을 의미한다. 아쿠타가와는 일본 자연주의 문학이 작가 자신들의 고백적 작품으로 흐르는 것에 대해 상당히 비판적인데 그러한 시각은 1911년 『닛코소품』에서부터 나타나고 있다.

따뜻한 마음을 갖는다고 하는 것은 우리들의 임무다. 우리들은 어디까지나 휴머나이즈하게 인생을 보지 않으면 안 된다. 그것이 우리들이 노력해야 할 바이다. 진실을 그린다. 그것도 괜찮다. 그렇지만 '형태뿐인 세계'를 부수고 그 속의 진실을 파헤치려고 할 때에도 우리들은 반드시 따뜻한 마음을 가지지 않으면 안 된다. '형태만의 세계'에 붙잡힌 사람들은 이 황폐한 집에서 즐거운 듯 놀고 있는 아이들과 눈이 보이지 않는 얼굴을 우리들 쪽으로 돌리는 할머니와 같은 사람들을 바라보아야 하지 않을까? 이 '형태뿐인 세계'를 부수려고 한다면 따뜻한 마음을 가지는 것은 당연히 우리들이 이행해야 할 임무다.

아쿠타가와는 아시오 동산 광독 사건[22]이 있었던 아시오 마을에서 노동자들과 그들의 삶을 보고 구로포토킨(1842~1921)을 떠올리고 있다. 무정부주의적 공산주의 사회의 실현을 호소하며『상호부조론相互扶助論』으로 대표되는 저작 및 19세기 후반부터 20세기 전반의 무정부주의자로서 활동한 구로포토킨의 사상은 메이지 일본에도 강한 영향을 끼쳤다. 그 사상은 특히 사회주의자 고토쿠 슈스이와 아나키스트 오스기 사카에 후에 아리시마 다케오 등에게 영향을 주었다. 그리고 위의 문장에서 보듯이 아쿠타가와 또한 적지 않은 관심을 표하고 있는데, 노동자들에 대한 아쿠타가와의 '따뜻한 마음'을 엿볼 수 있는 문장들이다. 그런데 여기서 아쿠타가와는 그러한 노동자들의 모습을 보면서 당시 문단의 주된 흐름인 자연주의 문학을 거론하며 그들의 '형태뿐인 세계'인 작품 세계에 대해 비판하고 있다는 것인데 이것은

---

22 足尾銅山鉱毒事件: 메이지 시대에 후루가와古河 재벌이 개발한 아시오 동 광산에서 유출된 광독으로 인해, 근변의 와타라세가와渡良瀬川 하류의 농민들이 피해를 입어 광업 금지 피해 보상을 요구하고 국회의원이었던 다나카 쇼조田中正造 등이 적극적으로 지원함으로써 사회 문제로까지 발전하게 되고 농민들의 항의가 계속된다. 농민들의 사활을 건 항의 운동을 탄압하는 정부의 태도에 절망한 다나카는 1901년 10월에 의원직을 사임하고 12월 10일에 천황의 마차를 기다려 직소하는 비상 수단을 썼는데, 당시 직소문의 초안을 쓴 사람은 고토쿠 슈스이였다.

거칠게 말하면, 아쿠타가와의 의식 내부에 이미 사회의식이 개안되고 있었다는 것을 반증하는 것은 아닐까. 즉 사회의 모순을 객관적 과학적으로 분석한 에밀 졸라Zola, Émile와 같은 서구 자연주의 문학과는 전혀 다른 작가의 고백이 중심이 되는 일본 자연주의 문단의 '형태뿐인 세계'라고 꼬집는 아쿠타가와의 지적 속에는 아쿠타가와 자신만의 자연주의 문학관이 이미 태동되어 있었다고 볼 수 있다. 그것은 구로포토킨이 말하는 '따뜻한 마음'이 아쿠타가와의 인생관과 합치되어 즉 '노동자', '맹인 할머니', '지저분한 아이들'에 대한 '따뜻한 휴머니즘'적인 사회의식은 비록 감상적인 것이라 할지라도 아쿠타가와의 의식에 각인되고 있다고 말할 수 있을 것 같다. 그러한 지적은 아쿠타가와의 의식은 단지 지적에서 그치는 것이 아니라 『닛코소품』이 나온 4년 뒤인 1915년의 『라쇼몬』에서도 엿볼 수 있기 때문이다.

아쿠타가와의 문학의 원점을 논하면서 이즈 도시히코는[23] 『닛코소품』의 「절과 묘」의 한 절에서 『라쇼몬』의 그림자를 찾아내고 있다. "붉은 단청도 흔적 없이 다 벗겨져 있으며, 여기저기 떨어져 있는 지붕기와 용마루가 쓸쓸하게 빛나고 있는 둘레에는 까마귀 똥이 희끗하게 보이고, 풀어진 방울의 빛바랜 홍백 실도 그저 길게 늘어져 있는 것이 어쩐지 슬프다."라고 하는 부분이 『라쇼몬』의 도입부에서도 엿보인다. 이러한 이미지는 『라쇼몬』작품 표층에서 보일 뿐만 아니라 작품을 저회하고 있는 게닌을 향한 '심정' 또한 그러하다. 주인에게 해고당해 4, 5일이 지나도록 무엇을 해야 할지 어떻게 살아가야 할지 그 삶의 방향을 모르는, 더 이상의 '여드름 난' 게닌이 아닌 젊은

---

23 伊豆利彦(1997), 『芥川龍之介Ⅱ』, 有精堂.

이를 바라보는 시선이 그것이다. 이것은 "사라카바하白樺派의 출발이 거의 무자각인 자연주의에 대항했던 것에 대해서 아쿠타가와는 자각적인 반역 아래서 출발했다."라는 고마자와 키미의 지적[24]에 동의하는 부분이며 좀 더 나아가서『닛코소품』에서부터 아쿠타가와의 의식에 저회하고 있는 사회의식이『라쇼몬』을 통해 나타나고 있다고 볼 수 있을 근거가 되기도 한다.[25]

그렇게 도출할 수 있는 데는 또 다른 추측이 가능하다. 아쿠타가와의 졸업 논문인「윌리엄 모리스」(1834~1896)가 그것인데, 아쿠타가와와 윌리엄 모리스와의 관계에 대해서는 아쿠타가와의 졸업 논문이 남아 있지 않기 때문에 구체적으로 논의할 수 있는 근거는 희박하다. 그렇지만 마쓰자와 신스케의『신시대의 아쿠타가와 류노스케』(1999)에서 그 가능성을 제시[26]하고 있는데, 아쿠타가와는 1916년 4월 말, 졸업 논문「윌리엄 모리스 연구」를 탈고하고 제출, 5월 말 심사에 합격하여 7월 도쿄제국문과대학 영문과를 졸업한다. 실제 졸업 논문의 구상은 1914년 '졸업 논문으로 W. Morris'라고 그의 친우인 이가와 쿄井川恭(후에 쓰네토 쿄恒藤恭)에게 보낸 편지(8월 31)에서 밝히고 있지만 그렇게 순조롭게 논문이 진행되었던 것은 아닌 것 같다.[27]

---

24 駒尺喜美(1972), 『芥川龍之介の世界』, 法政大学出版局.
25 조경숙(2007), 「아쿠타가와 류노스케의 사회의식-『겐가쿠 산보』을 중심으로」, 『일본학보70』, 한국일본학회.
26 松澤信祐(1999), 『新時代の芥川龍之介』, 洋々社.
27 구메 마사오久米正雄는 그의『숨겨진 일중부시의 천재隱れられる-中節』에서 아쿠타가와의 논문에 대해서 "처음 쓰기 시작했을 때는 'William Morris, as Man and Artist'였지만 10일 정도 지나서 만나자 'as a Poet'로 축소됐다고 하고, 그 후 5일 정도 지나니 'Young Morris'로 점점 퇴각해 갔다. 나루세成瀬와 우리들은 아쿠타가와의 이 군비 축소를 보고 웃었는데 'Morris in teen'에서 'Morris as an infant'까지 퇴각하지 않고 잘도 버텼군."이라는 곳에서도 논문의 진행 과정을 엿볼 수 있다.

윌리엄 모리스는 19세기의 영국 시인으로 저명한 공예가, 건축가 등으로 잘 알려져 있다. 당시 영국의 산업혁명의 성과로 공장에서 대량 생산화 된 상품이 흘러넘치자 오히려 직공들은 프롤레타리아가 되고 노동의 기쁨과 수공예의 아름다움도 사라지게 되면서 사회 모순에 대한 자각들이 생기게 된다. 프롤레타리아를 해방하고 생활을 예술화하기 위해서 근본적으로 사회를 변화시키는 것이 불가결하다고 생각한 윌리엄 모리스는 마르크스주의를 열렬히 신봉하며 칼 마르크스의 딸인 엘리노 마르크스와 함께 행동을 같이 하기도 한 사회주의 사상가로도 널리 알려져 있다. 사회주의 사상을 예술 세계에서 승화시키려고 한 윌리엄 모리스에서 아쿠타가와가 예술, 즉 문학 속에서 사회주의를 표방하고자 한 말년의 프롤레타리아 문학에 대한 그의 자세가 떠오르는데, 그것은 그의 초기 문장 『닛코소품』에서부터 보이는 '형태뿐인 세계'인 예술을 비방한 예술관에서도 엿보인다. 즉 노동의 예술화라는 것인데 이것은 윌리엄 모리스가 프롤레타리아를 해방하고 생활을 예술화하려고 했던 것처럼 아쿠타가와가 『닛코소품』에서 노동자의 실생활 앞에서 감상적인 '비장한 생각'을 하면서 '형태뿐인 세계'를 꼬집는 심경이 그것과 일맥상통하고 있다고 말할 수 있을 것이다. 그리고 또한 그 심경은 언급했듯이 『라쇼몬』에서 저회하며 게닌이 도둑이 될 수밖에 없는 삶의 논리, 그 이면에는 사회적인 모순의 배태로 노파와 같은 삶의 논리가 생성되고 그것이 게닌에게로 이어지는 순환적인 구조가 암시된, 즉 일종의 '자연주의 문학으로서의 시도'로 볼 수 있지 않을까 한다.

4. 『라쇼몬』— 게닌과 노파의 관계

　『라쇼몬』은 아쿠타가와의 초기 문장은 아니지만 초기 습작에 가까운 작품이다. 실제로 아쿠타가와의 첫 작품을 『라쇼몬』으로 알고 있는 것은 구로사와 아키라黒澤明 감독의 영화 『라쇼몬』의 영향이 크다. 그렇지만 아쿠타가와 본인도 지적하듯이 실제로 문단에 등단한 첫 작품은 1916년의 『손수건』이다. 『라쇼몬』을 논할 때 가장 많이 거론되고 있는 것이 인간의 에고이즘이다. 그렇지만 게닌이 어떻게 도둑이 되어 가는지 그 과정을 자세히 살펴보면 하층민인 노동자의 모습이 중층적으로 발견된다.

　　작자는 좀 전에 '게닌은 비가 그치기를 기다리고 있다'고 썼다. 그러나 게닌은 비가 그쳐도 특별히 무엇을 해야 할 것도 없다. 평소라면 물론 주인집으로 돌아가야 한다. 그러나 그 주인에게 4, 5일 전에 쫓겨났다. (중략) 어떻게 할 수 없는 일을 어떻게 하기 위해서는 수단을 선택할 여유는 없다. 선택한다고 하면 길옆이나 길가 위에서 굶어 죽을 뿐이다. 아니면 이 라쇼몬 위에 개처럼 버려지고 말 뿐이다. 선택하지 않는다고 하면— 게닌의 생각은 몇 번이나 같은 길을 빙빙 돌고 돈 후에 겨우 이 곳에 봉착했다. 그러나 이 '한다면'은 아무리 시간이 지나도 결국 '한다면'이었다. 게닌은 수단을 가리지 않는다고 하는 것을 긍정하면서도 이 '한다면'의 결론을 짓기 위해서 당연히 그 뒤에 오는 '도둑이 될 수밖에 없다'라고 하는 것을 적극적으로 긍장할 만큼의 용기가 생기지 않았던 것이다.

　주인에게 쫓겨난 게닌이 앞으로 어떻게 살아가야 할지 그 과정을 찾기 위해 고민하고 있는데, 그것이 결과적으로 '도둑'으로 이어질 것이라는 것을 암시하고 있다. 그런데 여기서 게닌이 주인에게 쫓겨났는데 왜, 무엇 때문에 쫓겨났는지에 대해 명확히 설명되어 있지 않다. 단지 당시 기근과 지진 등 자연재해로 주인집도 어려움에 처했을 거라는 추측은 가능하지만 어쨌든 게닌은 주인의 일방적인 통보로 쫓겨났다. 그리고 여기서 주의할 것은 게닌은 자신이 게닌이기 때문에 쫓겨난 것에 대해 아무런 저항이나 반항을 하지 않는 무의식의 인물이라는 것이다.

그런데 쫓겨나기는 했지만 그 다음에 어떻게 살아가야 할지 그 길이 막막한데 게닌 그 자신이 선택해야 할 길은 길에서 굶어 죽든지 도둑이 되든지 하는 두 가지밖에 선택의 여지가 없다. 어쩔 수 없이 도둑이 되어야 하는 자연스러운 과정이 발생하는데 무의식의 수동적인 인물인 게닌이 도둑이 되려면 그 어떤 계기나 동기가 필요하다. 그것이 바로 시체의 머리를 뽑아 가발을 만들어 팔아 목숨을 연명해가는 노파와의 만남이다.

그 머리카락이 한 올 한 올 뽑힐 때마다 게닌의 마음에는 공포가 조금씩 사라져갔다. 그리고 그와 동시에 이 노파에 대한 극심한 증오가 조금씩 생겼다. ―아니, 이 노파에 대한이라고 하면 어패가 있을지도 모른다. 모든 악에 대한 반감이 시시각각으로 더 강해지는 것이다. 이때 누군가 이 게닌에게 좀 전에 라쇼몬 아래서 이 남자가 굶어죽을지 도적이 될 건지에 대한 문제를 다시 끄집어낸다면 아마 게닌은 아무 미련 없이 굶어 죽는 길을 택했을 것이다. 그 정도로 이 남자가 악을 미워하는 마음은 노파가 마루에 꽂아둔 소나무의 나무판처럼 의

기 좋게 타오르고 있는 것이다.

노파가 시체의 머리카락을 뽑고 있는 모습을 본 게닌의 심경 변화를 잘 보여주고 있다. 주인에게 쫓겨나 앞으로 살아가기 위해서는 도둑이 되는 것도 고려하고 있던 게닌이 시체의 머리카락을 뽑는 노파의 비도덕적인 모습을 보고는 게닌의 인간적인 '선'의 본능으로 돌아왔다. 그렇지만 게닌의 선은 생존 본능 앞에서 무기력해지고 있는데 그 중간적 매개체 역할을 노파가 하고 있으며 앞에서 언급했듯이 노파는 자신이 시체의 머리카락을 뽑는 데는 그 나름의 사정과 논리를 가지고 있다. 노파가 자신이 머리카락을 뽑는 시체는 뱀을 말려서 건어라고 속여 파는 아낙네였다, 그 아낙네가 거짓말 한 것은 살기 위해서이고, 자신이 그 아낙네의 머리카락을 뽑아 가발을 만들어 파는 것도 살기 위해서이고, 죽은 아낙네는 그러한 노파 자신의 행동을 이해해 줄 거라는, 굶어 죽지 않기 위해서는 어쩔 수 없다는 노파의 삶의 논리는 참으로 노동자의 모습이자 게닌이 앞으로 어쩔 수 없이 선택해야 할 '도둑'의 삶의 논리와도 같아 보인다. 그래서 게닌이 도둑이 되고자 하는 '용기'가 필요했을 때 노파가 필요한 것이다. 그런데 이 노파와 게닌의 입장은 오로지 하나, '살기 위해서'이다. 노파가 시체의 머리카락을 뽑아 생계를 이어가려는 행위는 정상적인 생활이 어려운 극한 상황에 처해있다는 것을 보여주며 이 상황에서 어떻게 벗어나는지 그 방법에 대해서는 노파에서 게닌으로 자연스럽게 이어지고 있다.

게닌은 재빠르게 노파의 옷을 벗겨 빼앗아 들었다. 그리고 발을 잡으며 달라붙는 노파를 거칠게 시체 위로 차버렸다. 사다리가 있는 입구까지는 불과 다섯 걸음 정도이다. 게닌은 빼앗은 회나무 색의 옷을 옆구리에 끼고 재빨리 어둠 속에 놓여 있는 사다리를 타고 내려왔다. 한동안 죽은 것처럼 쓰러져 있던 노파가 시체 속에서 발가벗은 몸을 일으킨 것은 한참 후의 일이다. 노파는 중얼거리는 것인지 신음하는 것인지 모를 소리를 내면서 아직 타고 있는 불빛을 의지해 사다리 입구까지 기어왔다. 그리고 짧은 백발을 옆으로 늘어뜨리며 문 아래를 살펴보았다. 밖에는 그저 칡흙 같은 밤이 있을 뿐이다. 게닌의 행방은 아무도 모른다.

노파의 행동에 분노를 느꼈던 게닌이 노파의 이야기를 다 듣고 노파 또한 살기 위해서 어쩔 수 없었음을 이해하고, 처음에 주인에게 쫓겨난 게닌 자신이 살기 위해서 어떤 수단을 취해야 할지를 고민하던 '용기'를 노파의 삶의 논리를 통해 인지한다. 그리고는 그 자신 또한 살기 위해서는 어쩔 수 없이 노파가 입고 있던 옷을 뺏는, 즉 도둑의 행동을 한다. 이것은 노파에서 여드름이 있는 젊은 게닌에게로 이어지는 악순환 속에서 노동자의 삶이 중층적으로 겹쳐지는 대목이 아닌가 한다. 그리고는 게닌의 행방을 알 수 없듯이 게닌의 모습을 노동자의 모습으로 본다면 이들 노동자들의 삶을 방관만 하고 있으면 결국에는 그들의 행방은 어쩔 수 없이 '칡흙 같은 어둠 속에서' 사회의 '악'적 존재인 '도둑'으로 이어질 수 있다는 것을 암시하고 있는 것처럼 보인다.[28]

---

28 아쿠타가와가 당시 사회주의에 대해 관심을 가졌다고 여겨지는 또 하나의 일례는 졸업 논문이다. 아쿠타가와의 졸업논문은 관동대지진 때 타버렸다고 알려져 있어

5. 『곤자쿠 모노가타리』에서 『라쇼몬』으로

그렇다면 『라쇼몬』이 어떻게 자연주의 문학으로서의 접근이 가능한지 원화와 비교해 가면서 좀 더 구체화해본다. 우선 원화와 『라쇼몬』의 차이는 아래 표를 참조한다.

	곤자쿠 모노가타리	라 쇼 몬
제 목	라세몬羅城門 위층에 올라가 죽은 사람을 본 도둑이야기	라쇼문羅生門
시작 부분	지방에서 도둑질 하려고 상경한 사내가 해가 지지 않아서 라쇼몬 아래 숨어 있다	어느 날 저녁 무렵에 한 게닌이 라쇼몬 아래서 비 그치기를 기다리고 있다.
라쇼몬 누각에 올라간 이유	많은 사람이 몰려오는 소리에	하루 밤 지내기 위해
시 체	전 마님	장사치 여자
마지막 부분	이 이야기는 그 도둑이 다른 사람한테 얘기한 것을 들은 이야기로 이렇게 전해지고 있는 것이다.	게닌의 행방은 아무도 모른다

이 두 이야기의 차이[29]에서 주목해보고 싶은 것은 이 이야기의 주된 등장인물이 '도둑'에서 '게닌'으로 개작되어 있다는 점이다. 게닌이라는 호칭이 봉건적인 주종 관계를 환기[30]시키는 것은 이미 4, 5일 전에 해고되었으면 더 이상 게닌이 아닌데도 불구하고 여전히 게닌으로 칭해지고 있다는 점이다. 이 게닌에게는 중층적인 구조가 엿보

서 추측밖에 할 수 없지만 그가 졸업 논문을 사회주의자로 유명하던 윌리엄 모리스(1834.3.24~1896.10.3)를 선택했다는 점은 주목할 만하다. 아쿠타가와의 졸업 논문의 제목은 'as Man and Artis->As a Poet->Young Morris'로 축소되었다.

29 『新編日本古典文学全集38 今昔物語集第四卷』(2006), 小学館과 『芥川龍之介全集第一卷』(1995), 岩波書店을 참조해 비교했다.

30 杉本優(1996), 『芥川龍之介 理知と抒情』, 有精堂.

이는데 첫 번째는 주인과 게닌의 관계, 두 번째는 노파와 게닌의 관계, 세 번째는 게닌이 도둑이 된다는 것이다.

먼저 주인과 게닌의 관계에서 보면 게닌이 왜 해고되었는지가 분명히 밝혀져 있지 않다. 물론 서두에서 지진, 태풍, 화재, 기근 등의 재해가 주인에게도 큰 피해를 주어 더 이상 고용인을 쓸 수 없게 되었을 가능성은 충분히 있지만 게닌이 주인의 해고에 대해 어떤 언급도 하고 있지 않다는 것이다. 이것은 봉건적인 주종 관계의 계급 사회에서 게닌의 발언권이 없을 뿐만 아니라 있을 수도 없다는 것을 단편적으로 보여주는 것이며 앞에서 언급했듯이 이러한 사회적 모순이나 구조를 해결하지 못한다면 게닌이 앞으로 어떻게 되어갈지 그 결과를 예측하고 제시해주는 것으로 해석 가능할 것이다.

두 번째는 노파와 게닌의 관계인데 노파는 게닌에게 있어 삶의 방향을 제시해주는 필요악의 존재로 등장한다. 주인으로부터 해고당한 게닌이 선택해야 할 삶의 방향은 굶어 죽을지 아니면 도둑이 될지 이 두 가지뿐이다. 선악에 대한 이분법적인 게닌의 윤리의식에서 굶어 죽을 것을 선택해야 하지만 노파의 삶의 논리는 게닌에게 현실에 대한 인식을 시켜줄 뿐만 아니라 생활 지침자로서의 역할도 하고 있다는 것이다.

세 번째는 게닌이 도둑이 될 수밖에 없는 것이다. 게닌은 피지배자와 지배자라는 이중적인 존재로 설정되어 있는데, 즉 주인－게닌의 관계에서 게닌은 피지배자적 입장이지만 게닌－노파의 관계에서는 지배자적 입장인 양면구조를 띠고 있으며 이 두 관계는 모두 '힘의 논리'로 연결되어 있다. 이것 또한 사회적 계급간의 단면도로 볼 수 있는데, 특히 주인-게닌의 관계는 노동을 제공하고 그 노동의 대가로 게닌은 자신의 삶을 영위해 나가고 있다. 그런데 어떠한 해결책도 제시되어 있지 않은 상황에서 해고 내지 그 관계를 파기해 버리면 게닌의 삶은 당연히 그 방향을 찾지 못하고 '칠흙 같은 어둠 속'으로 빠져 들 수밖에 없는 구조다. 그것이 이미 이『라쇼몬』에서 나타나고 있는 것이다. 그것은 결국 게닌이 나아가는 칠흙 같은 어둠의 세계는 이미 도둑이 될 수밖에 없는 논리와 정당성 내지 타당성이 내포되어 있는 것이며 그래서 원화에서의 도둑이『라쇼몬』에서 게닌으로 재탄생 되어야 하는 이유가 여기에 있는 것이다.

아쿠타가와는 서민들의 생활을 엿볼 수 있는 헤이안 시대의 설화집『곤자쿠 모노가타리슈』에서『라쇼몬』외에도『청년과 죽음』(1914),『코』(1916),『마죽芋粥』(1916),『떼도둑』(1917)등을 비롯해『로쿠노미야 아가씨』(1921)까지 다양한 소재를 취해 인간 심리를 파헤쳐 가는 현대적 해석을 시도하고 있다. 그런데 이러한 역사 소설을 즐겨 쓴 이유는 자주 인용되는『옛날』에서 확인할 수 있다.

지금 내가 어떤 테마를 취해서 그것을 소설로 쓰려고 한다. 그리고 그 테마를 예술적으로 가장 힘 있게 표현하기 위해서는 어떤 이상한 사건이 필요하게 된다. 그 경우 그 이상한 사건이 되는 것은 이상스럽기 때문에 오늘날의 이 일본에서 일어난 사건을 거론하긴 힘든데, 만약 무리해서 그것을 택한다면 많은 경우 부자연스러운 감을 독자에게 주어 그 결과 모처럼 선택한 테마까지 개죽음이 되어 버리게 된다. 그래서 이러한 곤란을 없애기 위한 수단으로 '오늘날 이 일본에서 일어난 사건으로는 쓰기 어렵다'고 하는 것이며, 옛날 것이든 (미래는 드물 것이다) 아니면 일본 이외의 곳에서 일어난 것이든 아니면 옛날에 일본 이외의 다른 곳에서 일어났던 사건이든 그러한 것을 선택할 수 밖에 없다. 내가 옛날에서 제재를 택하는 소설은 대체로 이러한 이유로 인해 부자연스러운 장애를 피하기 위해 무대를 옛날에서 찾았던 것이다.

여기서 아쿠타가와가 말하는 '부자연스러운 장애'를 피하기 위해 '옛날'에서 소재를 취했다고 하는 말을 받아들여 『라쇼몬』에 적용시켜보자. 대역 사건(1910)으로 인해 겨울 시기로 들어선 사회주의, 그리고 소위 다이쇼 데모크라시 속의 자본주의 사회에서 하층민들, 그들에 대한 관심과 사회적 모순을 그려내어야 할 자연주의 문학으로서의 역할이 '형태뿐인 세계'에 그치고 있다는 것에 대해 아쿠타가와는 『닛코소품』에서 그리고 그의 문학적 출발 선상에서 『라쇼몬』을 통해 '자연주의 문학으로서의 시'를 하고 있었던 것은 아닐까? 그래서 언급했듯이 도둑 대신 게닌이 필요했던 것은 아닐까 한다. 또한 노파의 옷을 빼앗아 어두운 밤 속으로 사라지는 '게닌의 행방은 아무도 모른다'는 이 유명한 마지막 구절 속에는 언급한 대로 사회적 구조의 모순을 그대로 묵과해두면 게닌의 행방은 도둑이 되어 『곤자쿠 모노가타리슈』에서 소재를 취해 도둑떼를 다루고 있는 『떼도둑』[31]과 같은 현상으로 나타날 가능성이 있다는 것을 보여주고 있는 것은 아닌가 한다.

---

31 三好行雄(1993), 『芥川龍之介論』, 筑摩書房.

6. 『라쇼몬』에서 『떼도둑』으로

'게닌의 행방'이 『떼도둑』으로 이어지고 있다는 것은 이미 잘 알려져 있다. '칠흙 같은 어둠 속'으로 사라진 1여 년 후인 1917년의 4월과 7월의 『중앙공론』에 발표된 『떼도둑』은 역시 『곤자쿠 모노가타리』에서 제재를 취한 역사 소설로 분류되는 아쿠타가와의 작품이다.

이노쿠마猪熊 할멈의 딸인 샤킨沙金을 주축으로 샤킨과 그의 남성 편력, 그리고 그로 인한 떼도둑 간의 애증과 갈등 관계는 마치 여성 편력적인 히카루 겐지를 내세운 헤이안 귀족 문화를 엿볼 수 있는 『겐지 모노가타리』와 대비된 헤이안 서민 '여자 히카루 겐지'를 연상하게 한다. 『떼도둑』에는 헤이안 말기 사람의 시체가 길옆에 버려져 있는 황폐한 수도의 마을을 배경으로 거기에 횡횡하는 한 무리의 떼도둑들이 한여름의 저녁 무렵에서 밤 그리고 새벽에 이르기까지 거의 하루 정도의 시간 속에서 일어난 일들이 그려져 있다. 샤킨과 떼도둑간의 애증 관계는 크게 세 가지로 나누어 볼 수 있는데 첫 번째는 의붓아버지와의 관계이다.

"나와 할멈은 아직 내가 좌병위부 게닌을 하고 있을 때부터 알고 있었지. 할멈이 나를 어떻게 생각한 것인지 그건 잘 몰라. 하지만 나는 할멈을 연모하고 있었지." (중략) "그러던 중 나는 할멈에게 정부가 있다는 것을 알았지." (중략) "그러는 동안에 할멈이 그 정부의 아이를 배었지. 그래도 그건 아무것도 아니야. 그저 놀란 것은 그 아이를 낳자마자 곧바로 할멈의 행방이 묘연하게 되었다는 거지. 다른 사람한테 물어보니 역병으로 죽었다거나 쓰쿠지로 갔다고 했어. 나중에 물어보니 뭐 나라 언덕 주변에서 일시 누군가에게 몸을 맡겼다는 것 뿐이야. 나는 갑자기 이 세상에 재미가 없어져 버렸어. 그래서 술도 마시고 도박도 하고 그리고 사람들과 함께 강도 짓도 하고 타락한 거지. 비단도 훔치고 했지만 그저 생각나는 것은 할멈뿐이었지. 그리고 15년 지나서 겨우 다시 할멈을 만나 보니 (중략) "만나 보니 할멈은 그 옛날의 할멈이 아니야. 나도 옛날의 내가 아니었어. 그런데 데리고 온 아이 샤킨을 보자 옛날의 할멈이 다시 돌아온 것 같은 흔적이 있는 거야. 그래서 나는 이렇게 생각했지. 지금 할멈과 이별하면 샤킨과도 이별해야 한다. 만약 샤킨과 이별하지 않으려면 할멈과 함께 있을 수밖에 없는 것이야. 그렇다면 할멈을 받아들이자." (중략) "그러면 옛날부터 오늘까지 내가 목숨을 걸고 생각한 것은 단지 옛날의 할멈 한 사람뿐이지. 결국은 지금의 샤킨이지."

의붓아버지인 이노쿠마 영감이 어떻게 샤킨을 만나게 되었으며 그리고 그 애증 관계가 어떻게 형성 되었는지 이노쿠마 영감의 입을 통해서 서술되고 있다. 자신의 의붓딸을 범한 '짐승'같은 이노쿠마 영감이 타로太郎에게 붙잡혀 위의 인용문에서 보이듯이 목숨을 구걸하며 늘어놓는 말에서, 이노쿠마 할멈에 대한 이노쿠마 영감의 마음은 순정에 가까운 연모의 정을 가진 순수한 마음이 지금은 도둑떼들 중에 가장 야비하고 '짐승'같은 이노쿠마 영감으로 변하게 된 그 대조적인 경과를 알 수 있다. 그리고 두 번째는 샤킨과 타로의 만남이 어디서 형성이 되었는지 타로의 회상을 통해서 나타난다.

생각해보니 바로 어제 일같이 여겨지는데 실은 벌써 1년 반이나 지났다. ─ 그 여자가 도둑질한 죄로 검사관의 손에서 감옥으로 보내졌다. 내가 그것도 아주 사소한 것 때문에 감옥에 오게 되었는데 그 여자와 감방을 사이에 두고 서로 이야기하는 사이가 되었다. 그리고 그러한 이야기를 계속하게 되면서 자연스럽게 신상 이야기까지 서로 털어 놓게 되었다. 그리고 이노쿠마 할멈과 한패의 도둑들이 감옥을 부수고 그 여자를 구출해낸 것을 나는 못 본 척하고 눈감아 주었다.

그리고 세 번째는 지로次郎가 어떻게 떼도둑이 되었는지 역시 타로의 회상을 통해서 나타난다.

그러자 갑자기 어느 날 치쿠고의 국사인 하급 관리였던 남동생이 도둑의 누명을 덮어쓰고 감옥에 갇혔다는 소식을 들었다. 방면이 된 나는 옥중의 괴로움을 누구보다도 잘 알고 있었다. 나는 아직 근골도 제대로 붙어 있지 않은 동생의 신상이 남일 같지가 않았다. 그래서 샤킨에게 상의했더니 그 여자는 아무렇지도 않게 "감옥을 부수어 버리면 되잖아."라고 한다. 옆에 있던 이노쿠마 할멈도 그렇게 말했다. 마침내 나는 각오를 하고 샤킨과 함께 5, 6명의 도둑을 모았다. 그리고 밤중에 감옥을 덮쳐 어려움 없이 동생을 구출해 냈다. (중략) 그 다음 날부터 나와 남동생은 이노쿠마 샤킨의 집에서 사람 눈을 피하는 신세가 되었다. 검사관의 눈에는 정직하게 살아도 위험스러운 자이니 죄를 지으나 짓지 않으나 똑 같이 보이는 것이니까 일단 한 번 죄를 범하고 나니, 어차피 죽을 것이라면 하루라도 더 오래 살자. 그렇게 생각한 나는 드디어 샤킨이 시키는 대로 동생과 함께 도둑 패거리가 되었다.

형 타로와 지로가 샤킨의 도둑떼에 들어오게 된 것이 서술되어 있는데, 이렇게 해서 샤킨과 이노쿠마 영감, 타로 그리고 지로를 둘러싼 애증 관계가 복잡하게 얽혀져 가게 된다. 그런데 이 『떼도둑』에서 주목하고 싶은 것은 이런 복잡한 애증 관계가 왜 형성이 되었는지 왜 그들이 도둑이 되었는지, 그 가장 근본적인 원인이 무엇인가 하는 것이다. 『떼도둑』의 구성상 이노쿠마 할멈과 샤킨이 도둑떼의 중심이 되어 있지만 이 둘이 떼도둑의 핵심이 된 이유는 이노쿠마 할멈의 정부인 지방 귀족에게 있다. 인용문에서 언급되어 있듯이 이노쿠마 할멈이 떼도둑이 된 원인은 지방 귀족의 정부였기 때문이고, 이노쿠마 영감이 그렇게 된 것은 이노쿠마 할멈 때문이다. 그리고 타로와 지로 형제가 도둑이 된 이유 또한 마찬가지이다. '아주 사소한 일로 감옥'에 가게 된 타로와 '도둑의 누명'을 쓰고 감옥에 가게 된 지로가 도둑이 된 데는 샤킨과의 관계가 있기 때문이다.

즉 이들이 떼도둑이 된 관계도를 다시 한 번 정리해보면 이노쿠마 할멈과 딸 샤킨은 지방 귀족에 의해, 이노쿠마 영감은 이노쿠마 할멈과 샤킨에 의해, 타로는 샤킨에 의해, 그리고 지로는 타로를 통해서이다. 이들의 긴 쇠사슬처럼 얽힌 관계도는 사회의 모순으로 대변될 수 있는 지방 귀족에 의해 생겨난 것이다. 다시 말하자면 지방 귀족으로 대변될 수 있는 상층 계급으로 인해 이노쿠마 할멈으로 대변될 수 있는 하층 계급의 삶은 그 출발선상에서 일그러져 많은 사회적 모순을 껴안은 이노쿠마 영감, 타로와 지로 등과의 해후로 이어지는 사회의 부조리와 모순을 껴안고 있다. 특히 "정직하게 살든 죄를 짓고 살든 '검사관'의 눈에는 다 똑같이 보인다."라는 인용문은 사회의 잣대가 어떠한 것인지를 단적으로 보여주는 부분인데 그로 인해 타로와 지로 형제가 '도둑'이 될 수밖에 없는 매개체가 되었다는 것도 알 수 있다. 이들이 도둑떼에 들어갈 수밖에 없는 이유는『라쇼몬』의 게닌이 도둑이 될 수밖에 없는 논리와 상통하고 있는데 그들을 저회하고 있는 것은 언급되어 지지 않은 사회의 모순과 부조리와 깊은 관련이 있다는 것 또한 엿볼 수 있는 부분이기도 하다.

아쿠타가와에게 있어『라쇼몬』은 작가로서 그리고 도쿄제국대학의 졸업을 앞둔 사회인으로서의 출발선상에서 연애 사건과 더불어 그의 인생에서 커다란 의미가 부여될 수 있는 작품이다. 그것은 본고에서 살펴보았듯이『라쇼몬』전의 초기 작품들에서 어둡게 드리워지고 있는 생사의 문제가 새로운 국면을 맞이하여 강한 생의 의지로 반전하고 있는 것이『라쇼몬』에 구현되어 있다고 볼 수 있기 때문이다. 또 작가로서의 출발선상에서 당시 '형태뿐인 세계'인 자연주의 문학에 대한 아쿠타가와의 강한 작가적 의식이 도둑의 길로 들어갈 수밖에 없는 논리가 내포된 게닌과 샤킨, 이노쿠마 할멈과 영감, 타로와 지로 형제들을 통해 사회의 모순과 부조리를 그 자신만의 '자연주의 문학으로서의 시도'로 현재화한 것으로 볼 수 있을 것 같다. 그래서 아쿠타가와의『라쇼몬』은 그의 문학 원점을 논할 때 그리고 그의 인생관을 논할 때 가장 많이 언급되는 작품인 이유이고 또 본고에서 고찰해야 할 문제의식이었는지도 모르겠다. 그렇다면 본고에서 고찰한 도둑이 될 수밖에 없는 게닌과 샤킨을 비롯한 그 외의 도둑들은 영원히 도둑이 될 수밖에 없는 것인가? 또한 그들을 도둑으로 만든 사회적 모순과 부조리에 대한 아쿠타가와의 해결책은 할멈과 같이 살기 위해서는 어쩔 수 없다는 논리뿐일까? 그것은 앞에서 살펴본『닛코소품』에서의 따뜻한 마음과 그리고『떼도둑』에서 벙어리인 아코기阿濃

가 낳은 아기를 바라보는 도둑들의 따뜻한 시선에 저류하는 휴머니즘으로 도출될 수 있을 것이다.

결론을 대신하며

메이지기 아동 잡지 『소년세계』와 조선
그리고 시대적 원체험

아쿠타가와 류노스케와 시대
그리고 그 이율배반

『소년세계』[1]는 청일전쟁 중인 1895년 1월 1일에 창간되어 1933년까지 출판된 종합 아동 잡지이다. 아동 문학을 창시한 이와야 사자나미巖谷小波를 주필로 맞이하여『유년잡지幼年雜誌』,『일본의 소년日本之少年』,『학생필전쟁터學生筆戰場』등의 기존의 유소년 잡지를 통합하여 국수주의적 성격이 짙은 박문관[2]에서 창간하였다. 구성은 논설, 사전史傳, 과학, 소설, 유희遊戱, 문학, 기서寄書, 잡록, 전시화담戰時畵談, 학교 안내, 유람 안내, 신간 안내, 시사 등 다

---

1 아쿠타가와와『소년세계』의 관련에 대해서는 아쿠타가와의 어릴 적 친구, 즉 초기 문장에서『신짱에게』의 '신짱'이던 노구치 신조野口眞造(1956.12~1957.4.)의「류노스케회상기」,『풍보風報』; 荒木正純・上石實加子(2001.11),「芥川・『少年世界』・キップリング」,『明治から大正へ メディアと文学』, 筑波大学近代文学研究会; 曺慶淑,「日露戰爭と芥川龍之介の政治意識『少年世界』を中心として」,『声・映像・ジャーナリズム』, フェリス女学院大学日本文学国際会議, フェリス女学院大学에서 지적하고 있으며 본서의 제1부에서도『소년세계』에 게재된 오시카와 순로의『절도통신』을 그대로 모방한 아쿠타가와의 초기 문장을 통해 살펴보았다. 따라서 본 장에서는『소년세계』의 조선상을 통해서 아쿠타가와의 시대적 원체험의 배경을 유추해 보고자 하는 것이다.

2 메이지 시대에는 부국강병의 시대 풍조를 따라 수많은 국수주의적인 잡지를 창간하며 인쇄소, 광고회사 등 관련기업을 연이어 창업하고 일본 최대 출판사로서 융성하였으며 출판 왕국이라고 일컬어졌다. 청일전쟁에서 러일전쟁을 거쳐 이어진 박문관의 황금기는 일본의 대외전쟁과 그에 따른 제국주의적 발전에 발 빠르게 대응한 박문관의 출판 전략이 결정적 역할을 했다. 특히 청일전쟁 발발 직후부터 박문관은 다른 출판사들 보다 앞서서 "일청전쟁실기"와 같은 출판물을 통해 전쟁과 그에 따른 제국주의적 발전에 대한 국민적 관심과 지지를 출판물의 성공으로 전환했다. 함동주(2010),「일본제국의 성립과 박문관의 출판활동」,『동양사학연구 제113집』, 동양사학회.

양하였다. 출간되자마자 폭발적인 인기를 얻었고 순식간에 고정적인
독자층을 형성하였다.『소년세계』는 그들의 독자를 '소년'[3]으로 상정
했지만 다양한 구성과 내용으로 읽을거리가 부족했던 당시의 성인들
을 흡수하기에도 충분했다. 『소년세계』의 연구는 최근 아동에 대한
연구가 활발해 지면서 보다 구체화되고 체계화되어가고 있다. 사상
연구자로 잘 알려진 나리타 류이치成田龍一는『소년세계』를 1900년 전
후의 도시 공간 속의 공동체와 차이로 분석하며『소년세계』가 어떻
게 '우리들'과 '그들'을 구분 지으며 독자들에게 '국민'으로서의 '공동
체 의식'을 형성시키고 있는지를 논하고 있다.[4]『소년세계』의 '공동체
의식'은 청일전쟁을 통해 형성되어 가기 시작하여 '우리', '국민', '신민'
의식으로 이어지고 러일전쟁 중에는 최고조기에 달했다. 이러한『소
년세계』의 '공동체 의식'은 주변국인 중국과 조선을 문명과 야만이라
는 이중 잣대로 평가하는 기준이 되었다. 특히 조선에 대한『소년세
계』의 인식은 제국적 욕망과 맞물려 있다. 일본의 조선 인식은 19세
기 후반부터 몇 차례의 변화를 거치는데 시기적으로는 청일·러일전
쟁 그리고 한일합방(1910) 전후로 나눌 수 있다.『소년세계』의 조선
인식도 마찬가지이다. 여기에 대한 연구[5]는 최근에 활발해지기 시작

---

3 여기서 말하는 소년은 만 6세 이상에서 17세 미만의 소년으로 여자아이도 포함되어
  있다. 田嶋 一(1994), 「「少年」概念の成立と少年期の出現―雑誌「少年世界」の分析を通
  して」, 国学院雑誌95―7, pp.1~15, 国学院大学総合企画部.
4 成田龍一(1994), 「『少年世界』と読書する少年たち」, 『思想』, 岩波書店.
5 오타케 기요미(2003), 「「조선동화」와 호랑이―근대 일본인의 「조선동화」 인식」, 동
  화와 번역5, 동화와 번역 연구소; 大竹聖美(2003), 「明治期少年雑誌に見る朝鮮観―日
  清戦争(1894)~日韓併合(1910)前後の『穎才新誌』・『少年園』・『小国民』・『少年世界』」,
  朝鮮学報188; 柳 宗伸(2005), 「おとぎ話にみる文化ナショナリズム : 雑誌『少年世界』
  の巌谷小波のおとぎ話分析」, 『言語・地域文化研究11』, 東京外国語大学大学院 総合国
  際研究科.

했는데 본 장도 그 선상에서 『소년세계』에 보이는 조선과 관련된 자료를 통해 살펴본다.

1장 진구황후 신화의 사실史實화

『소년세계』의 창간호 권두호에는 황태자(다이쇼 천황)의 초상화(그림1)와 표지(그림2) 그리고 진구황후 삼한정벌(그림3)이 실려 있다.

그림1   그림2

서양식 제복을 입은 황태자의 초상화의 그림1은 독자들에게 『소년세계』의 권위와 친숙함을 동시에 보여준다. 1868년 도쿠가와 바쿠후가 천황에게 권력을 이양한 후 메이지 정부는 천황의 신격화를 추진해 천황과 황실은 일본의 권력과 권위가 된다. 그 권력과 권위의 상징인 황태자가 『소년세계』의 창간호 권두호를 장식한다면 『소년세계』는 자신들의 권위와 입지를 자연스럽게 간접적으로 어필할 수 있을 것이다.

　그림2에는 『소년세계』의 취지와 구성이 한 폭의 그림처럼 그려져 있다. 1895년 창간 당시의 일본을 단면적으로 보여주고 있다. 서양적인 것과 일본적인 것의 조화가 잘 매치되어 있는 의장은 일본의 '고상'하고 '귀족적'[6]인 풍경으로 그 구성이 한 눈에 들어온다. 전체적으로는 개화된 일본, 문명화된 일본의 모습이 상징적으로 나타나 있다. 중앙부에는 중요한 목차가 있고 아래의 빈 공간에는 지구본, 만개한 벚꽃, 쌍안경, 악보, 악기, 검, 도서, 앨범 등이 서구화된 일본의 이미지를 그대로 나타내고 있다. 커다랗게 부각되어 있는 지구본과 그 아래의 쌍안경은 서구화된 일본의 단적인 모습을 나타내고 있는데 악보 뒤에 숨은 듯이 가려져 있는 검이 그것을 더욱 부각시키는 작용을 한다. 표지 상부에는 상징적인 후지산이 있고 그리고 그 위에 펼쳐진 부채 일면에 『소년세계』의 잡지명이 크게 자리를 차지하고 있다. 청일전쟁 중에 『소년세계』가 창간된 시대적 배경과 이전의 여러 군소 잡지를 통합해 구성한 『소년세계』의 당찬 포부가 그대로 드러나 보인다.

6　木村小舟(1949), 『明治篇上巻少年文學史』, 童話春秋社.

神功皇后三韓征伐之圖

그림3

그림3에는 언덕 위에서 짐승 모피를 밟으며 팔을 들고 있는 진구황후가 바다에 떠있는 배들과 신하들을 내려다보고 있다. 그 앞에는 화살통을 메고 있는 신하가 무릎을 꿇고 있다. 그리고 그 그림 하단에는 진구황후의 삼한정벌이라고 부기되어 있다. 이 그림은 신화를 일축한 그림으로 삼한 정벌을 나서기 전의 진구황후의 모습인데 거기에서 이미 창간호에 드러난 제국적 욕망이 보인다. 이 권두호의 그림은 본 구성의 『사전史傳』에서 해제로 이야기 형태로 풀고 있다. 출산에 임박한 진구황후는 세상으로 나오려는 아이를 돌로 배를 눌러 나오지 못하도록 한다. 그리고 바다를 건너 삼한으로 건너가 정벌한다. 삼한의 왕들은 싸우지도 않고 진구황후에게 무조건 항복하며 조공을 바치겠다고 한다. 그래서 진구황후는 그 약

속을 받아내고 일본으로 돌아와서 아이를 낳았다라고 하는 동화 속에서나 있을 법한 이야기이다. 그런데 이 이야기는 일본이 조선의 침략을 정당화할 필요가 있을 때면 반드시 거론되어 사실화史實化로 나타나고 있다.[7]

그림4

진구황후의 신화는 한일합방이 이루어진 1910년의 『소년세계』 16권 13호(1910년 10월)에 다시 반복 게재된다. 한일합방을 기뻐하며 독자들에게 앞으로 조선과 일본이 어떻게 나가야 하는지를 밝히고

7 호사카 유지保坂祐二(1998) 「길전송음의吉田松陰 조선침략론에서본朝鮮侵略論 명치신정부明治新政府 초기初期 대한정책對韓政策 = 吉田松陰の朝鮮侵略論から見た明治新政府の初期對韓政策」, 『일본학보41』, 한국일본학회.

있는 「조선의 병합과 소년의 각오」(그림4)에는 한일합방의 당위성에 대해 억지 이론을 내세우고 있다. 청일·러일전쟁은 모두 조선을 위한 것이다. 정한론자인 사이고 다카모리가 나라를 어지럽히며 일으킨 반정부 내란인 세이난 전쟁(1877)도 조선을 위해서이다. 도요토미 히데요시의 조선출정(임진왜란)도 진구황후의 출정도 모두 한일합방을 위한 것이다. 이제야 비로소 제국 2천년 이래의 목적을 겨우 달성한 것이다. 일본의 소년은 제국을 확장하고 책임져야 하는 임무가 있다. 소년이 제2의 국민인 만큼 새로운 제국의 미래가 소년에게 달렸다. 조선의 소년은 이제는 일본인이 되었으니 새로운 공기와 새로운 지식을 축적해 새로운 일본의 미래를 위하여 복리를 계획해야 하며 그러기 위해서는 일본어를 배우는 것이 급선무다라는 내용으로 한일합방을 자축하는 지면 위에는 두 마리의 새가 나란히 날고 두 마리의 닭이 한 곳을 바라보고 있다. 지면 아래는 일장기를 배경으로 한 '이

왕전하'와 '데라우치 총감'의 사진이 실려 있다. 그리고 이어지는 「새로운 영토 조선은 옛날부터 제국과 어떤 관계인가」라는 곳에서 삼한정벌을 한 진구황후의 신화가 다시 역사화(그림5)되어 나타난다.

그림5에서 진구황후가 큰 활을 한 손으로 잡고 또 한 손은 어딘가를 가리키고 있다. 그 아래에는 아기를 안은 신하의 모습이 보이며 뒤에는 한 그루의 나무가 배경이 되어 있다. 창간호의 권

그림5

두호에 실린 그림은 삼한정벌을 떠나는 진구황후의 모습이었는데 그림5에는 아이가 있는 것으로 보아 이미 삼한을 정벌한 후의 진구황후의 모습이 실려 있다. 조선과 관련된 역사적 사건이 있을 때 이렇게 진구황후의 삼한정벌의 그림과 이야기는 자연스럽게 반복되어 나타난다. 반복은 독특한 것을 보편화시키거나 일반화시킬 수 있다. 망각되어 있던 것은 반복을 통해 실제적인 힘을 가지게 되기 마련이다. 반복은 진구황후가 과연 돌로 배를 막아 출산을 지연시킬 수 있었을까 라는 단순한 문제제기조차 차단시켜 버리는 힘이 있다. 조선의 식민지화를 정당화하며 역사적 사실로 부각되는 진구황후의 삼한정벌 신화는 아동 잡지『소년세계』에서도 예외가 아니다.

2장 삽화와 비교를 통한 '조선소년'의 변용

1895년 창간호에서 1910년의 제16권까지를 시야에 넣어 조선과 관련된『소년세계』의 자료를 살펴보면 다음과 같다.

제1권 1호-권두호사진과 해제-삼한정벌
제1권 2호-(잡록) 조선옛날이야기
제1권 3호-(잡록) 조선옛날이야기
제1권 13호-(시사) 조선독립서(誓)고회
제1권 11호-(시사) 조선의 풍운

제2권 6호-(시사) 조선학생의 도주

제2권 10호-(시사) 조선의 유학생

제2권 5호-(시사) 조선학부대신의 훈령

제2권 19호-(잡록) 조선부산포

제4권 2호-(사진동판) 조선정벌

제6권 4호-(권두호 사진과 기사) 조선한남학당

제7권 3호-(기사) 호랑이 가죽

제7권 12호-(권두호) 한국경성학당강사급학생총원,
　　　　　(잡록) 한국경성학당

제7권 16호-(권두호) 한국인천소학교학생수학여행
　　　　　(기사) 조선의 유년세계

제8권 3호-(권두호) 대한국 효자암과 동국행상(기사),
　　　　　(기사) 사계의 호랑이

제8권 6호-(기사) 조선성진의 호랑이 사냥

제10권 5호-(기사) 일한 약속(아리), 일본과 조선

제10권 8호-(기사) 압록강

제10권 11호-(사진동판) 인천의 초등학교

제10권 12호-(기사) 한국의 고물채집

제11권 2호-(기사) 경성의 문부수기

제11권 3호-(봄의 역사계)조선정벌 (세계만유) 조선

제11권 10호-(기사) 조선의 소년

제11권 12호-(기사) 조선토산

제11권 14호-(기사) 조선아동의 유희

제13권 10호-(권두호) 한국의 신황제와 전황제

제13권 16호-(권두호) 동궁전하 한국행

제14권 2호-(권두호) 한국황태자

제15권 15호-오! 이토공작

제15권 16호-이토공 조난전말

제16권 13호-(권두호) 왕세자 이곤전하,

　　　　　(읽을거리) 영토확장/제국만세, 조선병합 소서,

　　　　　조선병합과 소년의 각오, 신영토와 제국과의 관계,

　　　　　호랑이 대신

제16권 15호-(읽을거리) 조선반도의 일본부

제16권 16호-(읽을거리) 조선반도의 일본부

　조선과 관련된 기사가 많이 보이는 것은 청일전쟁이 있었던 1895년에 간행된 제1권과 러일전쟁이 있었던 1905년의 제11권과 그 전후이다. 조선을 일컫는 명칭은 조선, 한국, 대한국 등으로 표기되어 있고 내용은 권두호의 사진 게재와 삽화를 포함한 다양한 정보와 이야기, 역사, 조선에 거류 중인 일본인의 조선경험, 일본에 거류 중인 조선인 등 다양하다.

　그런데 이러한 조선과 관련된 기사는 역사적 사건과 더불어『소년세계』의 조선 인식으로 나타나 변화되어져 있다.『소년세계』에서 조선과 관련된 기사가 가장 먼저 보이는 것은 창간호(1895년 1월)에서 게재된「풍속화담風俗畵談」이다.「풍속화담風俗畵談」은 그림과 이야기로 풀어 조선인의 모습을 보여주고 있는데, 부재로는 '조선의 유희'와 '낚시'(그림6)로 되어 있고 거기에 삽화를 덧붙이고 있다. 삽화는 조선과 관련된 자료 대부분에 나타난다. 게재 내용의 이해를 좀 더 효과적으로 활용하기 위한 삽화의 시각표현은 실제로는 문자보다 더 강한 이미지로 남을 가능성이 많다.[8] 그 내용을 살펴보면 다음과 같

8 藤本 芳則(2010),「『少年世界』創刊時の視覚表現―『小国民』との相違からの考察」,『国

다. 조선 어린아이들의 특징은 유순하여 서양아이들보다 사랑스럽지만 활발한 모습은 보이지 않는다. 어린 아이들의 유희로는 장기(잘 둔다), 연 날리기(그림7), 팽이(표8), 주사위(병사들만 가능, 밤새도록 카드놀이를 하고 그 다음날 꾸벅 존다), 카드, 공차기 활쏘기 놀이(국가에서도 권장하며 꽤 잘 쏜다) 등이 있다고 간략히 소개하고 있다. 얼음 구멍에 낚싯대를 드리우고 깨어진 얼음조각 위에 뭔가를 뒤집어쓰고 있는 그림6의 조선인과 연을 날리고 있는 그림7의 소년들 그리고 팽이치기를 하며 놀고 있는 그림8의 아이들 모습은 조선인이라기보다는 중국인을 연상하게 하는데[9] 그 머리 모양에서 그러한 추측이 가능하다. 그렇지만 여기에는 비판적인 내용이나 비난적인 어조는 보이지 않는다.

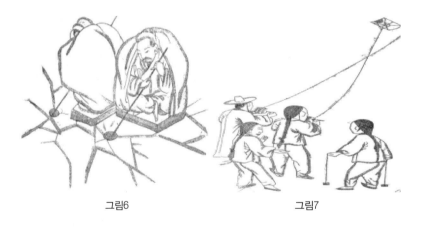

그림6   그림7

9 『소년세계』에 보이는 중국에 대한 일본의 시각은 조선을 바라보는 시각과 거의 다르지 않다. 야만, 후진, 불결, 문맹 등의 이미지가 따라 다닌다. 久保田 善丈(2003), 「欲望としての近代中国イメージ―『少年世界』『蒙学報』にみる「オリエンタリズム」の行方」, 『歴史評論638』, 校倉書房.

그런데 제7권 16호(1901년 12월)
의 「조선의 유년세계」에는 비판
적인 시각이 나타나기 시작한다.
전체적인 부제를 들어보면 '아
기들 세계', '유희세계', '남자와
여자', '초등학교와 서당', '아이
가 담배를 피운다', '일본어 학
교', '게으른 인간', '성인聖人으로

그림8

공격하면 꼼짝 못한다', '조혼의 기이한 풍습', '조선에 태어난 일본의
아이들', '일본인 아이들과 조선인 아이들', '조선의 귀신'이다.

내용은 초반부에는 조선의 아기, 소년과 소녀, 유아 남녀, 교육
과 조혼에 대한 것이 많다. 후반부에는 문명과 야만이라는 이분법적
인 도식화로 일본의 소년과 조선의 소년을 비교하고 있다. 먼저 조선
의 아기들에 대한 내용을 보도록 한다. 어린 아기들은 보통 언니나
오빠가 돌보는데 언니는 아기를 업고 있다가 친구들과 놀 때 길바닥
에 내려놓는다. 노는데 정신이 없어 아기가 어떻게 되는지 신경도 쓰
지 않는다. 아기는 혼자 울다가 똥을 싸서 그것을 입으로 먹기도 하
고 온 얼굴에 바르기도 한다. 개가 와서 아기 손과 입에 묻은 것을
핥아서 청소해 준다. 다 놀고 난 후 언니는 아기를 업고 집에 가 엄마
에게 아기를 건네준다. 아기는 개가 핥았던 그 입으로 엄마 젖을 먹
고 그대로 잠이 든다. 전체적인 내용은 간단하지만 여기에는 조선의
아동이 어떻게 자라서 어른이 되는지에 대한 이미지 형성이 보인다.
조선의 언니오빠는 어린 동생을 내버려 두고 놀기만 하는 무책임한

아이들이고, 조선의 아기들은 자신들의 분비물을 핥아 먹는 개와 동격의 문맹국의 야만적인 아동의 이미지이다. 그렇게 불결하게 자란 조선아기들은 조선 아이들이 되고 그리고 조선의 어른이 된다는 생성 고리가 자연스럽게 형성된다.

그림9   그림10

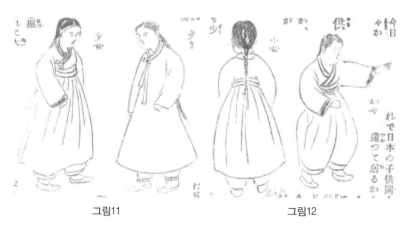

그림11   그림12

그림9에서는 초가집과 머리에 뭔가를 이고 있는 두 아이, 그림10

그림13

에서는 일찍 결혼해 아내와 남편이 있는 소년과 소녀의 모습을 그리고 있다. 긴 곰방대로 담배를 피우고 있는 결혼한 소년과 큰 삿갓을 쓰고 있는 결혼한 소녀의 모습이 긴 곰방대와 큰 삿갓처럼 위화감을 준다. 그림

11은 소녀와 소년의 모습, 그림12는 바지를 입은 어린 여자아이와 치마를 입고 머리를 땋은 소녀, 그림13에서는 웃옷을 벗은 어린 여자아이와 어린아이가 그려져 있는데 이 삽화는 그림7, 8에서 보이는 조선인의 모습보다는 훨씬 조선인에 가깝다. 조선의 소년과 소녀들은 조혼의 풍습이 있어 일찍 결혼을 한다. 소년들이 담배를 피우는 것은 일반적인 현상이고 교육도 제대로 되어 있지 않다. 교육이라는 것은 여전히 천자문 등의 중국 영향에서 벗어나지 못하고 있다. 그래서 조선에서는 중국의 성인들 말을 인용하면 권위가 선다. 이러한 기사에서 보이는 조선소녀와 소년의 이미지는 이미 서구화된 교육과 문화를 접한 『소년세계』의 독자들에게 문맹과 야만이라는 이분법적인 시각으로 조선을 접하도록 만들고 있다. 러일전쟁은 일본이 서구와 치른 첫 대외전쟁으로 그 어느 때보다 강한 내셔널리즘으로 국민들을 무장시켰고 『소년세계』도 동일하다.[10]

러일전쟁 중인 1905년 8월의 『소년세계』(11권의 10호)에는 「조선

---

10 조경숙(2008), 「아쿠타가와 류노스케와 러일전쟁」, 『일어일문학연구67-2』, 한국일어일문학회.

의 소년」이 소개되어 있다. 일본의 소년이 담배를 피울 수 있는 것은 18세가 지나야 된다고 한다. 조선의 소년은 나이에 관계없이 담배를 핀다. 그리고 조선은 소년과 어른의 구분이 없다. 조선의 소년은 나이와 상관없이, 결혼 여부에 따라 소년이 어른이 된다. 아무리 나이가 많아도 결혼하지 않으면 어른이 되지 못하고 소년으로 취급을 받는다. 조선인은 담배만 피우고 게으르며 교육을 받지 못해 어른들은 바보가 된다. 어릴 적에 똑똑했어도 결혼해서 계속 담배만 피우고 교육을 받지 못하니까 어른이 되어도 노는 것 밖에 할 줄 모르는 바보가 된다. 아침부터 밤까지 곰방대를 손에서 놓지 않고 담배만 피우는 게으른 어른들처럼 교육을 받지 못하면 조선인은 문맹인이 되고 가난해 진다. 그래서 결국 나라도 약하게 되어 일본인, 중국인, 러시아인에게 고개를 들 수 없게 된다. 이렇게 조선과 일본의 소년을 비교하며 일관된 것은 비판적이 어조다. 여기서 보이는 조선과 조선인에 대한 서술과 논조는 이미 러일전쟁에 승리한 일본이 조선을 식민지화하고자 하려는 그들의 야욕을 보여주고 있는 것과 일치한다.

그런 내용을 게재하면서 그 아래에는 그림14의 조선 무관의 귀인과 그림15의 조선 상류층의 소년들의 실제 모습을 담고 있는 사진을 싣고 있다. 똑똑해 보이는 무관과 상류의 소년들이라고 소개하지만 이들 소년들이 교육을 제대로 받지 못해서 결국에는 나약하고 게으른 어른이 되어간다고 덧붙이고 있다.

제11권 12호(1906년 9월)에서는 조선에 가 본 적이 있는 한 군인의 조선관이 드러난 「조선선물」이 있다. 동아시아의 강자인 청나라와의 전쟁에서 승리한 청일전쟁, 서구와의 첫 대외전쟁인 러일전쟁

그림14 무관의 귀인　　　　　　그림15 상류의 소년

에서의 승리는 자연스럽게 군인들을 우상화하게 되고 그들의 권위는 극대화가 된다. 그러한 군인이 조선에 가보고 난 후에 들려주는 이야기는 그 어떤 다른 이야기보다 사실적이며 신빙성을 가져다주는 효과가 있을 것이다. 「조선선물」에는 망하는 국가와 흥하는 국가의 모습을 소년의 교육과 역사를 보면 알 수 있다는 전제를 내세우며 일본과 조선을 비교하고 있다. 여기서도 조선은 역시 교육이 되어 있지 않은 나라며 그래서 결국은 망할 수밖에 없다는 논을 내세우고 있다. '일본은 어떠한가', '반대로 조선은 어떠한가'라는 비교 논법으로 조선의 문맹에 대한 이전의 평가들과 동일선상에 서 있다. 조선의 어른들은 담배만 피우고 아이들은 교육을 받지 않고 놀기만 한다. 일본의 아이들은 어릴 적부터 교육을 받아 일본의 역사를 열심히 배운다. 일본의 역사는 충신열사와 영웅호걸로 가득 차 있어 이를 읽고 배워 충군애국 정신을 기른다. 그것은 모두 교육 덕분이다. 그래서 청일·러일전쟁에서 승리할 수 있었으며 어릴 적부터 배운 교육은 대일본제국의 힘이며 동양 제일의 나라, 나아가서 세계 제일의 나라가 되는 기반이 되었다. 교육이 되어 있지 않은 조선의 전도는 참으로 위험하며 그로 인해 곧 망할 것이다. 나라의 흥망은 소년의 교육이고 이것은 일본과 조선의 차이를 보면 알 수 있다. 그래서 일본 소년들의 책임이 막중하며 러일전쟁에서 승리한 대일본제국의 앞날은 일본 소년이 책임져야 한다. 이러한 것을 독자들에게 각인시켜 주는 것이 조선에서 가져온 선물이라고 마지막에 덧붙이고 있다.

실제로 일본의 교육은 근대화되기 이전까지 무가학교는 막부의 창평판학문소를 정점으로 번이 설립한 번교가 있었고, 서민층 학교로는 서당이 있었다. 메이지유신 정부는 자신들의 정부가 확립되자 곧바로 징병제와 부국강병, 식산흥업 그리고 문명개화라는 근대교육에 착수한다. 대부분의 번교와 서당이 소학교와 중학교로 바뀌는데 이러한 교육제도는 오히려 아동의 건전한 발육을 방해하며 도덕교육과 국민교육을 통해 제국국민을 양성하는 모습[11]으로 나타난다. 조선이 교육을 받지 못했다고 하는 논리 속에는 일본은 개화된 문명국가이고 조선과 중국은 개화되지 못한 야만국이라는 구분을 자연스럽게 형성시키고 있다. 문화적 차이는 만들어지는 것이다. 『소년세계』가 조선을 문맹, 무지, 야만이라는 잣대로 재단하여 반복적으로 게재하고 있는 것은 결국 독자들에게 리얼리티를 제공하여 조선의 야만적인 모습과 문명화 되지 못한 조선소년과 조선인을 '개화'시켜야 하는데 그 역할은 문명화된 일본이 해야 한다는 제국적 욕망을 표출한 것이다.

---

11 이효덕, 박성관 역(2002), 『표상 공간의 근대』, 소명출판.

3장 호랑이 이야기에 숨겨진 제국적 욕망

일본의 제국적 욕망은 흥미위주의 이야기에서도 나타나는데 조선의 표상인 호랑이[12] 이야기를 들어 살펴보고자 한다. 『소년세계』 7권 3호(1901년 2월)에 「조선: 호랑이 가죽」의 이야기가 있다.

그림16   그림17

히노마루타로日の丸太郎와 모모타유桃太夫가 배를 타고 가다가 조선의 어느 해변(그림16)에 도착한다. 마침 그날이 설날이어서 지혜주머니를 보고 주문을 걸어 떡국을 먹으며 쉬고 있는데 커다란 호랑이 한 마리가 나타나 지혜주머니를 빼앗아 달아난다. 지혜주머니는 그들이 항해하는데 없어서는 안될 물건이므로 찾아야 한다. 그래서 히노마루 타로가 힘주머니를 가지고 대나무 덤불숲으로 간다. 거기서 힘주머니를 땅에 한 번 치자 새끼 호랑이가, 두 번 치자 암놈 호랑이

---

12 오타케 기요미(2003), 「「조선동화」와 호랑이-근대 일본인의 「조선동화」 인식」, 『동화와 번역5』, 동화와 번역 연구소; 최경국(2004), 「일본문학에 나타난 호랑이의 수용」, 『일어일문학연구51-2』, 한국일어일문학회.

가, 세 번 치자 지혜주머니를 가지고 달아났던 숫놈 호랑이가 나타나더니 죽어버린다(그림17). 죽은 세 호랑이는 가족이다. 히노마루타로는 세 마리를 한꺼번에 잡아서 기뻐하며 모모타유가 기다리는 배로 돌아온다. 세 마리를 모두 배에 싣고 가는 것은 항해하는데 방해가 되어서 호랑이 가죽만 벗겨서 배에 싣고 항해한다. 한참을 나아가자 갑자기 하늘이 검어지며 파도가 심하게 일더니 그 속에서 용이 나타난다. 이것이 전체적인 이야기의 줄거리다.

여기에는 두 주인공이 호랑이를 퇴치하고 여행한다는 단순한 이야기 구조로 되어 있지만 이야기 구도에는 흥미로운 점이 보인다. 조선과 일본 그리고 중국이라는 세 나라가 각각의 상징적인 형태로 나타는데, 호랑이, 두 주인공, 그리고 용이다. 주인공인 히노마루타로의 '히노마루'는 일본의 국기를 연상하게 하며 모모타유의 '모모타'는 백성을 괴롭히는 섬나라의 괴물을 물리치는 일본의 모모타로이야기의 주인공인 모모타로를 연상하게 한다. 왜 호랑이가 두 사람을 죽이지 않고 지혜주머니만 뺏어 달아난 것인지, 또 조선의 호랑이를 죽인 다음에 갑자기 나타난 용의 의미는 무엇인지라는 의문은 이 이야기가 구성이 치밀한 소설이 아닌 이야기라는 것을 고려하면 이해할 수 있다. 그런데 조선의 표상인 호랑이를 일본인이 물리치고 다음은 중국을 연상하게 하는 용과의 대결구도로 끝을 내는 내용은 단순한 이야기로만 보이지 않는다. 『소년세계』 8권 6호(1902년 4월)에는 실제 조선에 거주하며 호랑이를 잡은 적이 있는 일본인 거주민이 쓴 「호랑이 사냥」이 있다.

조선은 호랑이 명소이다. 특히 필자가 거주하고 있는 함경도가 그러

그림18

하다. 호랑이가 함경도 성진의 거류지와 마을을 덮쳐 돼지 등을 잡아가는 일이 다반사로 일어난다. 이를 두려워하며 집에 숨어 있는 것도 기개 없는 일이므로 일본인 6명이 호랑이 사냥에 나선다. 우여곡절 끝에 호랑이를 잡아서 호랑이 사냥을 지켜보고 있는 조선인에게 자랑하듯이 호랑이를 끌고 왔다고 하는 경험담이다. 그림18에서 보면 커다란 호랑이와 호랑이 사냥에 나선 일행들의 조그마한 모습은 대조적인데 호랑이를 잡은 것은 조선인이 아닌 일본인이라는 것을 강조하고 있다. 경험자의 이야기는 그때까지 상상이나 허구 속에 그리고 있던 이미지가 순식간에 현실세계로 현전現前하게 되는 작용을 한다.

호랑이 이야기는『소년세계』16권 13호(1910년 10월)에 다시 나타난다. 조선에 전해져 오는 옛날이야기인「호랑이 대신」은 앞의 두 이야기와는 달리 조선인과 호랑이의 대립구도로 이루어져 있다. 함경도에 사는 兪씨 성을 가진 할아버지는 정이 많기로 소문이 자자하다. 어느 날 할아버지가 시장에 갔다가 저녁 늦게 집으로 돌아가고 있었다. 산길을 가던 중 호랑이 한 마리가 입을 딱 벌리고 눈물을 뚝뚝 흘리고 있는 것을 발견했다. 할아버지는 호랑이가 무서워 그냥 지나치려 했지만 호랑이가 눈물을 흘리며 계속 입을 벌리고 있어서 무슨 일인가하고 호랑이 입을 보니 여자 비녀가 목에 걸려 있었다 (그림19).

그림19

정이 많은 할아버지는 그것을 **빼주고** 호랑이에게 그 연유를 물으니 이틀 전부터 아무것도 먹지 못해 그만 지나가는 젊은 여자를 잡아 먹다가 비녀가 목에 걸렸다고 했다. 할아버지는 아무리 배가 고파도 사람은 먹어서 안 되며 배가 많이 고프면 할아버지 집으로 오면 먹을 것을 주겠다고 했다. 그리고 할아버지는 그 비녀 주인의 부모가 걱정할 것을 생각하여 그 다음날부터 비녀 주인의 부모를 찾으러 다녔다. 10년이 지나도 찾을 수 없었고 할아버지도 그러는 사이 세상을 떠나고 말았다. 그런데 할아버지의 관을 묻으러 산으로 가는 도중에 호랑이 한 마리가 나타났다. 바로 할아버지가 구해준 그 호랑이였다. 호랑이는 관을 멘 사람들을 이끌고 산꼭대기의 어느 한 지점에 가서 발로 땅을 파는 시늉을 했다. 사람들은 거기에 할아버지 관을 묻었는데 그때부터 호랑이는 할아버지의 무덤을 한시도 떠나지 않았다고 했다(그림20). 이러한 보은 이야기가 왕의 귀에까지 들어가게 되었다. 왕은 그런 할아버지의 자손이라면 틀림없이 나라를 잘 다스릴 것이라고 생각해 할아버지의 자손을 등용하였다. 할아버지의 자손 또한 효심이 지극하여 그 비녀 주인의 가족을 찾아내어 보상해 주었는데 그 일을 두고 사람들은 할아버지의 자손을 '호랑이 대신'이라고 부르게 되었다는 내용이다.

그런데 호랑이와 관련된 세 이야기 중에 재미있는 것은 앞의 두 이야기와 마지막 이야기가 조금 다른 구조를 가지고 있다는 것이다. 앞의 두 이야기는 일본인과 호랑이의 대결 구도이고 일본인이 호랑이를 죽이는데 그 원인은 호랑이가 제공했다는 묘한 설정이다. 지혜주머니를 훔쳐갔기 때문에, 그리고 마을을 덮

그림20

쳤기 때문에 없애지 않으면 안 되는 대상으로 호랑이가 다루어져 있다. 그런데 마지막 이야기는 앞의 두 이야기와는 달리 보은하는 인간적인 호랑이다. 「호랑이 대신」은 이제 더 이상 일본이 조선보다 우위를 강조하며 강자로서의 위치를 강요하거나 조선과 조선인을 변용시킬 필요가 없는 한일합방이 이루어진 후인 1910년 10월에 게재되어 있다는 점이다. 그리고 조선의 표상인 호랑이가 더 이상 위협적인 존재가 아니며 보은하는 호랑이로 바뀌어 있다는 점이 흥미롭다.

메이지기 아동 잡지 『소년세계』에 나타난 조선의 모습은 다양하다. 때로는 역사 속에서 때로는 경험담 속에서 때로는 이야기 속에서 나타난다. 그런데 이러한 조선의 모습은 청일·러일전쟁과 한일합방이라는 역사적 사건과 더불어 조금씩 다른 형태로 변용되어 나타난다. 우선 신화와 관련한 진구황후의 역사화다. 일본이 조선에 대한 침

략적 야욕을 드러낼 때 마다 진구황후의 신화는 사실화史實化되어 조선침략에 정당성을 부여하는데『소년세계』에도 동일하게 나타났다. 두 번째로『소년세계』는 조선의 소년을 조금씩 변용해 가고 있었다. 조선의 소년을 소개하던 처음의 시각은 러일전쟁이라는 역사적 사건과 맞물리면서 문맹의 조선 소년들은 비난과 비판의 대상으로 바뀌어 결국은 일본이 교육해야 할 대상으로 변용되었다. 세 번째는 조선의 표상인 호랑이 이야기이다. 일본인과 호랑이의 대립적인 구도를 갖던『소년세계』의 호랑이 이야기가 한일합방 이후에는 호랑이가 보은한다는 보은이야기로 바뀌어져 있었다.『소년세계』가 아동을 대상으로 한 종합잡지로 지대한 관심과 인기를 얻었지만 아동이 주체가 되지 못하고 어른의 축소화된 소인으로 취급[13]되어져 순수한 아동 잡지 또는 아동 문학을 전개한 장으로 인정받지 못하는 것은 그 때문일 것이다. 그리고 청일·러일전쟁 중에 일본 제국주의를 그대로 표방하여 독자들을 제국주의적 소년으로 만들며 조선에 대해서는 노골적으로 제국적 욕망을 드러낼 수 있었던 것도 그 때문일 것이다.

4장 시대 그 원체험

시대를 바라보는 아쿠타가와의 의식은 회의적이고 냉소적이다. 아쿠타가와는 1920년대 확대일로에 있던 사회주의에 깊은 관심을 보이며 다수의 관련 서적을 접하고 실제로 이와 관련된 작품을 쓰기도

---

13 柄谷行人(1988),『日本近代文學の起源』, 講談社.

한다. 하지만 그러한 일련의 작품은 높이 평가받지 못했는데 그것은 시대를 바라보는 그의 시선이 회의적이긴 하지만 철저한 비판 정신이 결여되어 작품의 완성도가 떨어지는 한계가 보이기 때문이다. 그런데 아쿠타가와의 '비판 정신의 결여와 회의적인 시선'은 어디서 기인하는 것일까? 아쿠타가와는 시대에 민감하게 반응하면서도 그의 시선은 회의적이며 냉소적인 이중성을 띠고 있다. 그건 아마도 양자로서 장자로서 양부모를 부양해야 하는, 봉건적 도덕의 의무를 철저히 수행해야 하는 '생활인'의 자리에서 자유로울 수 없었기 때문이기도 할 것이다. '생활인'이라는 의식은 아쿠타가와의 내면을 강하게 지배하면서 동시에 그 의무에서 벗어나고자 하는 내적 욕망과 깊이 교차하고 있다. 그러한 현실과 내적 욕망과의 괴리는 그의 인생관에 깊은 굴곡과 단층을 형성하며 그의 시대 의식에도 희미한 고랑을 만든다. 즉 시대의 조류에 따른 이데올로기를 강하게 의식하지만 그것을 그만의 목소리로 드러낼 수 있는 작가가 되지 못했다는 이율배반적인 양면성이다.

그런데 이 '이율배반적인 양면성'은 아쿠타가와가 '생활인'으로 자신을 강하게 의식하기 이전에 이미 그에게 배태되어 있었던 것이다. 살펴보았듯이 중학생 때 있었던 러일전쟁을 통해 아쿠타가와는 내셔널리즘과 사회주의의 양대 이데올로기를 경험한다. 아쿠타가와가 어릴 적 쓴 다수의 초기 문장은 그가 러일전쟁을 어떻게 수용하고 흡수하고 있는지, 그가 또 시대 조류에 어떻게 반응하고 있는지가 잘 나타나 있다. 아쿠타가와의 초기 문장을 통해서 청소년 시절에 경험했던 시대 의식, 즉 러일전쟁을 통한 내셔널리즘과 그 후의 사회주의에 대한 원체험[14]은 아쿠타가와의 삶의 마지막까지 이어지고 있다. 죽음을 앞둔 1927년에 아쿠타가와는 『하기와라 사쿠타로씨』에서,

> 1890년대는 나의 믿는 바에 의하면 가장 예술적인 시대였다. 나 역시 1890년대의 예술적 분위기 속에 젖어 있던 한명이었다. 그러한 어릴 적 영향은 쉽게 벗어날 수 있는 것이 아니다.

라고 지적하고 있다. 아쿠타가와는 하기와라 사쿠타로의 세기말적인 작풍에 상당한 관심을 가지고 있으며 '어릴적 영향'에 대해 지적하고 있다. 물론 여기서 말하는 '어릴적 영향'은 1890년대의 '예술적인 분위기' 즉 세기말 영향일 것이다. 그렇지만 이 '어릴 적 영향'을 예술적인 영역에만 국한할 수 있을까? 죽음을 앞두고 아쿠타가와는 어릴 적에 살았던 도쿄의 혼조 료고쿠를 기행하며 회상한 것을 『혼조 료고쿠』(1927)에 기록하고 있다. 여기서 아쿠타가와는 러일전쟁을 회상하며 다음과 같이 적고 있다.

> 러일전쟁 당시 러시아만큼 나쁜 나라는 없다고 굳게 믿었다. 나의 리얼리즘이 나이와 함께 발달된 것은 아니다. 그건 지인들도 러일전쟁에 출정했기 때문일지도 모른다.

어릴 시절을 보냈던 혼조 료고쿠에 세워져 있는 표충비를 보면서 아쿠타가와는 당시를 '시대착오'라고 지적하면서 러일전쟁에 대해서 덧붙이고 있다. 이 문장을 단순히 과거 회상적인 것으로 간주할

---

14 기억에 오래 남아 있어 어떤 식으로든 구애를 받게 되는 어린 시절의 체험.

수도 있겠지만 과거에 세워 두었던 표충비를 보면서 시대착오적인 것을 느꼈다고 하는 아쿠타가와가 굳이 '나의 리얼리즘이 나이와 함께 발달된 것은 아니다'는 것을 덧붙이고 있는 것에 주목할 필요가 있다. 물론 그는 러일전쟁 당시에는 국가 이념을 따를 수밖에 없는 환경에 놓인 청소년이었다. 설령 아무리 의식화된 성인이라고 할지라도 국가가 외부와의 위기에 놓인 위기 상황이라면 내셔널리즘의 국가 이념을 따르지 않는다고 하더라도 그것을 저항하기란 쉽지 않았을 것이다. 그런데 러일전쟁 당시에 느꼈던 러시아에 대한 감정이 작가가 되어 죽음을 앞둔 시기에 다시 거론하며 여전히 러시아에 대한 감정이 해소되지 않았다는 것을 굳이 밝히는 것은 무엇 때문이었을까?

그의 사상의 변화를 적어 놓고 있는 『난쟁이의 말』의 「무기武器」라는 단락에서 다음과 같이 말하고 있다.

과거라는 어두컴컴한 복도에 다양한 정의가 진열되어 있다. 청룡도를 닮은 것은 유교가 가르치는 정의이다. 기사의 창을 닮은 것은 기독교가 가르치는 정의이다. 거기 두꺼운 곤봉도 있다. 이것은 사회주의의 정의일 것이다. 나는 그러한 무기를 보면서 여러 전쟁을 상상하고 자연스럽게 심박동이 커진 적이 있었다. 그러나 아직 행인지 불행인지 나 스스로 그 무기 중 하나를 잡고 싶다고 생각한 기억은 없다.

과거의 복도, 어두컴컴한 곳, 다양한 정의 즉 유교, 기독교, 사회주의를 모두 무기로 규정지어 놓고 있다. 유교, 기독교, 사회주의라는 정의는 아쿠타가와가 35년이라는 그의 짧은 일생 동안 경험하며 고민한 메이지와 다이쇼 시대에 대한 의식일 것이다. 메이지의 일본 제국주의가 내세운 충군애국, 일본 근대화와 더불어 유행처럼 번져간 기독교, 다이쇼 데모크라시 속에서 민중을 대표하는 사회주의가 만연했을 때 아쿠타가와는 각각의 시대에 민감하게 반응했지만 그를 행동하는 주체로 만들기에는 역부족이었다. 그것은 그의 원체험을 통해서 이미 시대 조류를 경험하고 그 끝이 어떻게 되는지를 본 그의 의식이 그를 주변인으로 경계인으로 맴돌게 했던 것은 아닐까? 다시 말하면 시대를 철저히 비판하지 못하는 아쿠타가와의 의식에는, 위에서 살펴보았듯이 어릴적 원체험 즉 내셔널리즘과 사회주의의 끝을 보았던 경험이 저류하고 있었던 것은 아닐까 한다. 그래서 다이쇼 데모크라시를 거쳐 1920년대 사회주의 주류를 이루던 시대와 문단文壇 속에서 아쿠타가와는 시대 조류에 지대한 관심은 보였지만 그 끝이 어딘지를 이미 보았기에 그의 이지적인 두뇌에서 그 자신은 '어떤 무기'도 취하고 싶은 기억이 없다는, 닫힌 세계를 스스로 만들어 버린 한계에 직면했던 것은 아닐까 한다.

초출
일람

1부 오시카와적 모험담 구상의 초기 문장

1 「아쿠타가와류노스芥川龍之介와 오시카와순로押川春浪—[충군애국]을 축으로 해서—」, 『일어일문학연구58-2』, 한국일어일문학회, 2006.8.

2 「日露戦争と芥川龍之介の政治意識—「少年世界」を中心として」—」, 『声・映像・ジャーナリズム—メデイアの中の戦争と文学』, フェリス女学院大学, 2005.3.

2부 봉건 시대의 것에 대한 회의

1 「芥川龍之介における武士道´ その懐疑と揺れ—『手巾』を中心に—」, 『日本文化論叢第六』, 韓国日本文化研究会, 2006.7.

3부 조선 인식의 변천

1 「芥川龍之介と朝鮮」, 『芥川龍之介研究第三号』, 国際芥川龍之介学会, 2009.

2 「아쿠타가와 류노스케와 관동대지진」, 『일본학보77』, 한국일본학, 2008.11.

3 「아쿠타가와 류노스케의 『스사노오노 미코토』」, 『일본문화연구27』, 동아시아 일본학회, 2008.7.

4부 신시대와 약자 인식

1 「아쿠타가와 류노스케芥川龍之介의 사회의식—「겐가쿠 산보玄鶴山房」을 중심으로—」, 『일본학보70』, 한국일본학회, 2007.2.

2 「아쿠타가와 류노스케의 『라쇼몬』론—『라쇼몬』탄생 전후를 중심으로—」, 『일어일문학연구68-2』, 한국일어일문학회, 2009.2.

결론을 대신하며
메이지기 아동 잡지 『소년세계』와 조선 그리고 시대적 원체험

1 「메이지기 아동 잡지 소년세계와 조선」, 『일본학보89』, 한국일본학회, 2011.11.

『소년세계』(1권-16권), 박문관, 1895.1~1910.12

『芥川龍之介全集』(1~24권), 岩波書店, 1995.11~1998.3.

『武俠の日本』(1943), 石書房.

『東洋武俠團』(1972), 桃源社.

菊地弘・久保田芳太郎・関口安義(1985), 『芥川龍之介事典』, 明治書院.

菊地弘(2001), 『芥川龍之介事典　増訂版』, 明治書院.

関口安義・庄司達也編(2000), 『芥川龍之介全作品事典』, 勉誠出版.

湯本豪一(1996), 『図説明治事物起源事典』, 柏書房.

『明治から大正へ　メディアと文学』(2001.11), 筑波大学近代文学研究会.

『文芸』(1954), 河出書房.

『明治大正文学研究』(1954,)東京堂.

『ユリイカ　詩と批評』(1977), 青土社.

芥川瑠璃子(1991), 『影燈籠』, 太洋社.

安藤公美(2006), 『芥川龍之介　絵画・開化・都市・映画』, 翰林書房.

石坂浩一(1993), 『近代日本の社会主義と朝鮮』, 社会評論社.

伊藤秀雄(1994), 『近代の探偵小説』, 三一書房.

＿＿＿＿＿(2002), 『明治の探偵小説』, 双葉社.

上野千鶴子(1994), 『近代家族の成立と終焉』, 岩波書店.

内川芳美(1998), 「日露戦争と新聞」, 『明治ニュース事典第七巻』.

宇野浩二(1953), 『芥川龍之介』, 文芸春秋新社.

海老井英次(1988), 『芥川論考―自己覚醒から解体へ―』, 桜楓社.

小穴隆一(1956), 『二つの絵―芥川龍之介の回想』, 中央公論社.

小熊英二(2002), 『〈民主〉と〈愛国〉』, 新曜社.

大橋洋一(1995), 『新文学入門』, 岩波書店.

小沢健志編(2003), 『写真でみる関東大震災』, ちくま文庫.

小田切進(1965), 『昭和文学の成立』, 勁草書房.

梶木　剛(1971),『思想的査証』, 国文社.

亀井俊介(1971),『ナショナリズムの文学』, 研究社.

川西正明(2001),『昭和文学史 上巻』, 講談社.

川本皓嗣・小林康夫編(1996),『文学の方法』, 東京大学出版社.

柄谷行人(1981),『近代日本の批評三 明治・大正篇』, 講談社.

＿＿＿＿＿(1988),『日本近代文学の起源』, 講談社.

＿＿＿＿＿(1989),『意味という病』, 講談社.

清水康次(1994),『芥川文学の方法と世界』, 和泉書院.

木村小舟(1950),『少年文学史』, 童話集春水社.

葛巻義敏 吉田精一編(1964),『芥川龍之介』, 筑摩書房.

葛巻義敏編(1967),『芥川龍之介未定稿集』, 岩波書店.

久保田正文(1976),『芥川龍之介・その二律背反』, いれぶん出版.

＿＿＿＿＿＿(1997),『芥川龍之介 影の無い肖像』, 木精書房.

姜尚中(1996),『オリエンタリズムの彼方へ』, 岩波書店.

姜徳相(1984),『関東大震災』, 中公新書.

姜徳相(1975),『関東大震災』, 中公公論社.

姜徳相(2003),『関東大震災・虐殺の記憶』, 青丘文化社.

小野秀雄(1960),『新聞の歴史』, 理想社.

小島政二郎(1956),『眼中の人』, 角川文庫.

＿＿＿＿＿＿(1977),『長編小説 芥川龍之介』, 読売新聞社.

琴秉洞(1996),『関東大震災朝鮮人虐殺問題関係史料』, 緑蔭書房.

駒尺喜美(1972),『芥川龍之介の世界』, 法政大学出版局.

小森陽一, 高橋哲哉編(1997),『ナショナル・ヒストリーを超えて』, 東京大学出版会.

佐藤春夫(1960),『わが龍之介像』, 靖文堂.

佐藤勝(1979),『児童文学大系』, 三巻.

志村有弘(2002),『芥川龍之介』, 勉誠出版.

下島　薫(1947),『芥川龍之介の回想』, 靖文社.

進藤純考(1978),『伝記 芥川龍之介』, 六興出版.

鈴木貞美(1998),『日本の「文学」概念』, 作品社.

関口安義(1992),『芥川龍之介 闘いの生涯』, 毎日新聞社.

＿＿＿＿＿(1992),『特派員　芥川龍之介』, 毎日新聞社.

＿＿＿＿＿(1998),『芥川龍之介の復活』, 洋々社.

＿＿＿＿＿(1999),『芥川龍之介とその時代』, 筑摩書房.

＿＿＿＿＿(2000),『芥川龍之介と児童文学』, 久山社.

_____(2002),『恒藤恭とその時代』, 日本エディスクール出版部.

_____(2004),『芥川龍之介の歴史認識』, 新日本出版社.

鷺只雄(1992),『芥川龍之介』, 河出書房新社.

高田瑞穂(1976),『芥川龍之介論考』, 有精党.

竹内真(1987),『芥川龍之介の研究』, 日本図書センター茶本繁正.

『戦争とジャーナリズム』(1984), 三一書房.

恒藤恭(1992),『旧友芥川龍之介』, 日本図書センター.

『戸坂潤全集 第四巻(1973)』, 勁草書房.

徳富蘇峰(1975),『徳富蘇峰集』, 筑摩書房.

中塚明著(2002),『近代日本の朝鮮認識』, 研文出版.

西田 勝(2007),『近代日本の戦争と文学』, 法政大学出版.

新渡戸稲造著 奈良本辰也訳(1997)・解説,『武士道』, 三笠書房.

長谷川 潮(1993),『児童戦争読み物の近代』, 久山社.

_____(1999),『児童戦争読み物の近代』日本児童文化史, 久山社.

久野豊彦(1945),『武侠の日本』, 石書房.

平岡敏夫(1982),『芥川龍之介 抒情の美学』, 大修官書店.

_____(1986),『日露戦後文学の研究上下』, 有精堂.

福沢諭吉著(1942),『学問のすゝめ』, 岩波書店.

福田恒存評論集(1966),『作家論』, 新潮社.

古屋哲夫編(1994),『近代日本のアジア認識』, 京都大学人文科学研究所.

朴 春日(1985),『近代日本文学における朝鮮像 増補』, 未来社.

新渡戸稲造著 奈良本辰也訳・解説(1997),『武士道』, 三笠書房.

前田愛(2001),『近代読者の成立』, 岩波書店.

松尾尊兊(2001),『大正デモクラシー』, 岩波書店.

松澤信祐(1999),『新時代の芥川龍之介』, 洋々社.

松本三之介(1993),『明治精神の構造』, 岩波書店.

_____(1996),『明治思想史』, 新曜社.

丸山真男(1992),『忠誠と反逆：転形期日本の精神史的位相』, 筑摩書房.

宮坂覺(1999),『芥川龍之介作品論集成第6巻 河童・歯車・晩年の作品世界』, 翰林書房.

_____(2001),『芥川龍之介作品論集成別巻 芥川文学の周辺』, 翰林書房.

三好行雄(1972),『近代日本文学の近代と反近代』, 東京大学出版会.

_____(1976),『芥川龍之介論』, 筑摩書房.

_____編(1981),『芥川龍之介必携』, 学燈社.

_____編(1987),『近代文学史必携』, 学燈社.

村松梢風(1956), 『芥川と菊池』, 文芸春秋新社.

森啓祐(1974), 『芥川龍之介の父』, 桜楓社.

森本修(1974), 『芥川龍之介』, 桜楓社.

＿＿＿＿(1981), 『人間芥川龍之介』, 三弥井書店.

山泉進, 『幸徳秋水ー平民社百年コレクション第1巻』, 論創社.

山崎武雄編(1942), 『芥川龍之介研究』, 河出書房.

山田孝三郎著(1953), 『芥川文学事典』, 岡倉書房新社.

山本健吉編(1962), 『芥川龍之介〈文芸読本〉』, 河出書房新社.

吉田精一編(1958), 『芥川龍之介研究』, 筑摩書房.

吉田精一・武田勝彦・鶴田欣也 編(1972), 『芥川文学ー海外の評価』, 早稲田大学出版部.

吉田精一著作集1(1967), 『芥川龍之介一』, 桜楓社.

＿＿＿＿＿著作集2(1981), 『芥川龍之介一』, 桜楓社.

李孝德(1996), 『表象空間の近代』, 新曜社.

古屋哲夫編(1996), 『近代日本のアジア認識』, 緑蔭書房.

渡辺一民(2003), 『〈他者〉としての朝鮮 文学的考察』, 岩波書店.

『関東大震災80周年企画 大震災と報道展』(2003), 日本新聞博物館.

『芥川龍之介研究』(1983), 日本図書センター.

『一冊の講座 芥川龍之介』(1982), 有精堂.

『新潮日本文学アルバム 芥川龍之介』(1983), 新潮社.

『新潮日本文学アルバム 大正文学アルバム』(1986), 新潮社.

『批評と研究 芥川龍之介』(1972), 芳賀書店.

『日本現代文学大事典』(1995), 明治書院,

『日本児童文学大系 第三巻』(1978), ほるぷ出版.

『日本文学研究資料新集 理知と抒情 芥川龍之介19』(1993), 有精堂.

『日本文学研究資料新集 作家その時代 芥川龍之介20』(1987), 有精堂.

『日本文学研究資料叢書 芥川龍之介一』(1970), 有精堂.

『日本文学研究資料叢書 芥川龍之介二』(1977), 有精堂.

『メディアと文学 明治から大正へ』(2001), 筑波大学近代文学研究会.

『もうひとりの芥川龍之介』(1992), 産経新聞社.

본서를 엮으면서 하나의 에피소드가 떠오른다. 2004년 페리스여학원대학에서 '미디어 속의 전쟁과 문학'이라는 주제로 제3회 일본문학국제학술대회가 열렸다. 그때 저자는 아쿠타가와의 청소년기 문장 중의 하나인 『20년 후의 전쟁』과 러일전쟁의 관련에 대해서 발표했다. 발표가 끝난 후 어떤 한 일본인 연구자가 저자에게 와서 "아쿠타가와와 관련된 지금까지의 연구에서는 볼 수 없었던 또 다른 아쿠타가와의 모습을 알게 되었습니다. 일본인 연구자가 먼저 이런 연구를 해야 하는데……. 다른 초기 문장도 계속 연구하셔서 아쿠타가와와 그의 문학 속에 투영된 메이지기의 잔영을 꼭 찾아내 주십시오."라고 했던 것이 기억난다.

아쿠타가와는 시대에 대해 무척 냉소적인 작가로 알려져 있다. 그런데 그의 청소년기에 작성된 초기 문장을 살펴보면 그의 이지적인 냉소는 보이지 않고 시대에 무척 민감하게 심지어는 적극적으로 반응했던 모습을 볼 수 있다. 하지만 무의식적인 글쓰기로 치부되기 쉬운 청소년기의 문장을 연구대상으로 한다는 것이 어쩌면 회의적으로 보일 수 있을지도 모르겠지만 초등적인 자세로 하나씩 분석해 때로는 거친 표현과 결론이 도출되기는 했지만 어느덧 한 권의 책으로 출간하게 되었다.

작가 아쿠타가와 류노스케에게는 많은 수식어가 따라 다닌다. 신기교파, 신이지파, 초현실주의, 예술지상주의자, 천재, 바보, 박학다식, 잡학 등. 그 수식어만큼이나 그의 작품은 다양하고 흥미롭다. 그래서 일본뿐만이 아니라 한국을 포함한 전 세계에 많은 독자와 연구자가 있는 이유인지도 모르겠다. 그 만큼 아쿠타가와와 그의 문학에 깊은 매력이 있다는 반증일 것이다.

아쿠타가와의 문학 속에는 고금동서가 있고 인생의 희로애락이 있고 종교가 있고 사상이 있고 시대가 있다. 그리고 뒤틈과 비꼼이 있다. 그래서 때로는 통쾌함을 때로는 씁쓸함과 여운을 느끼며 저절로 고개를 끄덕이게 된다. 고금동서를 넘나드는 아쿠타가와의 문학은 끊임없는 지적 호기심을 자극하며 계속해서 감도는 여운은 다시금 책장을 펼치게 하는 마력이 있다. 독자들이 좀 더 넓은 지평 선상에서 아쿠타가와의 문학을 접하는데 일조할 수 있다면 그것만으로도 본서의 출간의의는 충분히 있으리라 여긴다.

부록1

❖ 아쿠타가와 자살 관련 신문 기사　　　　　　　　본문 p.9

　　아쿠타가와의 자살에 대한 당시 신문 기사는 홋카이도北海道의 「홋카이도 타임스北海タイムス」에서 큐슈九州의 「가고시마鹿児島 신문」에 이르고 나아가서는 조선의 「경성京城 신문」, 중국의 「대만일일台湾日日 신문」, 「만주일일満州日日 신문」 등에 게재되었다. 아쿠다가와가 자살한 24일이 휴간인 일요일어서 월요일인 25일부터 아쿠타가와의 자살 기사가 실려 거의 게재되지 않게 된 날짜인 29일까지를 중심으로 한 각종 신문 기사를 도표로 만들었다.

아쿠타가와 자살에 관한 기사 게재 신문 일람표
(○ : 기사有 ◎ : 조간인지 석간인지 불확실)

新聞氏名	25 朝	26 夕	26 朝	27 夕	27 朝	28 夕	28 朝	29 夕	29 朝
秋田魁新報	○						○		
伊勢新聞		○					○		
岩手日報		○			○		○		
大阪朝日新聞	○	○	○		○		○		
大阪時事新報	○	○	○		○				○
大阪毎日新聞	○	○	○	○	○	○		○	
海南新聞			◎				◎		
香川新報							◎		◎

新聞名								
鹿児島新聞			◎			◎		
河北新報		○	○		○		○	○
紀伊民報						◎		
京都日出新聞	○					○		
京城日報		○					○	○
神戸新聞			○					
神戸又新日報			○			○	○	
国民新聞	○	○			○	○		
佐賀新聞			○					
山陰新報					○	○		
山陽新報	○	○	○	○	○		○	○
時事新報	○	○	○		○	○		
信濃毎日新聞	○	○	○					○
下野新聞		○		○				
松陽新報			○					
新愛知	○					○		
大北日報	○							
台湾日日新聞	○	○	○			○	○	○
高岡新報								
中外商業新報	○	○	○			○	○	
中国新聞			◎			◎		
東奥日報	○	○	○					
東京朝日新聞	○	○	○				○	
東京日日新聞	○	○	○		○	○	○	
名古屋新聞	○		○				○	
二六新報			○				○	
福岡日日新聞	○	○	○			○		
報知新聞	○	○	○				○	
北海タイムス	○						○	
北国新聞	○	○						
北陸タイムス			◎	○				
滿州日日新聞			○		○			
都新聞	○		○		○		○	
山形新聞		○	○	○			○	

やまと新聞	○	○				○		
読売新聞	○		○		○	○		
万朝報	○	○				○		
TheOosakaMainichi			○			○		
중외일보 (中外日報)		○						
조선일보 (朝鮮日報)		○						
동아일보 (東亜日報)		○						
매일신보 (每日信報)		○						

▶ 아쿠타가와의 자살 시간

- 오전 0시 반: 都新聞 25일.

- 오전 4시: 山形新聞 26일(석간).

- 오전 5시: 秋田魁新報 25일, 河北新報 26일(석간).

- 오전 6시 24분: 信農毎日新聞 26일(석간).

- 오전 6시 25분: 岩手日報 26일(석간), 鹿児島新聞 26일,
　　　　　　　京城日報 26일, 福岡日日新聞 27일.

- 오전 6시 반: 大阪毎日新聞 25일, 東京日日新聞 25일.
　　　　　　　北陸タイムス 27일(석간)

- 오전 6시경: 大阪時事新報 26일, 海南新聞 25일, 国民新聞 25일.

- 오전 7시: 時事新報 25일, 東京朝日新聞 25일, 報知新聞 25일,
　　　　　　やまと新聞 25일.

- early in the morning: The Oosaka Mainichi 26일.

▶ 자살의 원인

- 신경 쇠약: 秋田魁新報 25일, 河北新報 26일(석간),

　　　　　　　京都日出新聞 25일, 報知新聞 25일,

　　　　　　　読売新聞 25일, 都新聞 25일.

- 숙아에서 염새: 大阪毎日新聞 25일, 中国新聞 26일.
- 의붓형義兄의 자살과 우노고지宇野浩二의 광기: 大阪時事新報 26일.
- 소학생小学生 논쟁 및 폐결핵肺結核 때문: 鹿児島新聞 26일.
- 병 때문이 아니다: 大阪毎日新聞 25일, 山陽新報 26일.
- 복잡한 사정: 海南新聞 28일.
- 사인死因에 남는 수수께끼: 国民新聞 25일.
- 가정에도 고민: 山陽新報 26일.
- 소학생 전집사건과 병인가: 信濃毎日新聞 26일, 福岡日日新聞 25일.
- 신경 쇠약과 가정 문제: 東京朝日新聞 25일.
- 전집문제로 기쿠치 칸菊池寬과도 사이가 삐걱

　 : 信農毎日新聞 26일(석간).

- 전집문제: 山形新聞 26일(석간).

▶ 아쿠타가와에 대한 평가

- 현대 문단의 대가: 秋田魁新報 25일, 中国新聞 26일.
- 소설가: 河北新報 25일(석간).
- 문단의 총아: 毎日新報 26일, 北陸タイムス 26일.

- 현대 문단의 총아: 大阪每日新報 25일.

- 현대 문단의 제1인자: 大阪時事新報 26일, 山陰新聞 28일.

- 대문학자이자 대작가: 河北新報 26일.

- 문단의 거성: 京城日報 26일.

- 문단의 대립자大立者: 信濃每日新聞 26일.

- 문단의 웅雄: 東京日日新聞 25일, やまと新聞 25일.

- 흔하지 않는 문학자: 福岡日日新聞 27일.

- 문단의 중진: 報知新聞 25일, 北海タイムス 25일.

- 현 문단의 귀재: 山形新聞 26일.

- Noted Novelist : The Osaka Mainichi 27일.

- 일본 문단의 중심인물: 中外日報 26일(조선).

- 일본 문단 명사名士: 中外日報 26일(조선).

▶ 아쿠타가와 죽음을 모방하여 자살하려는 사람들에 관한 기사

- 오사카 미쓰코시大阪三越 7층에서 뛰어 내려 자살하다
  아쿠타가와 죽음에 감격인가: 大阪時事新報 28일.
- 아쿠타가와의 자살로 자극을 받은 것 같은 문학 청년의 복음服毒
  : 香川新聞 28일.
- 아쿠타가와의 죽음에 자극받아 자살: 香川新聞 28일.
- 아쿠타가와에 공명해서 죽음을 계획하다: 海南新聞 28일.
- 아쿠타가와 숭배한 문학 청년이 자살: 鹿児島新聞 28일.
- 7층에서 뛰어내림－아쿠타가와의 죽음에 자극받은 것인가

: 京都日出新聞 28일.

- 오사카 미쓰코시 7층에서 뛰어 내리고 문학 청년의 자살 유행

: 国民新聞 28일.

- 문학 청년 빠져 죽다: 国民新聞 28일.

- 고 아쿠타가와 숭배 청년 미쓰코시 7층에서 뛰어 내림

: 山陽新聞 28일.

- 아쿠타가와 숭배하는 남자라고 판명 7층에서 뛰어 내림

: 中国新聞 28일.

- 아쿠타가와를 숭배하고 있다 뛰어 내려 자살을 한 청년

: 新愛知 28일.

- 아쿠타가와 류노스케를 기리고 죽다: 東京朝日新聞 28일.

- 아쿠타가와 인체하는 내지 청년의 자살: 京城日報 29일(석간).

- 문학 청년이 뛰어 내려 자살: 京城日報 28일.

- 아쿠타가와芥川らに先を越されたと 직공의 자살:大阪時事新報 30일.

▶ 지인의 반응

- 谷崎潤一郎: 가족에도 고민(時事大阪新報 26일),

연애는 아닐 것이다(大阪時事新報 26일).

- 恒藤助教授: 믿을 수 없는 그의 죽음(大阪時事新報 26일).

- 菊池寛: 지금은 아무것도 말할 수 없다(報知新聞 25일),

작년도 자살을 기도한 아쿠타가와(報知新聞 26일, 読売新聞 26일).

- 泉鏡花: しっとりした味, 아까운 사람이 죽었다(大阪朝日新聞 25일),

꿈은 아니겠지(東京日日新聞 25일).

- 薄田泣菫記: 아쿠타가와의 추억(大阪毎日新聞 26일)

- 徳田秋声: 약한 성격(大阪時事新報 29일, 時事新報 27일)

- 斎藤茂吉: 아쿠타가와의 단가(時事新報 27일)

- 小島政二郎: 각오한 죽음(読売新聞 27일)

- 久米正雄: 깨끗한 죽음이었다(岩手日報 26일),

  최근 다작은 죽음의 준비인가(大阪朝日新聞 25일),

  제2의 키타무라 도고쿠(大阪朝日新聞 25일, 中国新聞」 26일),

  인생관조자의 선택한 길이다(東京日日新聞 28일),

  조용한 깨끗한 죽음이었다(福岡日日新聞 27일),

  멋진 자살이다(山形新聞 26일(석간)),

  죽음의 철리哲理 전에 그는 죽었다(報知新聞 25일),

  그의 사상적인 고뇌를 생각할 것(読売新聞 25일).

- 室生犀星: 지금 상기하면 그 날의 자살론(国民新聞 26일),

  최후의 청정함(読売新聞 27일).

- 武者小路実篤: 그 최후의 아름다움(読売新聞 28일).

- 久保田万太郎: 순수의 동경인(読売新聞 26일),

  순수한 에돗코-江戸ッ子 기질(都新聞 26일).

- 山本有三: 명리한 기질로 죽음에 대했다(やまと新聞 25일).

- 広津和郎: 아쿠타가와에 관한 일(時事新報 26일).

- 藤森成吉: 비관적인 이야기는 자주했었다(信農毎日新聞 26일(석간)).

- 長谷川如是閑: 아쿠타가와류노스케의 자살에 대해서

  (東京朝日新聞 26일).

❖ 아쿠타가와 류노스케의 자살에 관련한 당시 조선의 신문
　(모두 1927년 7월)　　　　　　　　　　　　　　본문 p.9

▲ 중외일보(26일)

○중외일보中外日報(26일)

日本文壇의中心人物　芥川龍之介氏自殺　極度神経衰弱으로

　　日本文壇의中心人物芥川龍之介氏는 二四日午前六時二五分市外田端四三五自宅階下八畳書斎에서催眠製『베로날』을 多量에?? 하고서 自殺을 하얏는데 自宅에는婦人文子(三七)比呂志(九)多加志(七)也寸志(五)의遺族과百坪의土地自宅著作権二千円의貯金과몇권의書籍을남기엇슬뿐인바 原因은아무도몰르나氏가『어떤舊友에게보내는手記』라題目한原稿用紙一八枚의遺書에依히야氏의自殺을取하게된道程을엿볼수잇스나그것은佛國詩人『크라잇스트』와도비슷한거짓업는死로의道程과거짓업는自己에心理를如実히말하는것이엇는바一説에依하면今般의『小兒童全集』와의衝突로因하야스스로小学生에對하야未安한생각을가저오던중平素고의神経衰弱이더욱무서워진까닭이라고推測한다는데前記遺書의全은左記와如하다. (후략)

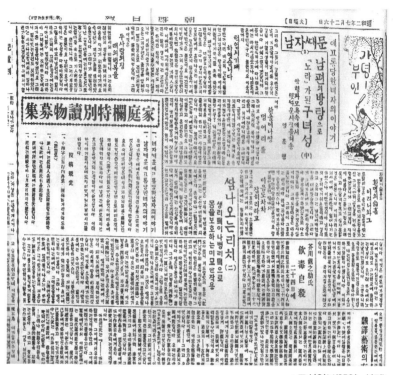

▲ 조선일보(25일, 석간)

○조선일보(25일 석간)

芥川龍之助氏飮毒自殺二四日에

　　新理知派로日本文壇의中心人物인芥川龍之助氏는지난二四日午前
六時에東京市外田端四三五自宅書齋에서毒藥을먹고自殺을하엿다는데
그原因은多年間肺患으로 ?苦하다가最近에는神經衰弱이强度로增進하
야厭世病이난結果라하며　氏의享年은三十六　膝下에는子女三人이잇며
死後에四通의遺書가잇섯다고(東京電)

▲동아일보(28일)

○동아일보(28일)

芥川氏가자살일본문단명사

○매일신보毎日申報(26일)

文壇の寵児！芥川氏自殺동경자택에서

▲ 중외일보(30일)

○중외일보中外日報(30일)

芥川氏自殺본바다阿峴서日青年自殺

그럴듯한유서까지쓰고찻길에누어치어죽엇다

▲ 중외일보(30일)

○중외일보中外日報(30일)

日本서도芥川氏自殺의숭내를내어서 죽은문학청년

❖ 아동 잡지『소년세계』에 실린 오시카와 순로의『절도통신』
삽화 본문 본문 p.45

❖ 아쿠타가와가 소장한 조선과 관련된 자료(『もう一人の芥川龍
之介』, 産経新聞社, 1992.9)   본문 p.105

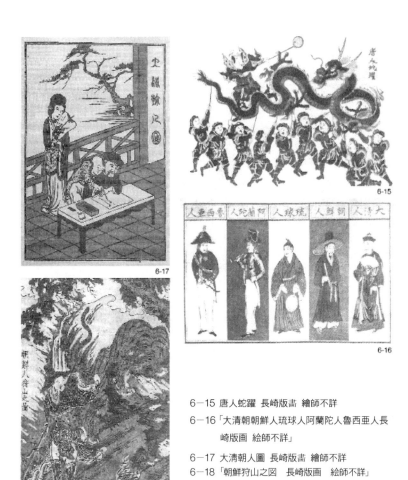

6-15 唐人蛇躍　長崎版畫　繪師不詳
6-16「大淸朝朝鮮人琉球人阿蘭陀人魯西亜人長
　　　崎版画　絵師不詳」
6-17 大淸朝人圖　長崎版畫　繪師不詳
6-18「朝鮮狩山之図　長崎版画　絵師不詳」

❖ 오사카마이니치 신문 및 『스사노오노 미코토』 게재(1920)

본문 pp.150~151

그림1 3월 23일 손병희 등의 예심 종결 기사

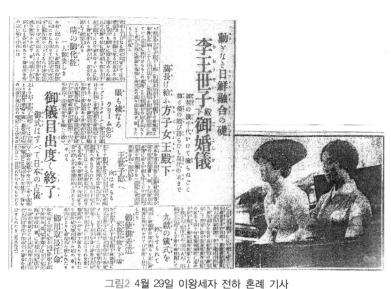

그림2 4월 29일 이왕세자 전하 혼례 기사

그림3 5월 1일 이왕세자와 세자비 기사

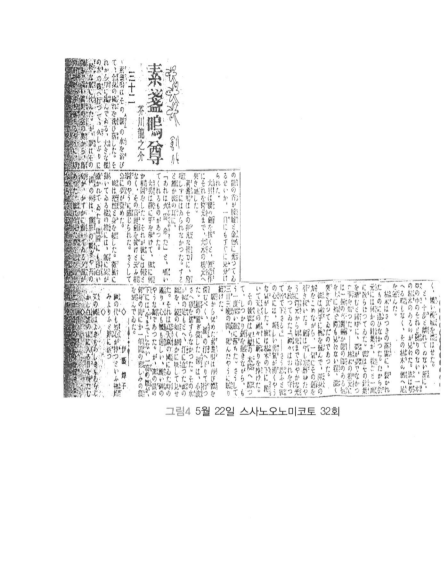

그림4 5월 22일 스사노오노미코토 32회

ㄴ

ㅈ

기타

저자 약력

조경숙

경북대학교 일어일문과를 졸업하고 동 대학원 석사과정을 수료하였다. 경북
대, 경일대, 영진전문대 등에서 강의를 하였고 일본으로 건너가 페리스여학원대
학 대학원에서 객원연구원으로 재직하였다. 이후 동 대학원에서 박사과정을 이
수하고 박사학위를 취득하였으며 포스트닥터 연구원과 학술연구교수를 거쳐 현
재 경북대학교에서 강의 교수로 재직하고 있다.

역서로는 『돈황이야기』(공역, 2008)와 『조선』(2009), 『아쿠타가와 류노스케
전집』(2009~현재) 등이 있다. 또한 아쿠타가와와 관련된 다수의 논문이 있고 최
근에는 아동문학과 관련된 연구를 하고 있다.